深夜の酒宴
美しい女

shiina rinzō

椎名麟三

講談社 文芸文庫

目次

深夜の酒宴・美しい女

深夜の酒宴

1

朝、僕は雨でも降っているような音で眼が覚めるのだ。雨はたしかに大降りなのである。それはスレートの屋根から、朝の鈍い光線を含みながら素早く樋《とい》へすべり落ち、そして樋の破れた端から滝となって大地の石の上に音高く跳ねかえって沫《しぶき》をあげているように感じられる。しかもその水の単調な連続音はいつ果てるともなく続いているのだ。ただこの雨だれの音にはどこか空虚なところがある。僕が三十年間経験し親しんで来た雨だれの音には、微妙な軽やかな限りない変化があり、それがかえって何か重い実質的なものを感じさせるのだが、この雨だれの音はただ単調で暗いのだ。それはそれが当然なのであって、この雨だれの音は、このアパートの炊事場から流れ出した下水が、運河の石崖へ跳ねかえりながら落ちて行く音なのだ。

だが僕は、このアパートへ来て半年余りになるが、朝眼を覚すと、それが下水の音であると知っていながら、どうしても雨が降っているような気分から脱することが出来ないのだ。それほど僕のいるこのアパートには、あの雨降りの陰気な調子が建物全体に沁みわたっているのである。この建物は両国の運河沿いに焼け残ったただ一つの倉庫なのだ。このあたり一面の焼け跡には、バラックがあちらこちらに建っているのだが、その手軽な建物とは対照的に、この建物は現実のように重く無政府主義の旗のように黒く感じられるのである。運送業をしていた僕の伯父が持っていたもので、それを伯父が終戦後アパートに改造したものである。

全く部屋にいると、井戸の底にいるようなのである。僕の部屋は四畳なのだが、押入も戸棚もない。そして天井が思い切り高いのだ。ただ一つの明りが、手の届かないほど高い小窓からやっと部屋のなかに流れ込んでいるだけなので、昼間でも薄暗い。しかもその二尺四方の小窓には、驚いたことには、鉄の格子がはまっているのだ。勿論、倉庫時代の窓をそのまま転用しただけなのである。両方を隣の部屋と区切っている板壁でも真新しければ幾分薄暗さが救われるのだが、それが強制疎開のときの取りこわし材なので何とも救いようがないのだ。そしていつも冷々したかび臭い空気がよどんでいて、それが着物を通して僕の肌に沁み込んでいるので、この間も街を歩いているときに、ふと冷蔵庫の扉をあけたときのような臭いを自分の肌に感じて憂鬱になったことさえあった。しかも湿気がひどかった。寝るときに蒲団の襟が首にあたるとひやりとして不快だった。ときには原因不明の腐敗した糠味噌のような臭いがその湿気にまじって襲いかかり、どうにも堪えられないときさえあるのだ。

ことに一日中ほんとに雨に降りこめられているときは、僕は全く息づまりそうになる。刑務所にいたときでさえ、僕は窓から雨のしぶきを胸に吸い、高い塀の赤煉瓦が雨に濡れてわずかに赤味を残した醜い泥色に変って行くのを意味深く眺めることが出来た。春になれば、鉄格子と鉄網越だが、塀際の乙女椿の咲いているのを見ることが出来た。だがここでは僕はただ部屋のなかをうろうろするだけなのだ。どこから外を眺めることが出来るだろう！　二尺四方の鉄格子の窓は手を伸しても届かないのだ。僕は最初のあいだ気が狂いそうになって、窓というものがあるとすればここになければならないと、そのあたりを思いさま手が痛くなるほどたたいた。僕は普通でない特殊を忌むからだ。だが残念なことにその外壁だけはコンクリートで出来ているので、ただ僕の肉や骨が空虚に鳴るだけなのだ。そのときはきっと刑務所の病棟に半年近く入れられていた狂気が再発しそうな予感に襲われ、已むなく高い板壁に凭れて坐り込みながら、ひっそり雨を聴いているより仕方がないのだった。だが今は僕は俎にのせられた鯉よりもおとなしい。風が吹こうが雨が降ろうが黒い運河に舟が通ろうが、ただひっそり高い板壁に凭れているだけなのである。その板壁の僕の頭のあたる部分には、頭の脂が黒い染みになって沁み込んでいる。

僕は元来臆病なのだが、それだからまた陽気なことが好きなのだ。誰かが僕に親しく話しかけて呉れたならば、その人と楽しく笑い合うことも出来ると信じている。だが、僕が昔共産党員であってしかも在獄中気が狂ったという理由によって、アパートの人々は僕の顔やひとり言を薄気味悪そうにしているだけなのだ。勿論人々は僕と挨拶は交して呉れる。ことに今日はという挨拶やお天気の話などは、挨拶のなかで一番重要な深い意味をもっているのだから、僕はそれだけで至極満足している。金融措置令がどうなろうが、食糧の配給が遅れようが、そのような話題は僕の一番無意味な話題だ。この点に於て僕は十分形而上学者の資格があるのである。だから今晩米がないと訴えられても僕にはどうしようもない。どうしようもないから憂鬱になってだまっているより仕方がないのだ。だが人々はその僕を冷酷だと考えて、そこにまた僕の過去を結びつけているらしいのである。

このアパートの人々は僕には古くさい昔話の人々のような気がしてならない。自然主義リアリズムとかいう小説を昔読んだことがあるが、そのように平凡で古くさくて退屈で、それだからその人々の生活を考えただけで陶酔的ないい気分になることが出来る。たとえば僕の右隣りの部屋には那珂という荷扱夫の一家が住んでいる。その妻は四十五、六の身なりを構わない女だが、十年も喘息をわずらっていて、最近余り堪えがたいので医者に見て貰ったら、胃も悪く心臓も悪く肺も悪いということだった。しかし彼女は寝ても居られず一日中ごそごそ立働いているのだ。彼女のいつもはだけている胸には鎖骨がとび出していて、肋骨の数えられる青黄色い薄い胸板には、しなびた袋が醜くぶら下っているのである。そして彼女はそのはだけた胸へ手を入れて始終ぼりぼり掻いているのだが、それが何かの虫がいるようでひどく不潔な感じがするのだ。その上咳をしては、ところきらわず痰をはくので、肺患かも知れないし第一何だかきたならしいからというので、このアパートの隣組の人々は配給物に手を触れられるのを防ぐために、彼女の病身をいい立て気の毒を理由として配給の当番を免除しているのである。

那珂の妻は、いつも困ったような泣くような声でゆっくり話すのだった。その話は大抵自分の夫と十四になるひとり息子に対する愚痴に尽きていた。その言葉の調子は、まるで瀕死の病人が遺言でもするような大儀な哀れっぽさに満ちていて、それが息子への口小言となると、文字通り一日中続いているのだった。子供が口返答するときはその声は高まり、そうでないときはいつの間にか夫への愚痴になり、それを子供相手に繰り返しているのだった。彼女はいつでも自分の言葉に涙を流すことの出来る他愛のない感傷性を夥しくもっていた。彼女はその夫故にその息子故に、世界中で一番不幸な人間だった。そのためにまた人々から軽蔑されるのだった。そして彼女はこういっては涙を流すのだった。全くこのような感傷性は我慢がならないものだ。

彼女はアパートの人々に対しても同じ調子だった。彼女は会う人毎に愚痴るので、彼女の家庭の内情はすっかりアパート中に知れ渡っていた。彼女の夫は窃盗の前科が二犯もあった。そして彼は家族に菜っ葉だけの雑炊を食べさせても自分は米の飯を食わないと承知しないのだった。殊に三人家族一日分の配給のパンを一度に平げて、そのために自分たちは一日何も食べることが出来なかったというのが、このごろ一番多く繰り返される彼女の愚痴なのだった。しかもその子には子供らしい盗癖があって、絵本を持って行ったと誰かが苦情をいいに来ると、いつもの困ったような泣くような声で、

「全くあの子には呆れているんですよ。わたしのいうことなんか一つもきかないし、ねえ、お神さん、うちの子はどうしてああなんでしょう？　それに何しろうちの人の兄弟は、みんな手癖が悪いんで、あの子もうちの人の方の血に似たんですよ。……」

と物憂さそうに訴えるのだった。そして愚痴がはじまり、夫や夫の兄弟のために自分はいかに肩身のせまい思いをしているかということを何時間も話しつづけるのだった。しまいには苦情に来た相手は自分の目的などはどうでもよくなり、彼女を慰める自分の言葉に疲れ果てながら引下って来るのだった。彼女には自分の苦痛が大切なのであって、他人のそれは少しも感じないのだ。だがそのように愚痴る彼女自身も、今迄に幾度となく、炊事場に置き忘れてあるようなものをだまって持って帰って来ているのだった。

僕の左隣りにいる人々も僕にはやはり重い。書くのも大儀なくらいだ。戸田という夫婦が住んでいるのだ。その妻のおぎんは僕の伯父の仙三を助けて、管理人と女中の役目を果しているのだ。彼女は三十を半ば過ぎていたが、左の眼のあたりが何か脹れている感じで、そのためにふと顔が歪んで見えるのである。彼女は勝気で働き者だ。廊下を掃いた

り、やもめの仙三の身の廻りの世話をしたり、アパートの配給から菜園の手入まで引受けながら、その上夫の面倒まで引構えているのだ。彼女がアパートの人々を無作法に呼びつけるのは、このような疲労も原因しているのである。

だがこのように忙しいおぎんでありながら、隣組の配給やアパートの用事で部屋部屋を訪れるたびに、大抵一部屋で十分も二十分も話し込んでいるのだ。それにはそれ相当の利益があるのだ。つまりいろんな話を聞き込んで闇取引をする機会があるのだ。いろんな品物を手に入れたり売り捌いたりする機会があるのだ。だからこのアパートでは彼女が一番裕福であるかも知れない。アパートの人々は、彼女が余りえらそうにしているといって好感を持っていなかったが、面と向うと彼女には頭が上らないのだった。

だが夫の戸田も自分の妻のおぎんには全く頭が上らないのである。戸田はおぎんより五つも年下であるせいか、おぎんには奴隷のように服従していた。彼は謄写版原紙に製版する仕事をしていたが、二、三日机の前で鑢《やすり》の音をさせていたかと思うと、すぐ倦怠を感じるらしく、映画を見に行くのだった。だから一月を通ずると、割のいい仕事なのにその収入は家計費の半ばにも達しないのである。おぎんはアパートの人々の人に知られたくない秘密にも通じていて、人々の弱点に少しの容赦もないのだが、おぎんの一番我慢のならないのは、男の生活的な無能力だった。それでいながら戸田に対する態度はそれと矛盾して、かえって戸田の責任のない非実際的な性格を愛しているようなのだった。若しこれが他の男であったら、それが誰であろうと臆面もなく、「あんたはだらしがないのね。それではお神さんが可哀そうだ」とやっつけずにはいられなかったであろう。また彼女にはたしかにそれだけの資格があった。彼女は立派に家計を支えていたばかりでなく、将来のために貯金までしていた。彼女はバラックでもいい店を建てて昔のミルクホールのようなものがやりたいのだった。戸田がこの妻に対して頭の上らないのは当然だった。事実戸田のその妻に対する態度は、罪人が裁判官に対するようだった。彼は始終自分の非実際的な性格を呪っていた。しかしどうすることも出来ないのだった。

永らくこのアパートにいる人でも、戸田の顔を知っている人は少かった。彼はいつも部屋の隅にひきこもっていて、机の前で鑢に鉄筆の軋る鋭い音を立てながら仕事しているか、寝ころんでぼんやり空想しているのだった。彼はアパートの人々に会うのを極度に恐れていた。便所へ行くにも廊下の人の気配をうかがっている有様だった。だがたまに人に会うと、うろたえた挨拶をどもり、臆病そうに眼を伏せてそそくさとその人から離れるのである。その戸田は全く自分を生きて行く価値のある人間だとは少しも思っていないようだった。それはまるで全世界の人々の非難を一身に負うているようだった。

疲れたつっけんどんな声で人々の名を呼びながら、配給を事務所へとりに来るように伝えているおぎんの声を聞いていると、僕はいつも深い絶望的な気分に襲われるのだ。また隣から聞える那珂の妻の鋭い連続的な咳や、泥棒のように緊張した顔で廊下を便所へ急いでいる戸田に接すると、僕はまるで永劫の前に立たされたような憂愁に陥るのである。だが僕の部屋と向き合っている部屋にいる深尾加代という若い女だけは全く堪え難いのだ。どんな不幸でさえも彼女に印をつけることは不可能であろう。僕はその女の鼻にかかる甘えるようなそれでいてどこか遠い声を聞いていると、いつも重苦しい嘔吐のような気分を感ずるのである。

おぎんは加代に愛想を尽かしていた。女学校を出ているのに配給の当番のときは必ずといっていいぐらいに計算を間違えておぎんや皆に迷惑をかけるのだった。そして若い男がいつも入りびたっていてあたり構わない笑声が聞えていたし、配給物を受取る金さえないときが多いのに、いつも牛肉を煮る匂いをさせているのだった。加代がこのアパートに来たのは仙三の関係からだった。加代の母は仙三の妾をしていたことがあるのである。

加代はまだ二十なのだが、彼女は十八で最初の男を知ったのだ。それは戦時中、女学校の挺身隊で城東の皮革工場に行っているとき、そこの工員と出来合ったのだ。間もなくその関係を先生に知られて軍需省へ勤務を変更させられ、敗戦までそこにいた。空襲のために仙三が焼け出されたので、彼女の母は石川へ疎開することになった。そのとき加代は辞職を申出たが、課長は自分の家から通うがいいといって辞職を許さなかったのだ。課長は家族を疎開させて、かなり大きな家にただひとり住んでいた。

加代は敗戦後もその課長の家にいた。だがある日課長は、家族が疎開先から帰って来るからといって、僅かの手切金で石川の母のところへ行けというのだ。加代はそのとき素直に肯いたが、田舎へ疎開した母は親戚の強制的な勧めと生活難から中農の隠居へ再婚して居り、その婚家へ行くことは、彼女に想いも及ばなかった。彼女は汽車の切符を買いに行くといって家を出た。そして何の当もなく新宿や銀座をさまよった。そして日が暮れてから、彼女は母の旦那であった仙三を思い出したのだ。すると彼女は今朝家を出るときから、心ひそかにこの仙三を当にしていたことに気附いた。彼女は新宿から省線に乗ると、ぼんやり仙三の家に近い両国で降りた。仙三は折好く元の住所にバラックを建てて住んでいた。仙三は加代を見ると眉をしかめたが、それでも彼女を自分のアパートに入れてやったのである。

アパートへ来てからの加代は、自分の部屋に落ちついていたことはなかった。加代にはいつも未来への漠然とした不安があった。彼女はその不安をただ漠然と堪えているだけなのだ。それは彼女の眼を見ればよく判るのだ。彼女の一重瞼は何かひどく重い感じだったの。そしてその瞳には動物的な暗さが沁みついていた。だが、頰から口元にかけては幼女のようにあどけないのである。恐らく彼女が老婆になってもこのあどけなさだけは保たれるだろうと思われるのである。それだからこの顔全体は、不思議に人々を追憶的な気分にさそうのだった。彼女の客が、殆んど二十前後の青年であることを見ても、その顔が誘惑的なのだということが判るのである。

加代の最初の客はこうだった。ある夕暮、彼女は両国の駅にぼんやり立っていた。彼女は何かを待っていた。しかし何を待っているのか自分でも判らなかったのである。いろんな男たちが彼女を振り返った。ことに学生服を着て真新しい赤革の手提鞄をもった青年が、長い間彼女を見入っていた。そして彼女がその青年に気附くと、青年はふいに顔を赤らめながら、まるでひきつけられるように加代へ近附くと、

「あの、みつ豆でも食べませんか?」

となつかしそうにいうのだった。それは九州から上京して来た医学生だった。今でも彼は自分ひとりで時には友だちを連れて加代のところへ来るようである。

僕は何のためにこの手記を書きはじめたのだろう。このアパートの人々の生活や気分といったものを記録しようとしているのであろうか? 或いは一切が古くさい昔話と変らないということを証拠立てようとしているのであろうか? いや、これらの人々は僕に深い絶望を与えるのである。僕の心のなかにある或る憧憬を救いようのない絶望に陥れるのだ。だがそれが却って今の僕には快い。僕は自分の絶望を愛しはじめているのである。勿論その愛は憂鬱だ、だが憂鬱という奴は、夜寝床へ入るときのような楽しさを与えて呉れるのである。

僕には思い出もない。輝かしい希望もない。ただ現在が堪えがたいだけである。現在が堪えがたいからといって、希望のない者には改善など思いがけないことだ。一体何をどう

改善するのか。欲望という奴は常に現実の後から来る癖に、影だけは僕たちの前に落ちているので、その影にだまされて死ぬまで走りつづけるような大儀なことはしたくないだけなのである。だから僕をニヒリストだと思われるのは至極道理だ。だが僕の世界中で一番きらいなものはこのニヒリストという奴なのである。ニヒリストと聞いただけで加代に感ずるような嘔吐を催すのである。僕を強いて差別づけるとすれば——僕はまた、この差別という仕事が大嫌いなのだが——ニヒリストと正反対のものである。勿論、ニヒリストの反対はローマンチストではない。その名前は誰かが考えて呉れるであろう。僕はただ堪えがたい現在に堪えているだけなのである。

2

僕は今日も重い刷毛《はけ》を背負いながら、銀座の露店からこの本所の一画に帰って来た。僕は自分の恰好を名誉なものとは考えていない。罹災したとき着ていたのだという仙三のよれよれの国民服を着ているのは、それより外に着るものがないからだ。その上に古典的な泥棒然とした大風呂敷を背負って歩いている僕の姿は、とかく人目をひくらしく、附近のバラックの人々もいつとはなしに僕の名を覚えてしまっているくらいだ。そんな恰好でゆるゆる帰って来ると、珍らしくまだ暗くならないのにアパートから引上げて来る伯父の仙三に出会ったのである。

仙三は背広姿で、僕に気が附かずに歩いて来るのだ。彼はひどい跛だった。だが彼の頑丈な肩や、それにつづいている厚い抑揚のない一枚板のような上半身は、彼の昔の商売を思い出させるのである。彼は仲仕から叩きあげて運送店の主人となり、戦時の企業整備のとき、このあたりの小運送店を合同してその社長にさえなったのだ。だが、今は、この倉庫が一つ焼け残ったきりだった。しかも彼はその空襲のとき、家や妻だけでなく、右脚を足首から失ったのである。

アパートのあたり一面の焼跡には、思い思いのバラックが建っている。それはこのたそがれには、移民の集団住宅のような猥雑と疲労が強く感じられるのである。仙三はその間を運河沿いに橋の方へ歩いて来るのだ。それは歩くというよりよろめいているという方がふさわしかった。跛の方の足がやっと大地に踏み下されると、彼の上半身は倒れんばかりに右へ傾き、それを節くれだった太い木の杖で懸命に支えながら左の方の脚をひきつけるのだが、そのためにしばらく立止っていなければならないのだった。その都度に、杖がぶるぶるふるえているのである。そして彼は不安そうに、次の足を下さなければならない地面をちらりと確めてから、再び運命的な予感のうちに、次の一歩が絶望的に踏み出されるのだった。僕はその老人に挨拶をした。

「早いお帰りですね。品物の清算は明日にしますか?」

「うむ……」

と仙三は眉をしかめながら、僕をじっと見るのだ。彼の顔は小さいのだが、その顔とは不調和なほど高い鼻は先が尖っていて、その鼻の両側には、犯罪人のような陰険な眼が黒く澄み通っていた。頭は真白できちんと五分に刈り込み、皺もない青白い顔には、暗紫色の唇が厚く垂れていた。やがて仙三は眉をしかめたまま不機嫌そうにいった。

「うむ。金沢の息子が死んでな。今晩お通夜なのだ」

「金沢さんの息子……ああ、あの少年ですか。仕方がないでしょう」

そして僕たちは何事もなかったように、その言葉を挨拶がわりに行き違ったのだった。仙三は再び運命的な足どりで橋の方へ歩いて行った。戦時中、欄干の鉄材という鉄材をとり除かれてしまったみすぼらしいその橋は、そのために空襲のとき、数十人の避難者を水の上に落してしまったのだ。仙三はその死の橋の傍に、バラックを建てて、ただひとりで住んでいたのである。

アパートの廊下にはむせかえるような煙が立ちこめていた。廊下といってもいつもじめじめしているたたきの土間で、それが何の奇もなくその建物の中央を縦に一筋につらぬいているだけなのだ。その廊下をはさんで大小とりまぜた部屋が十二室向い合っていて、その端の一室は炊事場と便所に仕切られている。だがその部屋部屋の構造や高い屋根裏の棟木から長く吊り下っている暗い電燈の感じや、その建物に沁み込んでいる陰鬱な調子などは、僕の服役していた田舎の刑務所そっくりで、僕が思わず仙三を「御担当さん！」と呼んでしばらく気のつかないことのあったのは、僕の頭がどうかしているからではなく、全くこの建物のせいなのである。

僕は部屋へ入って、品物を仕訳しながら売上の伝票を書いた。僕は露店の売子なのである。仙三が知合から刷毛を仕入れる。それを僕が売るわけだ。そして僕は売上の一分を月給として貰うのだ。月百五十円から三百円にはなる。勿論それでは食えないから常に飢えているのである。それに僕は二、三日前に、まだ来月までには十日もあるというのに、外食券を食い切ってしまっていた。勿論金なんかあろう筈はない。だが小岩の刷毛屋の問屋へ品物をとりに行ったとき、その主人が僕に何となく米を一升呉れた。そして僕も何となくその米を貰って来たのだが、そのおかげでやっと今迄凌ぎをつけて来たのである。

売上の一分とはひどいと僕の隣に露店を出しているライター屋がいう。どんなに少くとも一割が相場だと憤慨して甚だ民主的じゃないというのである。そこで僕は仕入から販売まで一手に引受けていて、僕の資本家はこの露店の権利を持っているだけというと、ストライキを起して要求しろという。だが売子は僕ひとりなのである。ストライキとは同盟罷業のことだから、同盟する相手のいない僕にはストライキの仕様がない由を説明すると、怪訝な顔をして沈黙した。全く僕が飢えているということがそれほど重要なことなのだろうか！

今日死んだ少年も僕と同意見だったであろう。その少年は十二だった。手脚は骨ばかりで腹だけは異様にふくれていた。彼は兄のお下りらしいだぶだぶの学童服を着ているために一層瘠せて見えた。そしていつも痴呆のように口を半ばひらいているので、青白い頰は一層落ち込んで見え、そのために妙に老人くさい感じがするのだった。彼は学校へも行かずいつも廊下やアパートの附近を何の目的もなくさまよっていた。そして自分よりずっと年下の子供から「栄養失調！」と罵られても幾分斜視の首をかたむけながら、ただだまってぼんやり立ち止っているだけなのだった。それは全く人々に白痴を思わせるほどなのである。だが先日、同じ年輩の少女から罵られたときは、流石腹を据えかねたと見え、傍にあった石をつかむと少女へ投げつけたのだった。石は少女の眼の上に鋭い裂傷をつくった。少女は忽ち痛みと血で狂ったように泣き叫んだのだった。その声に少女の兄がとび出して来て、その少年を音高く平手で二つ三つ頰を打ったのである。そのあいだ、少年は弁解ともひとり言ともつかない声で、

「栄養失調というんだもん」

と繰り返していたが、別に泣きもせず、物憂げな顔でのろのろアパートへ入って行ったのだった。

僕はその少年に言葉をかけたことはなかった。道で会ってもただ「もう死ぬだろう」と考えるだけだった。そして僕はその少年に堪えているだけなのだ。ただそれだけだった。

僕は品物の整理が済むと、しばらく壁にぼんやり凭れていた。刑務所にいたときの習慣でこの姿勢が一番楽なのだ。炊事場の方からは晩の支度で騒々しい女の声が聞えていた。それを蔽うように隣の荷扱夫の妻の苦しそうな咳が聞えているのだ。その妻は、一昨日から全身にむくみが来て、まるで化物のようになっていた。その瘠せてすさんだ顔は丸くなり、手脚はふくれ上って、腹は臨月の女のようになっていた。ふいに着物の前が合わなくなって、女角力のような恰好で廊下を歩いているのだった。

「隣のお神さんも、もう死ぬだろう」

と僕は口に出して考えた。その僕は何か堪えがたかった。そして発狂前のように後頭部に重苦しい鈍痛を感じた。僕は不安になって立ち上り、部屋のなかを歩きはじめた。すると、僕はふいに輝かしいひろびろとした野原を歩いているのだった。草の葉末が光って風にときどき揺れるのだ。僕は一本の樹に凭れながら風の音を聴いていた。だが僕はすぐ我に返った。僕は凭れていた板の壁から離れると、僕も夕飯の支度をしなければならないと考えた。草の葉末が風に光っていたからといって今の僕に何の関係があろう。僕は食糧や炊事道具などの一切の入っているブリキ罐を両手に提げて部屋を出た。

炊事場は帯を締める暇も、髪を結ぶ暇もない女たちで混み合っていて、四、五歳の女の児が泣き叫んでいた。炊事場の隅にある大きな木製の塵取には、白いかびが生えていて、あらゆる種類の厨芥が投げ捨てられて異臭を放っていた。一方の板壁に焼け亜鉛が張ってあって、生活の疲れを見せているさまざまな種類の焜炉が並んでいた。そして他の一方の板壁に沿って長い木の流しがとりつけてあって、それはもうぼろぼろに朽ち、いたるところから水が洩るのだった。そこに思いがけなく仙三が杖をつきながら、フロックコートを着て立っていた。その彼の胸には勲八等の勲章が下っているのだった。そして顔をしかめながら立っている彼は、この場所では何か醜悪だった。だが彼はふいに一人の主婦へ押付けた威厳のある声でいい出したのだった。

「あんたはその大根の葉っぱを捨てるのかね？　大根の葉っぱにはヴィタミンが根より多くふくんでいるのだ。それを捨てるのは全く命を捨てるようなものだ。わしは先刻もいうように単なる経済からいうのじゃない。食生活の合理化のためにいうのだ。全く大根の葉っぱは枯れたものさえ干葉といってな、漬物にしてもうまいもんだ。それにわしは仲仕をしていたとき足を挫いたことがあったが、その干葉を入れた湯を立てて立派に直したことがありましたよ」

そしてまた仙三は、フライパンの取扱方を若い主婦に教えた。彼は右手で杖を握りしめながら、左手で器用にフライパンのなかのものをかえして見せるのだった。そしてまた彼は菜の茹で方に苦情を持ち出すのだった。僕はそのように仙三が動くたびに揺れる彼の胸の勲章を物憂い心で眺めていた。しかもその勲章は、仙三が菜を茹でている鍋の蓋をとるたびに湯気にさらされて鈍い銅色に光り出すのだった。だがやっと仙三が跛をひきながら炊事場から去ると、主婦たちは忌々しそうに愚痴をこぼし合うのだった。

「本当に嫌ねえ。……栗原さんに炊事場へ入って来られるとぞっとするわ」

「あの人はまるでここの殿様みたいなのね。何をしても文句をいうのよ。昨日だってうちの息子にまでお説教なんですの。お酒を飲むといって」

僕はその女たちの間へすべり込んだ。そして昨日の残飯をフライパンで焼飯にしたのだ。僕はそれを出来るだけ不器用にやった。すると女たちは奇妙に静かになって、一人二人と炊事場を出て行ったのだった。そして遂に炊事場にいるのが僕ひとりになると、思わず僕は深い溜息を洩らしたのだった。自分自身が重かった。そして人間が重かった。帰りの廊下でおぎんに会った。彼女はひどく興奮していた。彼女は坊さんがまだ来ないといっていら立っているのである。彼女は僕までつかまえていうのだった。

「七時という約束なのに何しているのでしょうねえ。ああほんとに忙しい。堪らないわ。それに何かいつも自分のしたいことと違ったことばかりしているような嫌な気持で……」

そして荷扱夫の妻を見ると怒鳴るようにいうのだった。

「あんた、いいの？　寝ていなくてもいいの？　旦那さんに夕御飯の支度ぐらいさせなさいよ。あんたがだらしがないから、旦那さんもだらしがなくなるのよ」

するとと女角力のようにふくらんでいる荷扱夫の妻は、もう涙をうかべながらいうのだった。

「戸田さん！　昨夜、うちの人、わたしを足げりにして早く死んでしまえというんでしょ。わたし悲しくて。……御飯の支度をして呉れるどころじゃありませんよ」

「あんたの家も困ったものね。それにまたむくんだようじゃないの？」

「ええ、戸田さん、見てお呉んなさい。またこんなにふくれたんですよ」

そして僕がいるのに荷扱夫の妻は、恥もなく前をまくりながら腹部を見せるのだった。その腹部は異様に大きく膨満していて、そのために局部さえ見えなくなっているのだった。

僕は最後の食事をすませた。明日はもう米もないのだ。しかしそれが何であろう。僕は読経が聞えはじめたので少年の部屋へ行った。葬式らしい飾りつけもなく、棺さえないのだった。少年は薄い蒲団のなかに低くなって居り、その顔には洗いざらしの配給の手拭いが載せてあった。その前に小さなちゃぶ台が置いてあり、その上に、花や線香がならんでいるだけなのだった。六畳の狭い部屋に人々が混み合っていて、その隅に彼の兄弟が四、五人神妙にかたまっていた。父親は酒を飲んでいるらしく赤い顔をして落着なく部屋へ入って来る人々を眺めたり腕組みをしたりしているのだった。そして母親は屈託げな顔で七人目を孕んでいる大きな腹を出してどっしり坐っていた。僕は女のように白い手をした坊主の読経を聞きながら、ふとリアカーの音を思い浮べていた。そのリアカーはアパートのもので、空気が減っているために一回転する毎に手荒にごとんごとんと揺れるのである。

リアカーの上には一番安い棺が載っていて、菰《こも》で蔽いかくしてあるのだった。父親は大工の仕事を休んで遠い火葬場までリアカーを引張って行かなければならないのでひどく不機嫌なのだ。だから少し酒を都合して飲んだのが酔えないので、一層不機嫌になってむつかしい顔をしているのだ。ごとんごとんと単調な音を立ててリアカーが揺れるたびに、棺のなかの少年は考えるのだ。なんて死とは大儀な厄介なものであろうと。僕はいつの間にか読経のゆるやかなリズムに調子を合せながら、ごとんごとんと憂鬱に口の中で呟いていた。

ふと気が付くと、傍に加代が坐っているのだ。僕はその彼女が何か気になる謎のような微笑をうかべながら、じっと前を眺めているのを知った。僕のひとり言が聞えたのかも知れなかった。僕は彼女の肉体をじかに感じた。白い皮膚がはち切れそうに太っていて、足の指先まで輝かしいほど丸味を帯びているのである。彼女の身体には、皮膚のゆるんでいるところは一箇所もないであろう。やがてふいに僕はまるで桜の満開を見ているときのような鬱陶しい嫌な気分になった。すると彼女の部屋から絶えず洩れている肉を煮る匂いが思い出され、それが僕の胸に立ちこめて来た。僕は忽ち気分が悪くなり嘔きたくなって、そっと立ち上った。そのとき彼女の膝のあたりが眼についた。その膝は窮屈そうに折り曲げられて、大きな太腿が太ったふくらはぎの上に丸太を積み重ねたように載っていた。そのために彼女は中腰になっているような感じで、彼女の上半身は他の人々より遥に高く浮き上っているのだった。

僕は息苦しい狭い部屋から廊下へ出て太い吐息を吐いた。あの肉体には人間の夢があふれていると僕は考えた。そして彼女の顔の追憶的な気分がその肉体の夢へ投げかけられて、彼女は青年に対して一層誘惑的となっているのだった。咄嗟に僕は仙三に同感し仙三を愛した。仙三は彼女に対してどんなに冷淡であっただろう。

仙三は自分の妾だった女の娘だとは思えないほど加代に対して冷淡だった。彼女と顔を合しても、眉をしかめたまま眼を下に落して黙っているのだった。それはまるで彼女の存在に堪えているという風なのである。そして加代は加代で、あの一重瞼の重い眼をあらぬ方へ向けているのだ。加代は勿論仙三の娘ではなかった。だがこのように相対している二人は、そっくり気まずい父と娘に感じられた。ときたまそれでも仙三は、自分から加代へ、

「お母さんから手紙が来るか？」

と訊ねることがあった。それでいながら彼女の部屋代は、他より厳しく自分で取り立てに来るのだった。だが若しそのとき加代にその金がないと、あの陰険な澄んだ眼をきびしく彼女へ向けて、

「お前みたいなだらしのない女は早く死んでしまうんだね」

と冷やかにいうのだった。

僕は部屋へ帰って、高い板壁にひっそり凭れていた。その僕に坊主の読経が子供の泣声が、隣の妻の息もたえだえな咳が沁み込んで来るのだった。やがて、僕はのろのろ寝床をとると、僕の最も居心地のよい住いである眠りのなかへ帰って行った。

3

今日も一日中雨が降っている。この四、五日降りつづいた雨は、今は全く降り癖がついてしまったようだ。僕は一昨日から殆んど何も食べてはいなかった。そして昨夜から僕はひどい飢餓感に苦しめられていた。飢えはまことに重い。それは全身へ鉛のように蔽いかぶさっているので、動くのも大儀なのだ。僕は今朝から何度も、ここから遠い外食券食堂の傍にある青物市場の広い構内を思い出していた。その構内の隅には、僕が銀座から帰って来るころにはいつも、腐った大根や蕪や枯れたキャベツの葉や葱や他のいろんな菜葉類が掃き寄せられて山のようになっていた。僕はここでまだ食べられるものを見つけた。ときには馴染みになったそこの掃除婦の手伝を一時間ばかりして、里芋やからし菜などを少しばかり貰うことがあった。

だが僕はいつものように高い板壁に凭れながら、ただひっそりしているだけなのだった。飢えもこのように重ければ、酒にでも酔っているような、非現実な気分になってなかなか快よいものだ。僕は飢えに陶然となりながら放心していた。だがふと雨が小降りになって来たのを感ずると、明日の仕事が僕の前に現われて来た。僕は身体に力をつけるために何か食べなければならなかった。僕はあの青物市場へ行く決心をしたのだった。

道は遠かった。小雨になったというものの、五月の雨の冷さが、足のうらから沁み通って来て、空虚な下腹が氷のように冷くなって行くのが感じられた。下駄の鼻緒が濡れて伸びたらしくひどく歩きにくかった。僕は傘をもたなかった。だから傘を持たないで歩いているということが一番気になった。そしてよれよれの国民服が、濡れて次第にみにくい汚れた色に変って行くのが憂鬱だった。若し服がそう濡れないならば、ついそこまでの用事なので傘を持つのが面倒なのだろうと人々に許して貰えるからである。だが残念なことには雨は途中でひどくなって来た。僕はやっと焼跡の墓地に焼け残っている畳一枚ぐらいの小さな小屋にとび込んだ。

小屋のなかには何もなかった。あれば疾《と》うの昔に盗まれていたであろう。天井に近いところに、造花の白い蓮の花が束にして吊されていた。色素が酸化したのかその葉の青さは膿のような色になっていた。そしていたるところにあの竹の筒だ。それは朽ちて臭気を放っていた。そのときぴかりと僕の眼を射たものがあった。思わずその方を見ると、暗い部屋の隅に枯草色のされこうべがぼんやり見えるのである。たしかにされこうべは僕を見つめていた。僕も動かずにじっとそのされこうべを確めた。咄嗟に罹災者のそれかも知れないと思ったのである。だがそのされこうべには、どこかでお目にかかったことのあるような特徴を感じた。だが僕はすぐそれが自分の顔であることを知った。隅に破れたガラスが立てかけてあったのである。ここ何年という間、つくづく僕は自分の顔を見たことがなかったので、その偶然の鏡でいろいろ自分の顔を楽しんだ。だが光の加減でどうしても頭の髪だけは見えないのである。だがそれを見る必要はないのだ。刑務所の病棟に入れられてから、僕の髪は急に細くやわらかになり、次第にうすくなって禿げ上って来たのだ。その禿げ上った額だけはくっきりとガラスにうつっている。だが眼のあたりはくらい空洞なのである。ただされ窪んでいる僕の眼は一層窪んだのであろう。そして頰は思い切り落ち込んでいるのだ。僕はなるほどと思った。額から顎にかけての線はすっかりされこうべの相好を現わしているのである。そして眼が空洞なのだ。

僕は雨のなかを歩き出した。そして間もなく屋根だけの大きな建物がコの字形に三棟ならんでいる青物市場に辿りついたのだった。だが雨つづきのために入荷がないのか、その広い構内は洗われたように片付いていて、僕の目的とするものは何一つ見えないのだ。ただ手前の一棟の、僕に近い柱のところに、雨を避けて六十ぐらいの浮浪者が空俵の上に身体を丸くして転っていた。死んでいるのかとも思われる節があるので近付くと、浮浪人はおずおず半身を起して僕を見たのだった。その顔は長い白い鬚に蔽われていて、百年間土牢に入れられていた老人のようだった。彼は口をひらこうとするたびにゆるんだ入歯が抜けそうになるので、聞きとりにくい不明瞭な声でいった。

「わしは、一寸、雨やどりしているだけなんで」

僕にはそんなことはどうでもいいことなのだ。だから僕は率直に自分の状態を説明した。

「僕は腹が減って仕方がないんだ」

「旦那、……」

そして続いて老人は何かいったのだが、僕には少しも聴きとれなかった。ただ赤いうるんだ眼が臆病そうにひるむのが見えた。その老人はもう、中風のようにふるえる手を柱の根元へ伸ばしながら、汚れた布包みをとり出していた。そして彼は聞きとりにくい声でいうのだった。

「わしは盗んだのではないので。この俵を借りたら、えんどうが残っていたんで」

僕は何とはなしにその包みを受取った。そして何か話の行き違っている戸惑いを感じながら歩き出したのだった。だがやがて、とにかく僕が無心をしたものらしいということに気付いて、再び老人のところへ引返すと、その老人の足許へだまってその包を置いた。すると老人はびっくりしたように再び身体を起してやはり不明瞭な声でいうのだった。

「わ、わしは決して盗んだのではないので」

僕はそれに答えずにぼんやり立っていた。そしてこの老人のように今寝ころぶことが出来たらどんなに幸福だろうと漠然として考えていた。そのあいだ、老人は僕を確めるように眺めていたが、ふいに口の端に泡を出しながら、勿体ぶった口を利いた。

「ああ、ああ、お前さんはわしの仲間か？」

だが彼は尚も僕がぼんやり立っているのに威厳を損じたらしく、次のように聞きとれる言葉を叫んだのだった。

「おい！　わしは眠るのだ。そんなところへ幽霊みたいに立っていないで、どっかへ行って呉れ！　ほんとにお前は幽霊みたいだぞ！」

幽霊という言葉が僕を打った。僕は自分の本質に対する的確な批評に敬意を表しながら、厚誼をこめた一礼をすると、再び雨のなかへ大儀な足を運んで行った。幽霊、たしかに僕は実体のない存在なのである。僕は憂愁という観念なのである。その僕にはこの自分の肉体がどんなに重かったであろう。もう歩くのが困難なくらいだった。それに胃のあたりが急に気持が悪くなって来て、遂に堪えることが出来ず、焼けた電柱につかまりながら吐いたのだった。しかし粘液質の水ばかりで何も出て来なかった。僕は幾度も吐いた。だが僕のこの必死の分泌物は地上に影さえもとめないのだった。雨のはげしい流れが、吐くそばからその水を持ち去ってしまうのだ。僕が胃のなかからこみ上げて来る苦悩を吐いても、僕はそれを地上に見ることが出来ないのだ。僕は冷汗を手で拭いながら、僕は譬喩的でなく本当の幽霊なのかも知れないと考えた。そして今度は意識的に出ない唾を吐き散らした。そして唾の泡をやっと地上に確めると、僕は限りない安堵を覚えて、その場にしゃがみ込んだ。突然僕の眼は暗くなり、周囲の一切が暗闇のなかへ沈んで行った。僕はその苦痛と不安のなかで、異様に昂進している心臓の音だけをいつまでもじっと聞いていた。

僕は一時間近くもそうしていただろうか。次第に気分が納まって来て自分を取り戻すと、二の愉悦に酔ったバッカスのように、よろよろアパートの方へ帰りはじめたのだった。だがしばらくして僕は自分の名を呼ばれているのに気が付いた。振返ると戸田だった。戸田は路地の角の、桶屋の前に積み重ねてあるこわれた鉄砲風呂のかげに、隠れるようにして立っているのだった。彼は臆病な愛想笑いをうかべながら丁寧な言葉でいった。

「お帰りになるんでしょ。傘にお入りになりませんか？」

そして驚いたようにいうのだった。

「青いですよ！　お顔が！」

「ええ、その」と僕は急に重い気分になって答えた。「メチル、そう、メチルの入っているらしい酒を飲まされたので……。あなたは何か用事で？」

戸田はそれに答えず曖昧な泣くような笑いをうかべた。そのときプラッカードを押し立てた四、五十人のデモ行進が雨のなかを歩いて来た。馘首絶対反対と墨で紙に書いたその字は、雨に濡れて黒い涙を流していた。それらの種々雑多な服装をした労働者たちは、自由と肉体を持て余していた。彼等はいらだたしそうにメーデー歌を叫びはじめたかと思うと後がつづかず、また黙り込んで、雨に打たれながら疲れ切った身体をのろのろ運んでいるのだった。その彼等はまるで何かの恐怖に打ちひしがれているようだった。

「どこへ行くんでしょう?」と戸田は不安そうにいった。

「家へ帰って寝るんですよ」と僕は投げやりに答えた。

僕たちは歩き出した。戸田は僕へ何かえらい人のように気をつかいながら、こうもり傘をさしかけて呉れるのだった。僕は、

「どうせ濡れているんですから」

とその配慮をことわると、戸田は冴えぬ声でいうのだった。

「僕はレインコートを着ていますから。……」

僕たちはそれなり黙ってしまった。すると戸田は僕の顔色をうかがうようにして、ふいに訊ねるのだった。

「共産主義になれば、怠け者は重い懲役にやられるのでしょうねえ?」

「いや、僕は共産主義なんか忘れてしまいましたよ。ええもうすっかり。思想と名のつくものは、すべて愚にもつかぬものですね。……忘れた、それでおしまいです。そしてなぜあのときあの思想に自分はあのように夢中になっていたのだろうと不思議がるのがせいぜい関の山ですよ」

「でも共産主義の世の中にならないとは限りません。そのとき怠け者は……」

「ただ死ぬだけでしょう」

と僕は戸田の言葉を引取るようにして答えた。戸田はふいに打ちひしがれたように黙り込んでしまった。だがそのために僕へ僕の冷酷さを暗黙に抗議するようなことはなかった。むしろ自分の沈黙をそのようにとられるのを恐れたらしく、自分から冴えぬ声でまたいい出したのだった。

「僕は、先刻、年をとったら桶屋になろうと考えていたのです。僕は先刻も桶屋の前に立っていたんですが、あのとんとんたがをはめる音を聞いていると、たまらなくなって来るんです。僕は普通の人のように働きたいのです。働くことが当然の義務のように毎日仕事をして、夜になれば休んで、そして朝になれば別に苦痛もなく自分の義務に帰って行くというような、普通の人のような生活が出来たら、どんなに幸せだろうと思うのです。自分からも他人からも要求されないで毎日義務のように働いているあのお爺さんを見ていると、桶屋のお爺さんなんですよ、僕もああなりたいと思うのです。僕の理想なのです。僕もあのように年をとって、自分で磨《と》いだいろんな刃物を自分の後にならべながら店の隅でとんとんたがをはめている自分の姿を想像すると、涙さえ出て来るんですよ」

そして戸田は本当に涙をにじませているのだった。僕は戸田の告白を聞いているうちにひどく大儀になっていた。僕は出来るならだまっていたいと思ったが、その大儀さに堪えながらいった。

「僕がその桶屋のお爺さんを見たのなら、戸田さんと違って、きっとこう、そのお爺さんの苦しみを見つけ出すでしょうね。そしてとんとんという槌の音を聞いたら、きっとお爺さんのどうにもならない絶望の響に感じられて、僕はきっと急に生きるのが辛くなって来るでしょうよ。それでなくても働くということは辛い。しかし、それだからといって怠けているということも辛い……」

「ええ、そうですよ！」と戸田は勢い込んで僕の言葉を引取るようにいった。「なまけているということは実につらいものです。筆耕屋へ仕事をもらいに行っての帰り途、今もそうなんですが、僕はいつもあのお爺さんを見て元気づけられるのです。よし、自分もあのようになろうと決心して帰って来るのですが、さて、帰って仕事にかかると、ものの二、三時間もたつと、もうだめなんです。どうしても仕事をする気になれないのです。だからといって、他に何をしたいということもないのです。僕自身がもうだめなんですね。僕はまあ一種の廃人なのでしょうねえ」

僕はだまっていた。僕に告白したからといって救われるものでもないであろう。だが戸田は僕に慰めて貰いたかったのだ。そして僕が戸田に一言でもやさしい言葉をかけていたら、戸田は僕からもう離れることが出来ないように始終僕の部屋へやって来るのに違いないのだった。しかし僕はだまっていた。それより他にどんなことが僕に出来るだろう。それに僕はもう口を利くのも大儀になっていたのだった。すると戸田はその僕を不安そうに見ながら、話というものの持っている和解的な親しさのあふれた気分を僕たちの間につくろうと努めているらしく、また僕に訊ねかけて来るのだった。

「須巻さんは共産主義から何に転向されたのですか？　デモクラシイへですか？……僕はデモクラシイが大好きなのですが」

僕はもう堪えられなかった。僕はいらいらしながら邪慳にいい出した。

「僕は思想というものは愚にもつかぬものだといったじゃありませんか！　あなたはどうして僕を何かの主義者に決めたいんです！　あなたの好きなデモクラシイだって、思想である限り思想としての運命から免れることは出来ませんよ。思想である限り必ず対立と抗争を予言している。どんな偉大な思想だって、人類の平和と幸福を目的としている思想だって、ちゃんと人類を戦争と破滅に導くという悲劇性を自然にふくんでいるんですよ。人間が思想を持つのは、ただそれが便利だからですよ。……全く思想なんか豚にくわれてしまえだ。思想なんかせいぜい便所の落し紙になるくらいなもんだ」

「それでは」と戸田はおびえたらしく囁くようにいった。

「あなたはデモクラシイに反対なので？」

「反対？　僕はいつ反対しました？　あなたは先刻、デモクラシイが好きだといったけれど、あなたがデモクラシイが好きなのは、共産主義的に好きなのか、自由主義的に好きなのか、それとも社会主義的に好きなのですか？……僕もデモクラシイは好きですよ。だが僕がデモクラシイが好きなのは、デモクラシイには定義がないということなのです。またデモクラシイにはそれによって縛られる歴史がない。つまり歴史的必然という奴がない。だから好きなのです。またデモクラシイではいつも個人の選択の機会が与えられている。僕が大臣を志願しようと大泥棒を志願しようと自由だから、僕は好きなんだ。そしてやはりデモクラシイはあらゆる定義を持つことを許されているということが好きなんです。……僕はあなたを混乱させようと思っているんじゃない。デモクラシイは辞書にはどうあろうと、それは自由ということなんだ。自由に定義や思想を与えることの出来る学者が世界に居たら、お目にかかりたいと思いますよ。それだのに日本には自由主義者の政治家や自由の思想をとなえている哲学者や人民の自由を目的としている労働運動家が居るのです。だから日本は神国なんですよ。そして……ああ、こんなことは勿論どうでもいいことなんです！　自由の思想があっていいんだし、デモクラシイが民主主義であっていいんだし、まあ、そんなものです。全くどうでもいいことだ」

すると戸田は、

「そうですね」

と合槌を打って臆病な愛想笑いをうかべたが、僕の饒舌に気を許したか、またおずおず訊ねるのだった。

「しかし自由とはどういうことなんでしょうね」

僕はそれには答えなかった。全くだまっているより仕方がないではないか！　僕が禅坊主でもあれば、僕は戸田をなぐり飛ばしたであろう。だが僕は自分に堪え戸田に堪えていた。気分がまたひどく悪くなって来た。僕は戸田の傘からふいに脱けだすと、道傍に行って吐いた。戸田が後から心配そうにやって来た。

「ほんとに顔が蒼いですよ」

「そうでしょう」と僕は自分の心臓の音に息苦しくなりながら素気なくいった。「毒の入った、メチルの入った酒を飲まされたんですよ」

そして僕はそれ以上戸田と口を利こうとは思わなかった。そればかりでなく戸田は僕には殺してしまいたいほど重いのだった。そしてその自分がまた重く、世界が更に重いのだった。

だが僕たちがアパートへ着いたとき、炊事場からおぎんと松本の妻の話声が聞えて来たのだった。松本の妻は、感に堪えたような声でこういっていた。

「……ほんとにあなたの旦那さんはおとなしいですわね。いらっしゃるのかいらっしゃらないのか、判らないくらいですよ」

するとおぎんは男のような強い声でこう答えていた。

「そうですよ！　宝物みたいにちゃんと床の間へ飾ってあるんですからね」

そのとき僕にさよならをいおうとしていた戸田は、強い衝動を受けたようだった。彼は急に耳を覆いたいような絶望的な顔になって、うろうろ僕の顔を盗み見るのだった。そしてやっと僕にさよならをいいながら靴を脱ぎはじめたのだった。だが僕はその戸田へおぎんに続いて更に一撃を加えたのだった。

「なかなかいい靴をはいていますねえ」

「いや、これは、その……」と戸田はますますうろたえながら、「では、さよなら」と急いで扉の向うへかくれてしまったのだった。その靴は妻のおぎんが買って与えたものなのである。僕はそれを知っていた。だから僕は戸田へ一撃を加えたのだ。戸田という男がほんとに気が小さいのなら、彼はこの僕の一撃だけでも十分自殺することが出来るであろう。そして……まあ、ただそれだけの話なのだ。

自分の部屋へ入って服を脱ぐと、猿股まで濡れていた。僕はたった一枚の着換である浴衣の寝巻に着換えると、しばらく壁に凭れていた。熱があるらしく、ときどきふるえが来た。しかしそれが何事であろう。隣の那珂の部屋からは、相変らず苦しそうな痙攣的な咳が聞えていた。それは僕の凭れている板壁にひびいて僕の寒けだった肌へじかに沁むのだった。

「明日かも知れない」

と僕は考えた。そして僕は自分の飢えと悪寒に堪えていたのだった。そのときふと、僕の向い合っている壁の向うから、戸田の呻くような泣くような溜息がかすかに洩れて来た。僕はそれにじっと堪えた。堪えるということは、僕にとって生きるということなのだ。堪えることによって僕は一切の重いものから解放されるのだ。そしてまた堪えることによって、あの無関心という陶酔的な気分を許されるのだ。全くそれでなくても、この世の中は、堪えるより外に仕方がないではないか。思想にさえ、僕はどれほど堪えて来なければならなかったであろう！

4

僕の前の部屋にいる加代は、この二、三日病気で寝ている。ただ風邪をひいただけなのだ。そして彼女が病気になったと聞いて、仙三は急に彼女へ深い関心を示しはじめているのである。といって見舞ってやったことさえないのだが。昨日の朝、僕がアパートの事務所へ品物を受取りに行くと、彼は加代とは何の関係もない僕をとらえて力説するのだ。

「お前はどう思うかね？　加代の咳はたしかに肺炎のそれだと思うんだが。全く加代のようなだらしのない女は、一見頑丈そうに見えても、病気に対する抵抗力というものは殆んどないものだ。わしはあのような意志のない女をほかにも一人知っていたが、その女は指先に針を突き刺した傷だけで死んだのだよ。うむ、破傷風になってだ。加代もきっとそうなるよ。わしは加代の咳を聞いたことはないが、おぎんの話を聞いてみんな知っているんだ。加代の病気は熱の高いことと思い合せて立派に肺炎の徴候をもっている。それにあいつは、何一つ手当を知らないんだ。部屋に湯気も立てず湿布もしていないというじゃないか。あいつはもう完全な肺炎なのだ」

その仙三の陰険な澄み切った眼には、異様な熱心さが輝いていた。老人のこのような熱心さというものは、いつか炊事場で見た勲章のように何か醜悪で重かった。僕はその重さに堪えながらいった。

「でもただの風邪らしいですよ。今朝はもう咳なんかしていなかったようです。……嘘だと思うなら深尾さんの部屋の前へ行ってごらんなさい。すぐ判りますよ」

「そりゃ朝は、どんな病人だって熱が下ってよくなったように見えるもんだ。それにわしが、どうして加代の部屋の前に行かなければならんのだ。わしは誰からも命令は受けない。殊にお前なんかに……。わしはお前の顔を見ていると実際腹が立つのだ。お前は今の若い者と同じだ。とにかくだらしがない。軽信で、意志がなくて、それに第一にちゃんとした将来に対する心構えというものがない。それだのに攻撃だけは無暗矢鱈に攻撃するのだ。わしは、自分のことといったら箸を持つことさえ出来ない馬鹿が、飯の盛り様が少ないといって母親をなぐり殺してしまった話を聞いているよ。攻撃なら馬鹿だって出来るんだ。実際わしは昔からそうだったが、若い者と子供が大嫌いだ。全く加代とお前が夫婦になればいい夫婦になるだろう!」

僕はだまっていて答えなかった。すると仙三はその僕へいら立っていうのだった。

「品物をもって早く行け！　そんなところに何をぼんやり立っている！」

そこで僕は、品物を大風呂敷に包んで、古典的な泥棒然と銀座へ出かけて行ったのだ。

だが今朝も仙三は、まるで挨拶のようにおぎんの顔を見るなりおぎんへ訊ねていたのだ。その彼女はだるそうな荒んだ顔をしていた。そのとき彼女は夫の家出をかくしていたのである。

「加代はどうかね？」

「幾分よろしいんでしょ。今朝早く炊事場にいましたよ」と彼女は素気なく答えた。

すると仙三は何かひどく機嫌を損じたらしかった。彼はしばらく黙っていたが、やがて反対を許さない押付けるような声でいった。

「でも肺炎がそんなに早くよくなるはずはない。やはり顔が蒼くてひょろひょろしていただろう！」

おぎんは肯いた。全く肯くより外に仕方がなかったであろう。すると仙三はやっと気が落ちついたようだった。彼はふいに僕へ話すことがあるというのだった。そして何思ったか、棚の上にある帳簿を持って来いというのだった。彼は僕からその帳簿を受取ると、ひらきなおったようにいうのだった。

「お前はこのごろ、わしに反抗心を持ちはじめているようだから、いや、昨日の朝だってそうじゃないか。わしに反対してあのだらしのない加代の肩を持ったりしたじゃないか！」と僕の否定しようとした素振りを忽ち押え附けながらいうのだった。「わしは今迄だまっていたが、わしは一銭もお前からもらってはいないんだぞ。お前の儲けて来る金は皆中村へ送ってやっているのだ。わしは、お前のおやじが死んだとき、お前を国元から引取ってやった。子供がないからわしはお前を当にしていたのだ。だがそれを押してお前を中学へ入れてやった。わしが一番困っているときにだ。だが中学を卒業して店の手伝いをして呉れるようになったが、すぐ店の者へ妙な宣伝をはじめるようになった。そうだ、それは妙な宣伝だ。だがわしはそのお前に何か文句をいったことがあったか！　わしはだまっていた。そしてきっととんでもないことになるだろうと覚悟していた。そして満洲事変が始まって、これからやっと店が楽になるというときに、お前がひっぱられ、店の者までひっぱられて、わしの店は一度につぶれてしまった。そんな目に合いながらも、やはりわしはだまって辛抱して働きつづけて来た。そのあいだにも、わしはお前の母親やお前と一緒にひっぱられたお前と仲のよかった友達の家の面倒まで見て来たのだ。だのに、見ろ！毎日の新聞を！　何でも攻撃だ。何でもデモだ。そして何をしてもいいのだ。実際お前のその仏頂面を新聞のなかへ突込んでやりたいくらいだ。それがお前がさも立派そうに見せかけて来た思想なんだ。中村をおだててさそい込んで牢で殺し、わしにひどい苦しみを味わせるだけの値打のあった思想なんだ。死んだ中村が可哀そうだ。……わしらはだまされたのだ」

そして僕にひらいた帳簿をつきつけるようにして続けるのだった。

「さあ、見ろ！　ひとり息子を失った老夫婦はお前をうらんでいるぞ。それに食うに困っているのだ。わしはお前の儲けて来る金は、このようにちゃんと中村へ送ってやっているのだ。お前は人をだました罪を償わなければならんのだ。人をだました罰を受けなければならんのだ。わしの眼の玉の黒いかぎりは、お前に自分の罪を償わせてやるのだ。……お前が二日も三日も何も食わないときのあることを知っている。二百円や三百円の金で暮して行けないこともよく知っている。それがお前の罰だ。それだのに貰う金が少ないからといって、わしに楯つく道理はどこにある！」

僕は眼を落してだまったまま仙三の言葉に堪えていた。そのほかにどうすることが出来たであろう。するとそれがまた仙三の気に入らないのだった。彼ははげしく叫んだ。

「いつも何をいってもぶすっとしていやがる！　まだ判らないのか、この野郎！」

僕の頰がはげしく鳴った。僕は吹きとばされたように転んだ。その音はまるで死体を鞭でなぐったような音だった。僕はふと自分が死んでいるような錯覚に落ちた。その瞬間、僕は発狂したときのような暗い深い泥沼へ引きずり込まれて行くのだった。その重い暗いしかも冷たい泥の感触が、正確に脊骨をつたって後頭部へ上って来るのだった。僕はそれに堪えた。しかしそれは遂に後頭部に達して、しびれたように重くなり、やがて頭全体にひろがって行くのだった。そのとき僕は自分の頬にあつい疼痛を感じたのだった。それは何かの光のようだった。僕は眼まいを感ずるような早さで自分の頭が軽く明るくなって行くのを感じた。生きていると僕は考えた。僕は笑い出した。心から笑い出した。

「何がおかしい！」と仙三は辱かしめられたように叫んだ。

「いや、なぐられたところが痛いんです。もう全く素晴らしく痛いんですよ」

仙三はその僕を不安げに見つめた。そしてふいに眉をしかめながら暗い声でいった。

「もう行け！　全くお前はたまらない奴だ！」

僕はその仙三へ丁寧に頭を下げると、風呂敷を背負ってアパートを出た。身体に力がないためか、背の荷物は堪えがたいほど重かった。ときどき足が定まらず、どうしようかと思い惑うときがあった。でも歩きつづけていた。駅がいつもより非常に遠いように思われるのだった。焼け跡には明るい日が落ちていた。そして疎なバラックには黙劇のように人々が動いていた。僕の心は暗く沈んでいた。そしてただ背の重荷に喘いでいるだけなのだった。

そのとき、突然僕は時間の観念を喪失していた。僕は生れてからずっとこのように歩きつづけているような気分に襲われていた。そして僕の未来もやはりこのようであることがはっきりと予感されるのだった。僕はその気分に堪えるために、背の荷物を揺り上げながら立ち止った。そして何となくあたりを見廻したのだった。すると瞬間、僕は、以前この道をこのような想いに蔽われながら、ここで立ち止って何となくあたりを見廻したことがあるような気がした。僕は再び喘ぐように歩き出しながら、その真実さを確認した。この瞬間の僕は、自分の人生の象徴的な姿なのだった。しかもその姿は、なんの変化もなんの新鮮さもなく、そっくりそのままの絶望的な自分が繰り返されているだけなのである。すべてが僕に決定的であり、すべてが僕に運命的なのだった。そこにみじんの偶然も進化もありはしないのだ。絶望と死、これが僕の運命なのだ。世の中がかわって、僕がタキシイドを着込み、美しい恋人と踊っていても、僕は自分の運命から免れることは出来ないであろう。たしかに僕は何かによって、すべて決定的に予定されているのである。何かによって、何だ――と僕は自分に訊ねた。そのとき自分の心の隅から、それは神だという誘惑的な甘い囁きを聞いたのだった。だが僕はその誘惑に堪えながら、それは自分の認識だと答えたのだった。

だが夕方、僕がアパートへ帰って、事務所へ品物を置きに入ると、帰る支度をしていた仙三は、僕を見るなり焦立たしげにいうのだった。

「加代は実際悪い女だ！　……あいつは先刻まで、若い者とヴァイオリン見たいな琴をひいて騒いでいるのだ。戸田に家出をさして置きながら。しかし、全く人間てなかなか死なないものだね。あんなに早くよくなると思わなかった。うむ、全く不思議だ」

「戸田さん、家出したのですか？」

「ああ、戸田か……。昨夜出たきり帰って来ないのだ。附文をするつもりで書いてあったのをおぎんに見つけられたのだ。加代がそんな素振りを見せたに違いない。それでなくて戸田のような気の弱い男が、そんな大胆なことを考えつく筈はない。それに加代がいい女というなら兎に角、ただ太っているだけじゃないか。加代が誘惑したのだ」

「深尾さんは戸田さんの家出を知っているんですか？」

「知っているだろう。誰が原因で家出したかも知っているだろう。それでいながら、さわいでいるんだから、先刻怒鳴りつけてやったのだ。わしは加代にこのアパートから出て貰おうと考えている。全く加代はわしを気違いにしてしまうよ。あいつはいわば社会の毒虫だ。若い青年を病気と堕落につき落す毒虫だ。うむ、あの女を殺したらどれほど世の中を益するかも知れん」

そういいながら、仙三は眉をしかめたままじっとあらぬ方へ眼を向けていたが、そのまま僕にさよならもいわないで帰って行ったのだった。僕は何となくアパートの入口まで出て、その仙三を見送っていた。彼はあのぎごちない運命的な足どりで次第にたそがれのなかを、誰も待っていない家の方へ消えて行くのだった。実際、仙三に加代をどうすることが出来るであろう。

僕は今日も一日中何も食べてはいなかった。壁に凭れていると、もう少しも動きたくないのだった。隣の部屋からは、荷扱夫の妻の息もたえだえな咳が相変らずつづいているのである。それは凭れている板壁を通して、僕の皮膚へ容赦なくひびいて来るのだ。だがやはり僕はじっとしていた。その僕には、眼の前の向うにある戸田の部屋の空虚さがしみじみ感じられるのだった。今朝仙三のところで会ったおぎんを思いうかべた。それだけだった。全くそれでいいのだ。一つの古ぼけた昔話が、飽き飽きする昔話が繰り返されただけなのだ。そのときふとすき焼の匂いが僕の部屋へ流れ込んで来たのだった。飢えて弱っている僕の胃は、忽ち反作用を起して嘔吐を催して来たのだった。僕はそれに出来るだけ堪えた。しかし遂に堪えることが出来ないで、僕は急いで便所へ走って行ったのだった。

だが僕が嘔吐の苦しさに涙を拭きながら、酔ったようによろよろ帰って来ると、ふと加代が自分の部屋から出て来たのだった。一層強いすき焼の匂いが僕に襲いかかり、僕は再び便所へ駈け込んだ。何も出ないのを無理にはくと、もう便所から一寸も動くことが出来そうにもなかった。脚全体がしびれたようになって、その脚の皮膚まで蒼白にひきしまっているのがはっきり感じられた。だが僕はいつまでも便所にいるわけには行かなかった、僕はまるで重病人のように壁をつたわりながら、やっと便所を出たのだった。

「どうなさいましたの?」

とふいに加代の声がした。しかし僕の視力はかすんでしまって、加代の首にまいてある白い繃帯がぼんやり見えるだけだった。僕は加代へやっといった。

「僕の胃がすっかり駄目になってしまったんです。つまり胃が……」といいかけて、僕は何をいおうとしているのか自分でも判らなくなっていった。「ねえ、判るでしょう？　胃が駄目になったということが」

「判りますわ。わたしのところに医学生の方の持って来て下さったいいお薬がありますから……」

「いや少しもあなたは判っていない」と僕はいらいらしながらいった。「つまり胃が……何も食べないので、それで駄目になったのですよ！」

「胃潰瘍ですの？」

「全く、あなたは少しも判ってない。放って置いて下さい」

そして僕はよろよろ歩き出したが、すぐまた胸が悪くなりそうになった。もうここまですき焼の匂いが流れているのだった。するとその後から加代がなおも声をかけるのだった。

「歩けませんの？　わたしの部屋に若い方がいますから呼んで上げましょうか？」

「いや、あなたは少しも判ってない！　そうじゃないんですよ！　もう何もいわないで下さい！」

と僕はすっかり腹を立ててしまっていた。その勢で僕は自分の部屋へ突きすすんで行った。だが入口をあけて草履を脱ごうとすると、足の自由がきかないのか、草履が足のうらにくっついてしまったようなのだ。それを無理に脱ごうとあせっているうちに、入口の敷居に足をとられたようになって、勢よく部屋のなかへ投げ出されていた。それなり僕はもう何も判らなくなってしまっていたのだった。

5

昨日から降り出した雨は、今日になってもまだ降りやまない。そして隣の部屋からは、もうあの聞いているのも苦しい咳は聞えないのである。四日前に死んだのだ。それは見送る身寄りもない淋しい葬式だった。荷扱夫は今迄一度も外泊したことがないのに、妻が死んだその日の夜から居なくなり、葬式がすむまで帰って来ないのだった。字が書けないので区役所でつっけんどんに扱われてから、急に一切が面倒になったものらしい。葬式がすんだ翌日帰って来ると、仙三へどうもすみませんと頭を下げてばかりいたのだった。この男は実に気が好く、休みの日などはただ黙々とアパートの下水の掃除をしていた。手癖が悪く自分の妻や子に無慈悲な男とはどうしても思われないのだった。

おぎんがあの事があってから田舎へ帰ってしまったので、指図する者もなく、その葬式は混乱と悲惨を極めた。流石棺だけは買って来てあり納棺もしてあって、十四になる少年は、明日の朝火葬場へ持って行くよういいつかっていた。お通夜は坊主もなく、焼香もなかった。アパートの人々は、扉からなかを覗いただけで帰ってしまったのだった。その部屋には、棺の傍に、少年がぼんやり坐っていただけなのだった。

翌朝四時ごろ少年はアパートを出た。アパートのリアカーで、母親の棺を火葬場へ運んで行ったのだった。砂町の火葬場までは二里はたっぷりあるだろう。起きていた人々がその少年を元気づけると、変な笑い方をしながら、何でもないやといった。人々は一寸相談し合った。しかしやはり父親がいるのに、自分たちがその子に代ってリアカーを引張ってやるのは馬鹿げているというのだった。その人々は盗癖のある少年に対していい感じを持っていないのである。少年はのろのろ朝霧のなかへ姿を消して行ったのだ。

自分の部屋の入口で気を失ってから、僕は度々加代から粥を恵まれているのだった。それ以来加代は、ときどき僕の部屋へ来て坐っていることがあった。あるとき彼女は自分の最初の男について話した。

「朝鮮人ですの」と彼女はいった。「挺身隊で行っていた工場の工員さんで、女の人のような肉附で、女の人のように肌が白いんですの。男の人なんかあいつの傍にいるとたまらんといっていましたわ、別に眼が悪くないんですのに、茶色の眼鏡をかけていましたわ。またそれが丸いあの人の顔によく似合うんですの。別に悪いとは思わなかったのに、監督の先生からとても叱られましたわ」

「先生に叱られてから悪いと思ったのですか？」

「いいえ、先生は何故そんなに怒るのだろうと不思議でしたわ。戦争をしているのに不謹慎だ、学校の名誉を汚した、と同じことばかり繰り返しているんですもの、しまいにはぼんやりしてしまって、先生の口の動くのばかり見ていましたわ。それで軍需省へやられましたの。お友達の方があの人と別れるのつらいでしょうというのだけど、わたし、少しもそんなことないので、そんなことをいうお友達がおかしかったわ」

その加代は甘えた柔い口調で話すので、一層白痴のような感じがするのだった。その彼女には強い倫理性というものがまるで感じられないのだ。彼女はただ現実に押し流されているだけなのである。何処へ？　それについて彼女は考えたこともないのだ。ただある漠然とした予感だけが始終彼女の生命を蔽っているだけなのである。彼女の顔に感じられる追憶的な気分は、そのような彼女の本質の現われなのであろう。ただ漠然とした予感へ心をひらきながら、その漠然とした予感へ漠然と自分を失っているというのが彼女の姿なのだ。そこには強い意志や精神のきらめきを見ることは出来ないのである。僕は、あるはげしい衝動にかられていった。

「栗原さんと結婚したらどうです？」

「栗原さんはわたしを怒ってばかりいるんですもの。この間もアパートから出て行って呉れとおっしゃるの。仕方がありませんので、出ようと思ってるんですの」

「当があるんですか？」

「当って別に……。でも出なければならないでしょう」

「あなたのお客さんに相談すればどうなんです?」

するど彼女は、あの気になる謎のような微笑をうかべながらいうのだった。

「出るということをですの? だってそれはきまっているんですもの、誰にも相談する必要はありませんわ」

僕はその彼女へもう一度仙三との結婚をすすめてやろうかと思った。僕のこの考えのなかには、彼女の不幸を願ういらいらした気分がひそんでいたのだ。あのような他人に対して寸毫の容赦もない老人との結婚は、悲惨にきまっているからだった。何をしても仙三の気に入らないだろう。だから朝から晩まで叱られ通しで失敗ばかりしているだろう。やがて彼女には何も出来なくなる日がやって来るに違いない。茶碗一つ恐ろしくて洗うことが出来ないのだ。だが何も出来ないで途方に暮れている彼女がまた仙三に堪えられないのだ。僕は不安と絶望でやせ衰えてしまった加代の姿を、ありあり眼の前に思いうかべた。彼女は咳をしていた。ただちょっと風邪をひいただけなのだ。だが二、三日のうちに彼女は、熱のためにすさんだ顔になって死んでしまうのだった。——僕は神経的に笑い出した。これは仙三と同じではないか! この間僕に話した仙三の希望と同じではないか!

「どうなさいましたの?」

と彼女はその僕をぼんやり見つめた。僕はその彼女へやっと答えた。

「ほんとにあなたと栗原の伯父さんと結婚したらどうだろうと考えたんですよ」

「そうですの！　あんなおじいさんとではおかしいかも知れませんわね」

僕はふいにたまらない気持になっていた。僕は彼女の瞳を見た。その重い一重瞼のなかには動物的な暗さが立ちこめていた。その刹那に、この女と一緒に寝たら、動物と寝ているような気がして、胸が悪くなるに違いないと思われた。その彼女の着物の襟の合せ目から、脂肪ゆたかな白い肌がつややかに光っていた。僕は、それがひどく憂鬱だった。

だが昨日のことだった。雨降りなので僕は店を休んでいたのだが、廊下でふと仙三に会うと、仙三は押しつけた、しかしどこか乱れた声でいうのだった。

「どこまでもわしに楯つく気なのだな。……それなら、わしにも覚悟がある！」

僕は余り仙三らしくもない子供じみた言葉の調子に呆気にとられて仙三を見ていた。咄嗟に加代のことだなということは判っていたのだが。すると仙三は常になく威厳を失った言葉でつづけるのだった。

「お前はここで勝手なことをしていていいと思うのか？　お前は罪人なのだぞ。ここはお前の刑務所でお前はその懲役人なのだぞ。この間、あれほどいって聞かせたのに、少しも自分を悪いとは思っていないのだ。少しは恥を知れ！」

だが僕はだまっているより仕方がないのだった。すると仙三はますます業を煮やしたらしくいうのだった。

「お前は悪いことをしたと思っていないだろう？」

僕はやはり何かいいたい自分に堪えていた。仙三はその僕へたたみかけた。

「思っているのか？　思っていないのか？」

僕は溜息を洩らした。一体僕が何だというのだろう！　だが仙三の語気には何か決定的なものが強くあらわれていた。答えても答えなくても結果は悪いのだ。そしてまた罪があるといっても罪がないといっても仙三には同じことなのだ。僕はひそかに心を決めた。答えない方へ。仙三はその僕を鋭い透き通った眼でじっと見ていたが、やがて、よし、と独言をいって事務所の方へ去って行ったのだった。

僕は部屋に帰ってぼんやり板壁に凭れていた。ある不吉な多労な予感が、暗く僕を圧しつけていた。しかし僕はそれに堪えていた。全く何が来ようと構わないじゃないか。廊下では雨に降り込められた幼い子供たちが賑やかに遊びたわむれていた。子供たちは口々に叫んでいるのだった。

「おいしいお団子ですよ。いかがですか。おいしいお団子ですよ。いかがですか。安いですよ。十円ですよ。いかがですか」

そして子供たちはこの売り声を歌のように繰り返して飽きるときがないのだった。しかもその売り声には、不思議なほど憂鬱な調子がふくまれているのだった。しかしそれは子供たちのせいではないのだ。子供たちはただ真似をしているだけなのである。だが誰も買いに来ないのだ。だから子供たちはいつまでも繰り返しているのだった。そして誰かが通ると、救われたように賑やかにはやし立てた。

「おいしいお団子ですよ！　おいしいお団子いかがですか！　安いですよ！　十円ですよ！」

たしかに彼等は、大人を目当にしているのだった。だが大人は忙しいのだ。馬鹿な真似をやめなさい、とたしなめたり、闇ごっこ？　というだけで忙しげに通り過ぎてしまうのだ。買い手がない以上この遊びはなり立たないのだ。やがて幼い子供たちの間に議論が起り、四つの子が皆から指名されたようだった。その幼女はすぐに百円札をもって買いに来た。ただひとりの店へ。全く同時に皆の店へ行くことは不可能なのだ。だが他の店の者たちは不満だった。その一人がその幼いお客を突きとばすか何かしたらしかった。幼女は大きな声で泣き叫びはじめた。それは火のつくような泣声だった。どうしたのだろうと僕は思わず立ち上って扉をあけた。すると他の子供たちは叱られると思ったのか、めいめいの部屋へ逃げ込んで行った。幼い女の子には何事もないのだった。ただ泣いているだけなのだった。僕は扉をしめてまた壁にかえった。すると誰かがその幼女に近づいて、ごめんね、と稚《おさな》い声であやまっていた。そして再び子供たちは、先刻の遊びをつづけはじめた。彼等は歌うような憂鬱な調子で繰り返しはじめるのだった。

「おいしいお団子ですよ、いかがですか。おいしいお団子ですよ。いかがですか。安いですよ。十円ですよ。いかがですか」

するとふいに加代が出て来て、これを売りなさいよ、と何か与えたらしかった。子供たちの売り声は一時にやんでしまった。売らないの、とやがて加代の不審そうな声がした。それから急に明るく笑いながら、加代が僕の部屋へ入って来たのだった。加代は入るなり笑いで息をつまらせるようにしていうのだった。

「食べているの！　これ売りなさいと少し上げたら、売らないで食べているの！」

僕はその加代を遠い眼で見た。この加代の思いがけなくはしゃいでいる笑声が、どうして仙三の事務所へ聞えないわけがあろう。すべてが決したのだ。だがこれでいいのだと思った。全くそのほかのどんな事が起り得よう！　加代は尚も笑いながらいっているのだった。

「これなの！　だから無理もないわ！」

それは今どき珍らしい一口もなかだった。彼女は横に坐るようにして腰を落した。白い足指が見えた。それは幼児のようにまるくて桜色の艶を帯びていた。

「お食べになりません?」

と彼女はいった。僕はわれにかえっていった。

「いや、どうも。ほんとにあなたはいい人ですよ！」

加代はその僕をちらりとあの重い眼で見たが、すぐいった。

「須巻さんはいつも酔っていらっしゃるようだけど、今日はほんとにお酒をお飲みになったのじゃない？」

　僕はだまって笑っていた。

「少しはお飲みになるの？」

「ええ、まあ、ときどき。ときにはメチルの入ったやつさえ飲むことがありますよ」

「じゃ、お酒好きなのね」

「そう、好きですよ」

　すると加代はふいに笑いながら、媚びるようにいうのだった。

「わたしもお酒好きなんですの！　昨日白木さんが、このもなか持って来たお客さんですけど、あなたとわたしがどこかよく似ているというんですの。全然顔も様子も違うけど、全体の調子、とかいってましたわ。それとも身体全体の調子だったかしら？　そんな調子がよく似てるんですって！　そして兄弟か親戚か、或いはひょっとしたら旦那さんなのだろうと訊ねるんですの」

「全体の調子？」

　と僕は思わず呟いた。だが僕はやがてびっくりして叫んだのだった。

「一体そういった男は誰なのだね？」

「白木さんという方ですわ」

「どんな仕事をしている人なんだろう！　僕の秘密をのぞいた奴は！」

「仕事って、何でしょう?」加代は怪訝そうな顔になった。「わたし聞いたことはありませんわ。きっと闇ブローカーなんでしょう! わたしのところへ来る方のなかで、一番お金持よ」

僕はそれなりだまってしまったのだった。全く僕と加代が本質的に同じだとしても、それがどうしたというのだろう!

僕は加代の持って来た菓子で夕食をすました。本当は、今日勘定日なのだが、それは今の場合問題にならなかった。僕は夕食をすますと、すぐ床をとってもぐり込んだ。眠るということ、それは自分にとってどんなに慰めであろう。そこだけが世界中で、僕の一番居心地のよい住いなのだ。

だが、僕はふと自分の名を呼ぶ声に眼がさめた。何時ごろだか判らなかったが、アパートのなかはひっそりしていた。そして気が附くと加代が僕の枕元に立っているのだった。暗い電燈に、彼女の眼は眠っているように見えた。大柄の花模様のある浴衣の上に伊達巻をしめた彼女は急に年増めいて感じられるのだった。その彼女は、驚いている僕へまるで夢遊病者のようにぼんやりいうのだった。

「栗原さんが呼んでいますわ」

僕はすぐ起きて、汚れた寝巻をよれよれの国民服に着換えた。そうだと僕は心に呟いた。彼女のような女が、自分から何かのためにやって来る筈はないのだ。僕は加代の後について行った。事務所には仙三が、悪い方の脚を投げ出したままの恰好で机の前に坐っていた。仙三はいつものように眉をしかめながら鋭く僕を見た。僕は頭を下げた。加代は入口に立っていたがもう用事が済んだと思ったのか、すぐ自分の部屋へ帰ろうとした。

「お前も居るんだ！」と仙三は命令するようにいっていた。僕は柱時計を見た。十一時を少し過ぎていた。僕は仙三にいった。

「もう十一時を過ぎているんですね」

「それがどうしたというんだ」と仙三はいった。「わしは家へ帰ったものの、どうしても今晩決着をつけたくてやって来たんだ。わしは年寄りだ。明日死ぬかも知れん。だがお前はまだ若いのだ。わしが死んでからお前は平気でのうのうと羽根を伸ばすだろう。人をだました奴が勝手な真似をして面白おかしく暮しているのに、だまされた方は墓場のなかで腐って行くのだ。このようなことがあってたまるものか！　……お前は中村を殺したのだ。妙な思想で人をだましたのだ。そしてわしを犠牲にして置きながら事毎にわしを苦しめているのだ。違うというか？」

「そうです」

と僕はあっさり答えた。僕が生きているということは、誰かを傷つけ苦しめているに違いないのだ。個人の間に絶対の融合というものはない。しかも個人と個人とは、愛し合っているときでさえ、憎悪をふくんでいるではないか。だが仙三は、僕の答えを聞くとすっかり腹を立てたのだった。

「そうです？　よく白々しくいえたものだ。よし、お前死ね！　死ぬのが本当なのだ」

その仙三の厚く垂れている唇は、痙攣して笑っているように見え、手は中風のようにふるえていた。それを見ると僕の心は重く沈んだ。僕は呟くようにいった。

「詰腹《つめばら》を切らされるわけなんですね」

「詰腹？　馬鹿な！　お前は自分の罪を悔いて自分で死ぬのだ。わしはお前の死ぬことなんかちっとも知らんのだ。……お前は首をくればいい。それが一番楽なのだ。紐はここにある」

そして自分の横に置いてあった紐を、元の運送屋らしい手附でその強さをためしながら、僕の眼の前に投げ出したのだった。その紐には僕に見覚えがあった。仙三が町会から頼まれて、今年の夏祭に寄附することになっていた紅白も鮮やかな綱だった。僕にはその真新しい綱の紅白が、何としても眼に沁みた。だが次の瞬間僕はふいにある残酷な衝撃を受けた。その僕にはこの紅白の綱を首に捲いて何かの動物のように吊り下っている自分の姿が思い描かれたのである。僕はその想像にじっと堪えながらその綱を手にとって見た。するとその端にはもう輪がつくってあるのだった。僕は思わずたまらない気持になっていった。

「伯父さんは嫉妬しているんだ！　それでなければこんなお祭の綱などを思いつく訳がな

い。……伯父さんも随分エロだ……」

「エロ？　エロ？　何、エロだって！」と仙三は奇妙な顔をして反問した。

「きっぱりエロだという訳じゃありませんが、何だかそういう気がするんですよ」

「お前は、お前は話をはぐらすつもりなんだな？」と仙三は机をたたくようにしていうのだった。

僕はその仙三をちらりと見たが、咄嗟に思いついて、その綱の輪を首にかけた。そしてネクタイでも締めるようにゆるく締めてから二、三度首を振った。突然僕の後の方で笑い声がした。それは加代だった。加代は身を揉むようにしながら、どうしても笑いがとまらないようだった。その加代に法廷の尊厳を犯されたように仙三はいらだたしい声で、

「加代！」

と叫んだ。その仙三の一言で、加代の笑い声は不思議なほどぴたりととまってしまったのだった。次の瞬間仙三はもう立上っていた。そして深い絶望と憎悪の感じられる声でいったのだった。

「明日のうちに二人ともこのアパートを出て行って貰おう！　年寄りをからかうなんて不埒な奴だ！　……いいか、必ず出るんだぞ！　わしはいつも容赦のない男なんだ。……」

そして仙三はそのまま事務所を出て行ったのだった。やがてアパートの入口を閉める重い引戸の軋るひびきがした。そして仙三は間の遠い孤独な杖の音をさせながら次第に家の

方へ帰って行ったのだった。

僕は静かな焼跡にひびいている仙三の杖の音をじっと聞きながら加代を眺めていた。そのときふと加代と眼が合った。しかしただそれだけだった。その彼女の重い眼には動物的な無表情さがかげっていた。僕は何て豚のような女なのだろうと考えた。僕はいそいでいった。

「深尾さん！　さあ、今すぐ伯父さん、いや栗原さんの後を追って行くといい！　ああ、酒を持って追って行くといい！」

すると加代はいつもの柔い甘えるような声でいったのだった。

「いやですわ」

「いや？」

僕はびっくりしたように加代を見つめた。全くこの女にいやだという精神性などある筈がないからである。

「どうして嫌なんです？　相手がおじいさんだからですか？」

「栗原さんは、あなたでなくわたしをこの綱で殺したかったのですね」

「ふん、なるほど」

と僕はほとんどのところで唇に微笑がうかぶところだった。豚の祝祭か！　と僕は心に呟いた。すると加代はいうのだった。

「わたし、皆さんから毛嫌いされ馬鹿にされているのを知っていますわ。それに商売が商売ですものね。だけど、皆さんは、毛嫌いされたり馬鹿にされたりするような女がお気に召すらしいわ。ですからわたし、誰もほんとに好きになった男の人は一人も居ませんわ。わたし夜、お客さんと一緒のときでもよく考えるのですの。わたしは一生誰かを本当に好きになることはないだろうと考えるんですの。そのときはしいんとしたいい気持ですわ」

「ああ！」と僕は思わず呻くようにいった。「あなたは、伯父さんが死ねといえば素直に首をくくったんだ！」

「そうするより外に仕方がありませんものね。須巻さんだってそうだったじゃありませんの？　だからわたし先刻おかしかったのですわ。あなたが平気で綱を首に捲いてお見せになるんですもの。まるで……」

「猿のようにね！」と僕は叫んだ。

「いいえ、瘠せ犬のようにですわ」

と加代は謎のように微笑をうかべたのだった。僕はふいに底知れない沈黙に落ちていた。すると加代も黙ってしまったのだ。ただ柱時計だけが、息苦しいほど正確に音高くひびいていた。だが間もなく加代は溜息のようにいった。

「ほんとにつまりませんわねえ」

「そうですよ。世の中って、全くつまらない。それにまた何かが起る筈がない！」

「何かが?」

「そうです。何かがですよ! 朝ふと眼を覚ますと、世界がすっかり変っていて極楽浄土のようになっているということですよ!」

「そうですわね」と加代はその僕に気のなさそうに答えたが、すぐいった。

「須巻さんは明日、ここを出られますの?」

「あなたは?」と僕は反問した。

「仕方がありませんもの。出ますわ」

「どこへ?」

「判りませんわ」

「僕は出ませんよ。ここにいますよ。ずっと恐らく死ぬまで……」

「あなたはほんとにたまらない方ね!」

と加代はまた謎のような微笑をうかべながら、あの重い一重瞼の眼で僕を見つめたのだった。それからふいに立ち上りながら僕へいうのだった。

「お別れにお酒を飲みません?」

「それもいいですねえ」

と僕は大儀な気持で立ち上った。深夜の廊下は打って変ったようにひっそりしていた。そしてどこかの部屋から、男の息苦しそうな鼾がとぎれることもなく聞えているのだった。僕は加代の後について行きながら、心に幾度も繰り返していた。瘠せ犬のようにか！　全く何という女なんだろう。

だが僕は間もなく加代の部屋で酔いつぶれてしまったのだった。飢えのために身体が弱っているからだ。だが酔いつぶれながら、僕はただ一つのことをぼんやり覚えていた。それは加代が酔いつぶれている僕の頭を子供のように撫でながら、脱けて来る髪を指に巻いては畳の上へ落していたことだった。

美しい女

第一章

1

私は、関西の一私鉄に働いている名もない労働者である。十九のとき、この私鉄へ入って以来、三十年近くつとめて、今年はもう四十七になる。いまの私の希望は、情ないことながら、この会社を停年になってやめさせられると同時に死ぬことだ。勿論、会社が停年まで、私をおいてくれるならばだが。私がこんな希望を抱くのは、会社をやめて行った同僚のほとんどが、妙なことに悲惨な生活をおくって居り、なかには発狂したり、自殺したり、病死したりしたものもいるからだ。口惜しいことだが、交通労働者というものは、どこへもって行っても、あまり潰しが利かないらしいのである。

過去をふりかえって考えて見ると、私は、いろんな人々から、いろんな風にいわれながら生涯を送って来た。ある時期は、左翼的な人々から、無自覚な労働者だとか、奴隷根性をしているとか、臆病だとか、卑怯だとか、といわれた。またある時期は、右翼的な人々から、無関心だとか曖昧だとか無責任だとかいわれた。現在では、組合の意識的な人々からは保守的だといわれている。私は、このようなレッテルについて一言も弁解しない。むしろ、我ながら情ない企てだと思うのだが、人々から与えられたこれらのレッテルへ、人なみの熱い血を通わせ、生命の光をあたえてやりたいと思うのである。

このような私の喜劇的な位置というものは、私の誕生のときから定っていたようだった。

私の父は、関西の小さな町で、小間物の行商をしていたが、そのころ胃癌で、寝たり起きたりしていた。年も六十をすぎていて、誰ももう駄目だと思っていた。父は、村長の家の小作をしていた祖父が賭博で刑務所へ入ってから、故郷の村に居られなくなって、村の醤油つくりの家の下男をやめ、その村から鉄道の駅で五つはなれているこのK町に来たのだが、それから三十年あまり、町役場の小使をしていたかと思うと、かもじをつくりはじめ、それも駄目だとなると、魚屋をはじめていたが、五十すぎてから、かもじを入れていたころの花街のわずかな得意を頼って、小間物の行商人になっていた。彼が、そのころ引張って歩いた車が、父の死後も長い間、家の裏の納屋に放り込んであった。売れなかったからである。それは黒漆を塗った、ちょっと棺に似た箱へ、自転車の車輪を二つつけ、人力車のような轅《ながえ》をつけたもので、どことなく間に合せの感じのする粗雑な車だった。勿論父が自分でつくったものだ。私は、小さいとき、その車を、「葬式屋」と呼んだ。

母は、父の主人の家へ子守りに来ていたのを、父が故郷を逃げ出すとき、父にうまうまと連れ出されたもので、そのとき数え年で十六だったという。そして母は、そのことを極めて自然な成行と考えていて、後悔もせず、その後の三十年間に、父に始終なぐられながら、七人の子を生み、四人の子をみな一年たたない間に死なせていた。そして私をはらんだときは、四十六だった。

兄の敬治は、駅前の運送店につとめていたが、給料は微々たるもので、薬種屋の女中をしている上の姉の千代子も、家計の足しにはならず、家の生活は、大部分母が花街の女たちの汚れものを洗ってもらって来る金に頼っていた。母に、それほど仕事があったのは、一に父のおかげだった。というのは、花街のおかみや女たちが、彼女らの顔馴染であった父の、胃癌という病気になり、だからきっぱり死へ定められてしまった人間となったことに同情して呉れたからだった。しかし父は、胃癌になってから、一年半あまりも生きていたのである。だから順当ならば、彼女たちは、たとえ飽々《あきあき》しても、一年半あまり同情しつづけなければならないはずだったのである。

ところが、胃癌の父が、母へ私をはらませてしまったのだった。父や母とにとってだけでなく、同情が売物であった一家にとっては、悪魔が母の腹のなかへ忍び込んだような衝撃だったことが想像される。というのは、母が、町はずれの竹藪のなかに住んでいる巫女《みこ》のもとへ行ったという事実からも察せられよう。そのとき巫女は、父の先祖に人を殺した者がいて、その霊がたたっているのだから、その霊を祭るように、というけしからぬ託宣をした。その託宣のおかげで、家の小さな仏壇のなかに、氏名不詳と書いた白木の位牌がまつられた。だが、私は、母の腹のなかで、いささか残酷であるが、順調に大きくなって行ったのである。やがて母は、薬種屋の女中をしていた私の姉を通じてホウズキの根を手に入れた。その地方では、子供を間引くために、堕胎薬としてホウズキの根を煎用するという、かくれた風習のあることを母に教えるものがいたからである。母は、危険を覚悟で、ホウズキの根をのみつづけた。だが、私は、そのような母の悲壮な医学的処置や父や兄姉たちの狼狽には、全く無関心だった。私は、父の死ぬ一月前に、自然の法則にしたがって、母の腹から排出されたのである。私の産声は、私の一家に、あわれな驚嘆を与えた。父は、弱り果てた身体を、壁に凭らせながら、情ない声で訴えるように姉の千代子へこういった。

「生れたんや……、生れたんや……、生れたんや」

私は、父母や兄弟が、どんなあわれな驚嘆さを示しながら、産婆の手のなかにある私を見たか、私は私でその彼等に対してどんなに無邪気に振舞ったかを想像するとき、ユーモアを感ぜずには居られないのだが、私が自分の誕生にこのようにこだわるのは、自分の宿命の原型のようなものを、その自分に感ぜざるを得ないからである。

父の死後、私は、下の姉の数枝の手で育てられた。数枝は、そのころ小学を出たばかりであったから、私が彼女にとってどんなに重い桎梏であったか、察することが出来る。だが、また私は、普通の赤ん坊が泣くように泣き、笑うように笑っただけだ、ということも確実である。家族の者たちが、私にどんな意味をあたえていたにせよ、私は実に無邪気だっただけだと断言してはばからない。

私が、小学校へ行くころは、家の生活はかなり安定していた。兄の敬治は、依然として運送店へ住込みのままだったが、トラックの運転手となり、あの大正初期の好景気に乗って、収入も多く、その上、炭や米や肥料などの荷抜きをして売りとばすという、はなはだ香しからぬ余禄も多かった。敬治が、突然トラックをとばして来て、家の前で急停車させると、商家風に出来ている家の表のガラス戸をがらりとあけるのだ。それから助手に向って叫ぶ。

「何をぼやぼやしてけつかるんや、はよ下ろせ！」

家の土間へ、炭俵が、三俵も五俵も勢よく投げ込まれる。母や私たち三人の姉弟は、その兄へ彼が英雄であるかのように協力する。彼はときには、破れて太い指の突き出ている汚れた軍手のまま、ポケットから銀貨をつかみ出して、

「ほら、小づかいや」

と畳の上へ投げ出すと、さっと引上げて行くのである。兄は、あらゆることに要領のいい男だった。そのころもう三十だったが、女も数人あり、彼女らに対しても要領よく振舞

っているようだった。だが、続いて起った大正のパニックが、兄の要領のよさにとどめを刺した。彼の長い間つとめていた運送店が潰れ、しばらく失業してから、やっとH市の運送店へ口を見つけて行ったが、その店は窮屈で待遇もひどいものだった。彼は、そこで荒物問屋のひとり娘へ、うぶな少年のような恋をして失恋した。そのころの彼のやつれようは、滑稽なほどであって、母や姉から五十銭の小づかいをせびりとるのに、見えすいた嘘をつく卑屈な男になっていた。

上の姉は、大工と結婚していて、一家の支柱は、下の姉の数枝に移っていた。数枝は、カフェーにつとめはじめていたからである。このような生活のなかにあって、私の心に残るのは、母の姿だ。母は働くことしか知らない女だった。彼女は、全く「こまねずみ」という仇名をつけたいほどくるくる身体を動かした。彼女は、全く絶望というものから無縁だった。私は、彼女の泣くのを一度も見たことはない。それは彼女の精神に由来するのではなく、まことに残念ながら、それは彼女の無智のせいだった。彼女はよく自慢そうに兄のことを語って、一つ覚えのせりふのように、

「うちの息子、トランクに乗ってまんねん」

と繰り返すのだ。幾度トランクとトラックとのちがいを説明しても、にこにこしながら聞いているだけで無駄だった。姉たちは、このような母を相談相手にならないときめて、私の身の振り方を決めるときも、母を除外した。だが、母にとってそんなことは、少しも

苦痛ではなかったのである。彼女は、小柄な女で、六十になっても小学生のように手を大きく振って、駈けるように歩いた。焼酎が好きで、飲むと愚にもつかぬことをいって、楽しそうに笑った。

私は、このような母に、そして母のこのような無智に限りない郷愁を感ずる。私は、いま、もう五十に手のとどく中年男になり、頭にも白毛がまじりはじめている。だが、この間いやな事件があって、それを忘れるために、釣り仲間へ加って海釣りに行ったのだが、帰りに酒にまかせて悪所へ泊った。しかし私の心からは、死の思いが消えず、うとうとしながら思わずこう叫んでいた。

「おかあちゃん!」

傍の女は、はげしい勢で反射的に身を起すと、強い嫌悪をこめながら吐き出した。

「いややわ、このひとは! 何もわてと寝てて、おくさんのこと思い出さんかてええやおまへんか!」

だが、私には子供はなく、だから妻を「おかあちゃん」と呼んだことはないのだ。母は、私がこの私鉄に入る前年、六十四でなくなっていて、それからもう三十年たっているのだが、いまだに、困ったときや不安で眠れないときにとび出して来るのが、恥しいことだが、この情ない「おかあちゃん!」なのである。

私は、いま、運輸課の切符の係だが、私の机の下には、焼酎の一升瓶がいつもおいてある。私は仕事中でも、お茶のかわりにその焼酎をのむのだ。係長も運輸課長も、私にはさじを投げた形で、私の焼酎は黙認されている。だが、私は、この黙認にあまえているのではない。仕方のない男として人々から見すてられているのが快いのだ。だが、日本酒でもなくウィスキイでもなく、焼酎であることは、母の焼酎につながっている気がして、ときには、自分でも気の毒になるほど、耐えがたい思いがするのである。

2

私は、全く不名誉な話だが、一度も本当の自分であったことはない。私は、高等小学を卒業後、そのころ市になったK町の青年学校へ通い、それからこの私鉄に車掌として入ったのだが、車掌として勤務していても、何か自分ではないことをしているという気がするのだった。ことに駅名称呼などで、車内で声高らかに次の駅名を叫んでいるとき、自分が鶏でいまときをつくっているのだ、というような気がするのだった。そしてこの私の精神的な特徴は、そのような意識が私にやって来たとき、一度は神妙にがっかりするのだが、すぐにがっかりしている自分が、ひどく面白く感じられて来るという奇妙なものだった。

だから私は、思いをつくし意をつくして至極真面目に勤務した。そうする方が面白かったからだ。佐鳥というひどくやせた古参の運転手は、気分屋で、あるときは脱線しないかとひやひやするほど車をとばしていたかと思うと、ふいに牛の歩みよりのろのろ走らせるのだった。私が、どうしたのかと思って運転台に行くと、佐鳥は神妙な顔で私にいうのだった。

「どうも故障らしいんや」

勿論、故障を起しているのは、車ではなく、彼の気分であることはいうまでもない。車掌には、このような運転手は鬼門である。ポールをスタンドさせられたり、突拍子もない早い引き出しをやられて、乗ろうとしてステップに足をかけている客をひっくりかえしそうになるからだ。しかしそのような彼に、誰も文句がいえないのだ。というのは、彼は、二十数年も運転手をやっている古参のなかの古参のひとりだからだ。ある日、この佐鳥と乗組んだとき、ふいに車掌台へ三点信号が来た。どんな用事かと思って、満員の人々をかきわけてやっと運転台へ辿りつくと、彼は、何か納得の行かない顔付で、私にいうのだった。

「お前、車掌がそんなに面白いのか?」

「面白いというわけやないんやけど」

「お前と乗組むと、ほんまに何か、いらいらさせられるんや」それから彼は、腹立たしげにどなった。「ええか、とばすぞ! ポールをちゃんとにぎっとれ!」

だが、私は、佐鳥には迷惑だったろうが、このような彼が好きだったのである。勿論、佐鳥だけでなく、一緒に働いている仲間で、きらいな者はいなかった。だが、仲間の方では、残念ながらみんなこのような私に対して好意をもってくれていた、ということは出来なかった。軽蔑し去っているという顔付をしている者もいたし、詰所で人々の間に、私のことが話題になるときも、人々の表情に多少私に対して呆れているという感情のいりまじっているのを認めることが出来た。

だが、私は、人々の思惑如何にかかわらず、あわれにもせい一杯車掌という仕事に精励せずにはおられなかったのである。せい一杯だ。このようにせい一杯の仕事を長くつづけることは、どんなに困難なことか察してもらいたい。しかし私は、多少のおかしさを感じながらも、このような自分を楽々とつづけることが出来たのである。そして私にそう出来たのは、勤務が終って下宿への帰りに飲む焼酎のおかげだということが出来よう。

その店は、乗務員のつけの利く貧弱な店で、ラムネから餅菓子までおいてあるだけでなく、簡単な御飯物も出来た。私は、そこで焼酎を飲んだのだが、その飲み方も、度をすごしたことのない至極真面目なものだった。だが、その焼酎を飲んでいるとき、私の心に痛切にうかんで来るのは、美しい女への思いだった。このようなおかしな自分から救い出してくれる美しい女だった。しかし私は、私の美しい女が、どんな顔をしどんな姿をしているのか、さっぱりわからなかったのである。ただ、美しい女への思いがうかぶと、私の心のなかに、何か眩《まぶ》しい光と力にみたされることだけは事実だった。いわば美しい女というのは、まるで眩しい光と力そのもののような工合だったのである。繰返していうが、私は、まことに単純な人間なのである。世の夢想家といわれるような高尚な人種ではなく、ひどく現実的な男であり、そしてひどく現実的な労働者なのである。私は切符の精算のとき、切符とあわせて、売り上げの現金があまったり足らなかったりするようなことは殆んどないのだ。また、あの車内に規則としてかかげることになっている運転手と車掌の名札は、車掌の責任なのだが、車の交代のとき、もって降りるのを忘れて、あわてて次の駅へ電話をかけ、上りの電車で送り返してもらうという、車掌のよくやるへまを仕出かしたこともない。私は、万事きちんとしていることが好きで、また万事きちんとすることが出来るのだ。だが、このような現実的な男が、滑稽にも、眩しい光と力としてしか思いうかばない美しい女を、痛切に欲しがっていたのである。そのとき、あの倉林きみという私娼が、思いうかんでいたのではない。第一、あの女は、美しい女の意味するものと、正反対の女であったからである。

私のおかしな真面目さは、仲間から多少軽蔑され呆れられてもいたが、私と仲間との間に決定的な溝をつくるものではなかった。むしろ私は、概して仲間とはうまく行っていたと断言してはばからない。仲間の間には、仕事上のつまらないことから、ひどく感情的になり、たがいに生れない前から仇敵であったように憎み合っているものもいた。だが、私に対しては、どんな行きちがいが起っても、ほんとうに腹を立てる者もほんとうに憎むものもいなかったからだ。私のおかしさに腹を立てている者がいることはいたが、同じ私のおかしさが、彼の腹立ちをゆるめているようだった。同期生の原田に恋人がいた。染物屋の娘なのに色が白いと評判だった。その娘が、ある日ひとりで私の車に乗って来たのである。私は、彼女が原田の恋人であるということで彼女に十分好意をもっていた。だが、私は彼女へ切符を請求したのである。もちろん笑いながらだ。彼女は、最初私の笑いに応じて笑っていた。だが私が彼女の前にいつまでも立ちつづけているので、彼女は次第に困った顔になって行った。やがていらだたしい暗い顔になったかと思うと帯の間から手製の小さな財布を出し、なかから十銭白銅を出した。私は、急に神妙な気持になって、一区の切符へパンチを入れた。私は、車掌台に帰りながら、どうして彼女は、原田の恋人だからただでのせて、といわなかったのだろう、とむっとした顔をしている彼女を想像して、あわれに思った。だが、原田は、このことを彼女に訴えられたらしく、翌日、私へいかっていった。

「お前、どうしておれの彼女に恥をかかせたんや」

私は、むっとしていた彼女の顔を思い出して、思わずふき出した。

「どうしてって、規則やもん、仕様があらへん」

原田は、私の笑いにたじろいだように、ぼそぼそいった。

「ほんまにお前は、憎むに憎めない変なやっちゃな。おれにはお前わからへん」

私は、彼に私のわからないのは当然であると思った。何故なら私をおかしくさせているものが私のなかの何に由来するのか、私自身もさっぱりわからなかったからである。

だが、このおかしさは、一つの力をもっていた。私に勤務をせい一杯真面目にやらせるのも、私に焼酎をのませて美しい女をほしがらせるのも、私に職場や仲間を好きにならせるのも、この力のせいだった。そしてこのおかしさが、私個人のものであるかぎり、私はもっと平和な生涯を送れたにちがいなかった。

ところがある日だった。乗務を交代して詰所へ入って行くと、そこにいた七、八人の乗務員たちが、私を見てどっと笑うのだった。私は、最初、何のことかわからなかった。で仕方なく私も笑って見せた。すると人々は、またどっと笑うのだった。それは好意のあるものでありながら、残念なことに、明らかな反感と軽蔑をふくんでいた。仲間が私に対して、こんなはっきりした態度を示したのははじめてだったので、私はとまどった。すると運転手の佐鳥が、その人々の笑いにもかかわらず、ひとり神妙な顔付をしながら、私の名を呼んでいった。

「おい、木村、あれを見てみろ、恥しいことあらへんか」

それは隔日に詰所へ掲示される従業員に対する賞罰表で、賞は赤、罰は黒のカーボンの字で書かれるものだった。佐鳥にいわれて見て見ると、なるほど情ないことが起っていた。私の賞が、三つもならんでいるのである。「賞三十点　木村末男　乗客の整理良好なり」「賞二十点　木村末男　無賃乗車の制限規則に忠実なりと認む」その上にまだ「賞三十点　駅名称呼の態度大いによろし」――賞点が一つだけだったら、これほど人々の笑いを招きもしなければ、これほど人々から反感や軽蔑を受けはしなかったであろう。賞点が三つもならぶことは多すぎるのだ。異常なことなのだ。そこには賞罰の客観性を超えたもの、いわば会社の意志が感じられるのだ。私は、あわれな声で誰へとなくいった。

「賞八十点とまとめてくれればええのにな」

だが、誰も答えなかった。賞八十点は、レールの破損を発見して電車の顚覆を防いだり、機敏な処置によって人命を救助したりするような異常な功績に対して与えられるものであったからだ。しかも一点は一銭であるから八十銭賞としてくれるのであり、それは私の労働時間の六時間分に該当するわけなのである。私は、落ちつきなく、ベンチへ腰を下した。そのとき、年中花柳病をやんでいる車掌が、私をいやらしそうに見ながら、しわがれた声でいった。

「あんまり張り切るなよ、え?」

私は、人々からあの使い捨てられた、おかしなしかしいやらしいゴム製品であるかのように眺められ、観察されているのを感じた。すると私の心に、何か恐ろしげなものが忍び込んで来たのである。私は、情なくもふるえながらいった。

「何や、たかが八十銭やないか!」

「ふん、いってやがらあ」と誰かが呟いた。

「おれは何もいってへん！　たかが八十銭やといってるだけや」

「威張ってやがるなあ」と塙という運転手がいった。

その場に、私と親しくしている気のいい車掌の金子がいた。彼は、いまになって自分が困った立場におかれたのに気付いたらしく、臆病な声でいった。

「木村、お前、あんまり真面目すぎるんや」

「おれ、普通にやってるだけやぜ」

「でも、無理して乗務監督に認められようとしてるように見えるもん！」

私は、思わずいかかっていった。

「無理してんの、みんなの方やないか！　会社の方が無理したかて、みんなも無理せんかてええやないか。おれはほんまに何も考えとらへんのや。おれはほんまに無邪気なもんなんやで」

交代の車が来て、詰所を出て行く者もいた。そして十分とたたないうちに、詰所の人々は、新しく入れかわっていた。なかに、賞罰表に気づいて、おう！　とおどろきの叫びをあげる者がいた。しかしその者も、すぐ不愉快さを感じて行く様子が手にとるようにわかった。誰かが金子と同じ言葉をいっているのが聞えた。

「木村は、真面目すぎるさかいなあ」

私はその声へ抗議するようにいった。

「会社が勝手にしたんや。おれはただ電車が好きなだけなんや」

人々は、あわれむように笑った。その笑いは私の言葉を少しも信じていないものだった。みんな、何か誤解している、と私はみじめな心で考えた。しかしまた、残念ながら、誤解されても仕方のない気もしていたのである。

というのは、会社は、人員の不足を労働の強化で補おうとして、公休出勤や残業などの命令をやたらに出した。早出出勤の者には、残業は逃れることの出来ない宿命のようにさえなっていたのである。そのために女房に逃げられる者も出て来る始末で、人々は、今月はどうしても稼がなくてはならないという理由がないかぎり、そのような命令を理由をかまえて回避した。だから出勤係は、出勤表の作製が頭痛のたねで、ときには残業してもらうために、乗務員へ哀願しなければならないことが始終起った。だが私は、出勤表に実に従順であっただけでなく、出勤係から頼まれていやといったことはなかった。当然、私は、出勤係のお気に入りとなり、当然月末に発表される月収高は、古参を凌いではるかに上位にあった。だが、私は意図してそうなったのではない。私のおかしさの思わない結果なのだ。母の死後、兄姉はばらばらになり、私は私で独立していて、だから私は、自分の口を養うことさえ出来ればよかったからだ。

さらに私は、ここではっきりさせておきたい。私は、監督から認められようと思ったことは一度もなく、ただ満二十歳になったら運転手になりたいと思い、また運転手になりたいと思っている自分を、いささかの悲哀をもってだが、喜んでいる人間だったということである。私の喜びに対するこのいささかの悲哀という保留は、勿論私の美しい女に関している。私のほんとうに欲しているものは、運転手ではなく、あの美しい女であったからだ。私から、あの妙なおかしげな影を吹きはらい、私の心に熱と充実をもたらす、眩しい光である美しい女であったからだ。私に十分な生きる意味をあたえ、しかもその十分さを十分に生きさせてくれる美しい女をこそ求めていたのだ。

勿論私は、このような自分におかしさを感ずる。だからこそ、私は、運転手になりたいと思っている自分を許して喜ぶことも出来たのである。

だが、交代して電車に乗っても、私は憂鬱だった。そのころのこの私鉄は、いまのような立派な三輛連結の鋼鉄車ではなく、バッテラという木製の単車で、運転台や車掌台が風に吹きさらしになる古い型のものだった。私は、尻をぴょんぴょんはねあげて馬のように走って行く三号車に乗り組みながら、人々からこんな誤解を生むのは、私があまり単純な人間であるせいなのだろうか、と考えた。だが、この私の深刻な反省も、情ないことに五分もつづかなかった。この私鉄は、殆んど瀬戸内海の海岸線を走っているので、海が十分眺められたからだ。静かな波は、深い思いを抱いているのだといわんばかりの真剣そうな顔付で、ゆるく持ち上って来ては、几帳面な規則正しさで砂浜へくだけていた。そのたびに規則正しくざわあといった。流木に乗っている鷗は、何故おれの大地はこんなにもよく揺れるのだろうと、けげんなきょとんとした顔で、あらぬ方を眺めていた。浜の松は、それぞれ、ある強情さを示しながら、奇妙な踊りの型を固持しつづけていた。私は、振り落されないように後手にハンドブレーキを持ちながら、このおかしな自然になんとないゆるめを感じていた。すると詰所で真剣に腹を立てていた自分が、笑うべき姿で思いうかんで来た。私は、何でもないことだったのだ、と思った。賞金も、会社の私に対する悪ふざけとして素直にもらえばいいのだ、と考えた。何故ならあんな賞金をもらうのがおかしいとしたら、もらわないのも仲間の誤解に同ずるようでおかしかったからである。

だが、腹立しいことに、会社は私に対する誤解をさらに客観的に実証するということを仕出かしてしまったのである。

会社に曙会《あけぼのかい》という唯一の従業員組合があった。ある一部の人々からは、御用組合だとかげで論難されていたが、それも理由のあることで、その組合の役員は、会社側から任命されていたからである。その役員に、そのときまだ入社以来一年もたたない新参の私が任命されてしまったのだ。私は、詰所に貼り出されたその辞令を見たとき、何か妙な気がした。そしてほんとに妙だと思ったのである。それはもはや悪ふざけとしてすまし得るものでなかったからだ。その私は、自分の背中に向けられている仲間のうろんな視線を感じた。そして私は、その人々の心に同感だったのである。その辞令は、出勤係の部屋のガラス戸に貼りつけてあった。出勤係は、そのガラス越に勤務の終った私を見つけ、勢よく部屋を出て来て、にこにこしながら私へいった。

「さあ、運輸課長のところへ行こう」

運輸課は、詰所の車庫線を越えた向い側にあった。課長の部屋は、その隅の一室だった。私が、入って行くと小柄な威勢のよい課長は、機嫌のいい声でいった。

「おう、木村か」

「今度、えらばれて曙会の役員になりましたから、挨拶に来ました」と出勤係がいった。

「おう、それは御苦労さん」と課長は私を見ながら答えた。

人形のようにだまって、突っ立っていただけの私は、あわてていった。

「私は、辞退したいんです、役員を」

「どうしてだい?」と今度は出勤係があわてた。

「私は、会社の方で考えられているような人間やおまへんねん」と私は力をこめていった。「私は、ごくつまらない人間で、つまらないことの好きな男でんねん」

「それでいいじゃないか」と課長は不審そうな声でいった。「どうしてわるいんだ」

「わるいというわけではないいんですが」

「そうだろ!」と課長は愉快そうに笑った。「まあ、しっかりやってくれ給え」

「でも、ほんまに私は役員に向かないんで!」

瞬間、課長はだまって私を見つめた。それからうす笑いをうかべながらいった。

「君を曙会の役員としたのは、会社の新しい方針として決定したことなんだぜ。しかしこの決定をくつがえそうと思うなら、君にもむろんわけはないさ、会社をやめればいいんだからな」

私は、思わず頓狂な声を出した。

「そんなに重大なことなんですか」

「そうだよ、重大なことなんだよ」と課長は意味ありげにいった。

私は、詰所の近くに間借していた駄菓子屋の二階へ帰って来た。私は、落着かない気持だった。私は、救いを求めるように窓をひらいた。近くにゴム工場の高い大きな煙突が、高々と立っていて、その先端から頼りなげな煙を細々とたなびかせていた。そのとき私に、まるで彼女が私の美しい女であったかのように、倉林きみの姿が思いうかんで来たのだった。

私は、窓をしめると、有金全部を制服のポケットへ入れて表へ出た。その私の足は、私娼窟で有名な三ノ宮に向っていた。

そのとき私は、滑稽にも、会社に対してだけでなく、私の仲間に対しても、真剣に腹を立てていたのだった。私には、彼等によって、自分の主権が侵害されたという風に感じられていたのである。

3

その後、私は、曙会の役員会にも出席した。勤務も、我ながら呆れるほどのなげやりな熱狂さや無関心を振舞って見せた。しかし一方暇を見つけては、倉林きみのところへ通っていたのである。勿論、きみが私の求める美しい女でないことは、最初の日にわかっていた。だがきみはやはりそのような状態にある私をひきつける何かを持っていたのである。きみは、私より五つも年上だった。いつも身体を斜めにふるような歩き方をする気分の交代のはげしい女だった。私に対しては、殆んどの場合、そうするのが自分の特権だといわんばかりの乱暴な取扱い方をした。しかしきみのこんな乱暴さには、小さいときから馴れていた。というのは、彼女は、私が小学校の一年生のとき、同じ小学校の六年生だったからである。彼女は、そのときから小柄だったが、男の子のようで、私は木に上っている彼女から、小便をひっかけられたことさえあった。だが、その彼女は、小学校を卒業して、中学校の教頭の家へ子守にやとわれて行ってから、ぐれはじめたようである。十五、六にもならないのに、共同便所という町の噂さえ立っていたくらいだった。その彼女に忠告するものがあると、彼女は、生意気にもこう答えたというのである。

「うち、どうせ不幸な女やもん、放っといとくなはれ」

そして、いまに梅毒になって鼻が欠けるぞ、といわれても、いまに悪い奴につかまってどこかへ売られてしまうぞ、といわれても、平気な顔をしていたというのである。しかも不思議なことは、その町で人望のあった教頭夫婦は、自分の家の子守が最初の窃盗で警察へ検挙されるまでの二年の間、少しもそんな彼女にふしだらの気配さえも感ずることが出来なかったのだった。

「要領ええってあらへんのや」と彼女と関係のあった農業機械屋の丁稚《でっち》が憎々しげに私の姉にいった。「先生の家のもんには手つけへんし、おくさんにはうまいことおべっかいいやがるし、用事はちゃんちゃんとするし、あれやったら誰でもだまされるわ」

私が、このきみが三ノ宮にいるということを知ったのは、この私鉄の運転手をしていた兄の倉林捨市へ、この私鉄へ入る伝手《つて》を求めて会いに行ったときだった。そのとき、きみは、窃盗で二度目であった六ヵ月の刑をおえて親許へ引取られていたのだったが、彼女は、捨市のいやな顔をするのも構わず、金縁の小さな名刺を出して私へいったのである。

「この名刺、高いんやで。大事にもっててんか。失うたりしたらあかんで」

私は、その金縁の女名刺をうやうやしく頂いた。それまで名刺なんかに縁がなかったからである。すると彼女はいった。

「うち、ここで淫売してまんのや。遊びに来はるんなら、来はってもええで」

捨市は、妹のそれとはまるっきりちがう大きな顔を、一層暗くしたが、やはりむっつりだまっていたのだった。

きみが、彼女のいうほど不幸だったかどうか、私にはわからない。彼女の家は、K川に面した小さな農家で、そのころ六十ぐらいになる父と後妻に来た母と、その母の連れ子の小さな男の子との五人暮しだったが、とにかくその日その日は食べられるようだった。勿論捨市が家計の大部分をまかなっていたのだ。だから彼女にとっての問題は、恐らく母が彼女にとって継母だったということぐらいであったろうと思われる。そして彼女は、継母や継子に対して世間のあたえる通説に従順に支配されてしまっていたにちがいないのだ。

だから私が、最初きみを三ノ宮へたずねて行ったのは好奇心からである。その日は、秋の気持のいい日で、午後の太陽がほかほかとあたたかかった。私は、彼女の名刺をたよりに、汽車の煤煙でうす黒く汚れた家並を歩いた。近くのガードの上には、山陽線の三ノ宮を発着する列車が、ガタンガタンと重い鉄のひびきを立てたり、ボウと汽笛を鳴らしたり、機関車のピストンから仰々しい蒸気を吐き出したりして、忙しげに往来していた。私は、やっとその近くの老婆から教えられたクリーニング屋と下駄屋の間にはさまっている門をさがしあて、その戸をあけた。そこにはわずかばかりの路地があって、石畳が敷かれてあり、その突当りは、仕舞屋《しもたや》風の二階家の玄関になっていた。私は、その格子戸をあけようとして、ひょいと横の狭い空地を見ると、そこに、きみが洗濯していたのである。彼女は、殆んど膝まで着物の裾をまくり上げ、甲斐甲斐しそうに赤い紐でたすきがけをしていた。午後の光が、そのたらいの水に反射して、彼女の小さくしまった蒼白い顔は、きらきら波のように揺れていた。たしかにきみは美しい女にはちがいなかったが、悲しくも、私の求めるほんとうの美しい女ではなかった。

「今日は」と私はいった。

「あら、あんた？」ときみは振り向いていった。「なんで、笑ってはんの？」

私はそれに答えずに、彼女の兄である運転手の倉林の顔を思いうかべながらいった。

「兄さんは元気やで」

「ふん」ときみは軽蔑的な顔をした。「あんた、きょう、泊ってくれはんの？」

「そのつもりやけど」と私は曖昧になった。

「まだ、日が高いのに、珍らしおまんな」と彼女はぞんざいな口調でいった。「入って突当りの部屋が、うちの部屋やさかいに、そこで待っててておくんなはれ。すぐ行きますよってに」

私は、せまい玄関へ靴を脱いだ。するときみが、急いでやって来て、その靴を下駄箱へしまい込んだ。瞬間、彼女は私を見て、にやりとしながらいった。

「万引されるといきまへんさかいな」

きみの窃盗の前科は、ほとんど万引だったのである。

だが、私は、この最初の日にきみにこりてしまった。私には、どうしてもきみのわがままな性質について行けそうもなかったからである。粗忽《そこつ》なところのあるらしいきみは、洗濯から帰って来ると、かがんだままの、はなはだ無作法な恰好で、火鉢の上の薬罐《やかん》から急須へ湯を注ごうとした。勿論、私にお茶を入れてくれようとしたのだ。そのときどうした手加減か、薬罐がぐらりとかしぎ、煮え立っている湯を自分の足の上へこぼしたのである。彼女は、世にも情ない悲鳴をあげた。私は、びっくりし彼女の足を見た。幾分扁平足の気味のあるその白い足の甲は、みるみる赤くなり腫れ上って来た。

「薬、おまへんの？」と私はあわてていった。「なければ醬油でもええんや、はよつけなはれ」

だが、きみはみじめな顔付で、だまってその自分の足を見ているだけだった。で私は立上りながらいった。

「おかみさんにいってもらって来たげよか」

するときみは、思いがけなくいらいらした声でいった。

「何をがやがやいってはんの！　うちは、こんな身体なんかいらんのや」

「そやかて、痛いやろ」

「静にしててというてまっしゃろ」

「何もそんなに威張らんかて」と私は不服を感じていった。「こっちは、痛いやろと思うさかいに……」

「どうせ、死んだ身体やもん、あんたなんかの知ったこっちゃあらへん！」

瞬間、私の心が、何か恐ろしいものにかわったのを意識した。

「仰々しいのは、あんたや！　そんなやけど、何や」

そして私は、薬罐をとり上げた。残念なことには、手がぶるぶるふるえていた。だが私は、その薬罐の湯を、勇敢にも自分の足に注いでいた。だがそれは熱すぎた。私は、悲鳴をあげていた。

「あつう！」

「阿呆やな、あんたは！」ときみは呆れた声で叫んだ。

私は、そのきみの声に自分をとり戻しながらもはげしい声でいった。

「大したやけどやあらへん。こんなもん醬油つけといたら、あっさり二、三日で治りますわ！」それから立上りながらいった。「じゃ、おれ、おかみさんに醬油もろて来まっさかいな」

だが、情ないことには、私は思わず、ふたたび、つう！　と叫んでいたのである。歩こうとしたとき、火傷の部分に剃刀でも走らせたような疼痛が走ったからだ。すると思いがけないことには、きみは突然笑い出したのだ。勿論、私も噴き出していた。するときみの笑いは、ますます気ちがいじみたものになったのである。しかも彼女は、涙さえ流していたのだった。

私たちは、結局、火傷の手当をせずに蒲団へ横になった。私の足は、蒲団にふれるためにひりひり痛んだ。そして彼女も同様であるらしく、その気配でわかった。私は、彼女を見た。すると奇妙なことに、彼女は赤い顔をして笑いながらいった。

「ほんまに、けったいなひとやわ、あんたは」

すると私たちの間にあたたかいものが流れた。私は、思わずその彼女を抱き寄せた。その私には、いままでにない痛切さで、そのきみとは全く関係のないあの眩しい光だけで姿の見えない私の美しい女が思い描かれていたのである。

翌朝、私は、きみの店を出るとき、靴がはけないので下駄を買わなければならなかった。私は、靴をぶら下げ、ちんばをひくようにして歩きながら、しかしあの女は、いいとこもあるにしろ、やはりあのわがままだけは許せない気がしていたのである。

それから曙会の役員にならされるまで、私はきみのところへは足踏みしなかった。私は、ほんとに仕事も好きだったし、電車も好きだったのだ。何故なら私は、仕事や電車を好きになっている自分を、悲しくも喜ぶことが出来たからである。

電車は、生物のようにそれぞれ癖をもっていた。尻を跳ねあげるようにして横っとびに駈けて行く馬のような三号車に反して、二十四号車は、処女のようにすまして走り、ブレーキがかかると、びっくりしたようにガクンととまった。がむしゃらな奴もいた。彼は、鶩鳥のように尾をはげしく振っていながら、突然二、三度とび上ったりするので、まるで悪魔の背に乗っているようだった。私たち車掌は、いつ振り落されるかも知れないので、後手でハンドブレーキにしがみついていなければならなかったのである。また、坂になると、ウウン、ウウンと情ない声を出して喘ぐやつもいた。モーターの馬力が弱いからだ。また、ちょっと乗客が多いと、すぐ几帳面にオートマチックブレーカーをとばせる、几帳面な怠け者もいた。

だが、会社と仲間は、この私の電車への愛情を奪ってしまったのだ。何故ならあの日から、私はきちがいめいた気持でないと、勤務出来なくなってしまっていたからである。乗務は苦痛になり、駅名称呼一つにしても、わざとらしい大声をあげていたかと思うと、今度は口のなかでぼそぼそ呟くという風だった。私は、いつもふざけなければ運転出来ない佐鳥へ次第に似て来たようだった。

この私にとって、どうしてかきみがいままでとちがった姿で思いうかんで来たのだった。ことにおたがいにやけどし合って、気ちがいのように笑い合った思い出が、何か眩しい光をおびてさえ感じられたのだった。といってふたたび会ったきみは、相変らずヒステリックな女であり、ヒステリックになると、誰かを殺すか自分が死ぬかするより仕方がないというような恐ろしげな気配をただよわせる女だった。そういうとき、私は、そのような彼女に恐怖を感じて戦慄した。あの二人で笑い合った思い出がなかったら、私にはとてもそのような彼女には耐えられなかったと思われる。

私は、きみのかげの生活は、知らなかった。きみの部屋で、ときどき明らかに前科者だとわかるような男と出くわすことがあったが、それらの男たちときみの関係が、どのようなものであるのかさえ、私にはよくわからなかったのである。ただ、彼女は、私と一緒に寝ているようなときなどに、急に自慢らしく、Aという男は人を何人殺しただの、Bという男は、勢力のある自分の親分をものの見事に裏切って立ち直れないような羽目に陥れただの、Cという男は妾までもっているのに乞食をしているだのということを夢中になって話し出すときがあった。そのときの彼女の眼は生々と光り、身体中にやさしさがあふれ、ときにはふいに両手で私の顔をはさみながら幸福そうに接吻するときさえあった。だが、私はそんな話をしたい彼女の気持はわからないことはなかったのだが、彼等こそ真の偉人であるかのように話されるのは、きらいだった。私は、そんなとき、きまっておかしな衝動を感じた。私は、枕元に近い鏡台へ手をのばして手鏡をとり、話している彼女の顔を写し出してやることもあった。また、彼女は、商売女に似合わないくすぐったがり屋なので、脇腹へ手を入れたり耳へ息を吹き込んだりしてやることもあった。またときには、こう叫び出してもいた。

「おれは、人ぐらい何百人も殺して来たんや。三人や五人ぐらい自慢にならへん」

だが、いずれの場合でも、きみは急にヒステリックに怒り出した。怒ると、彼女は自分を無感動な物体のようにした。するとその彼女は、あの人を殺すか自分が死ぬかというような恐ろしげな気配をただよわせはじめるのだった。だから私は、さらにそのようなきみをやわらげるために大儀な努力をしなければならなかったのだった。私にそのような努力が出来たのは、あの笑い合ったときの、あのほんとうの美しい女の感じられるような一瞬をとり戻したかったからだ。

そしてありがたいことには、その瞬間は、たまにはやって来てくれたのである。その笑いのなかで、私は会社で失っている自分をとり戻し、人間らしさをとり戻した感じで、あわれにも涙ぐんでいたのである。

4

ある夕方だった。私は、いつもの飲食店で焼酎を飲んで少し酔っぱらっていた。そのころの私は、以前とちがってとめ度がなくなってしまっていたのである。そのとき青柳と倉林が入って来たのだった。暇な小さな店で、その三人がテーブルへ腰を下すと、ほとんど一杯になってしまった。青柳は私と同じように焼酎を注文したが、倉林は仕方なさそうにラムネを注文した。倉林は、貧しい四人家族の生活を長い間支えて来ているので、ほとんど無駄づかいの出来ない男になっているらしかった。またも花柳病をやんでいるらしい青柳は、窮屈そうな股をひらいた恰好で床几へ腰を下しながら、私へふいに囁くようにいった。

「お前、このごろどうしたんや。会社に何か不平あるんとちがうか?」

「会社のえらい人ら、どうもおれを誤解してるらしいんや」

「そうやで」と青柳はしわがれた声をひくめた。「お前を赤やないかとゆうてるらしいで」

「赤?」と私は思わず頓狂な声を出した。

「何も心配あらへん」と青柳は神妙な顔をしていった。「おれらは、大丈夫やさかいに」

私は、何が大丈夫なのか、さっぱりわからなかった。だが青柳はひとり心得た顔でいった。

「今度、おれら雑誌を出そうと思うんやけど、会員になってくれへんか。一ヵ月五十銭や」

「そりゃ、なってもええけど、何の雑誌や」

「前に、軌道という雑誌、二、三人のもん出しとったやろ。あんな雑誌や」

「ああ、俳句なんかをのせとった?」

「そや、そや」と青柳は簡単にいってのけた。

だが、私は、倉林のラムネをのみながら、玉をカラカラいわせている音が妙に気になった。私は、その方を見た。倉林は、顔の大きな、無口でどこか律儀な職人といった感じの男だったが、ラムネのなかはもう空になっているのに、最後の一滴でも残っているかのように、さかんに瓶を口へ逆立ちさせているのだった。その顔は、陰気で、どこか所在なげな影が濃かった。

「倉林さんも、会員?」と私は青柳へたずねた。

「そや」と青柳はいった。「会員のもんは、今晩七時に、山本の下宿へ集ることになってるんや。乗務で来られへんものもあるけど、お前も来えへんか」

「そりゃ、行ってもええけど、おれ、俳句なんか知らんで」

「知らんでもええんや」と青柳はいった。

倉林は、やっと諦めたように、ラムネの瓶をテーブルへおいた。だが倉林は、だまり込んだまま、ぼんやり外を眺めているだけだった。私は、その倉林が不審だった。彼はおよそ雑誌などと縁のない男であるだけでなく、しかもそんな雑誌へ五十銭も出して会員になるなどとは信じられないことだったからである。やがて青柳は、倉林を促しながら、忙しそうに出て行った。私は、結局だまり通したままでのろのろ出て行く倉林を見送りながら、何だかこの世のなかが情ない気がして、思わず呟いていた。

「今度は、赤か」

そのとき私は、二、三日前、運転係次長の河井のいったことを思い出した。彼は、乗務員上りのただひとりの幹部だったが、ひどい皮肉屋だった。彼は、どこへ行くのか私の電車に乗り込んで来て、にやにやしながらいった。

「お前はなかなかすごいやないか」

私は、古びて贅肉の多い彼の顔をあまり好きでなかった。しかも顎のところに赤黒い少女の乳首のようないぼをぽつんとつけているのである。私は、ちょっとひるみながらも答えた。

「あんまりそうでもおまへんねん」

「ほんまにええ工合におれを裏切りよったと、課長、感心しとられたで。あんな学問のある課長を感心させるなんて、すごいもんやないか」

私は、運転手になる試験のとき、この河井にいじめられるな、と思った。しかしそれは、あくまである程度だった。私はこの河井の徹底的にひとをいじめることの出来ない性質も知っていたのである。彼は、幹部の仲間では乗務員上りであることを意識し、乗務員のなかでは会社の幹部であることを意識しなければならない彼の位置から、自然皮肉になっていたにすぎなかったからである。

「今度は、赤か」と私は、自分がおかしくなりながら繰り返した。「今度は……」

そのとき突然、私は、仲間のある者、少くともあの青柳も、私を赤だと思っているにちがいないような気がして来たのだった。

私は、それまで共産党という団体があって、この世のなかに対して何かなそうとしていることを知らないわけではなかった。その団体に関する事件が、しばしば新聞に報道されていたからだ。だが、私は、何か秘密めき何か恐しげな顔付をした団体であり、私のような単純な労働者には、何の縁もない団体だというように思っていただけだったのだ。勿論その共産党の悪魔めいた顔付は、当時の政府の与えたものであったであろう。しかし一方共産党の方も、敵の与えた顔を、自分の自然のように受取っていたと非難されても仕方がないと思われるのだ。それから二、三ヵ月後、この私鉄にも共産党のビラが撒かれたが、その文句も書き方も、悪魔が吠えているという感じのものだったのである。そして私は、臆病な話だが、悪魔めいた一切がきらいなのだ。

私は、青柳たちの雑誌の会員になったことが不安だった。だが一方倉林もその会員であるということに安心もしていた。倉林は、どことといって冴えたところはなかったが、苦労人らしいあたたかさをもっていて、私は好きだった。彼は、家の事情をひとに洩らすのを好まない風だったので、妹のきみが三ノ宮で淫売していることは勿論、彼に妹があるということさえ、仲間の誰も知らなかったのである。だが、妹の淫売が仲間に知れたとしても、彼にはどういうこともなかっただろうと思われる。彼には何か信頼出来るものがたしかにあった。といっても、私にはやはり青柳の雑誌が不安であることもたしかだった。そして私は七時になると結局、のこのこと山本の下宿へ出かけて行っていたのである。

山本の下宿は、詰所から山手の方の、印鑑などを彫る彫刻師の家の二階だった。私が上って行くとひとり知らない男がいたが、そのほかには、当の山本と青柳と倉林の三人しか来ていないのだった。山本は私の同期生で、ねずみのような眼をした気のいい男だったが、朝、絶望しているかと思うと、昼には元気がよくなって女に夢中になっており、夜にはもうその女には飽きてふたたび絶望しているといった風な男だった。いえば何のために生きているのかわからない男だった。青柳は、窓の敷居に両肘をかけて、足をだらしなく組んでいた。私はあまりの人数の少なさに、坐りながらびっくりした声を出した。

「何や、これだけなんか、会員は！」

みなは妙にだまっていた。まるで何かいやなものが部屋の隅にでもいるようだった。だが、そこにいたのは倉林だったのである。彼は、うつむきながら憂鬱そうにぼんやりしていた。私は、何か起っているのだ、という気がした。私は青柳へ小声でたずねた。

「どうしたんや、青柳」

するとと青柳は、怒ったような声で答えた。

「お前もいやか、全協へ入るのは」

「全協?」

「そうや、共産党の労働組合や。おれらそこの支部をこしらえたんや」

私は、ひるんだ声で答えた。

「えらいもん、こしらえたもんやな」

　すると見知らぬ男の眼が、私へきらりと光った。だがすぐにまた山本へ小声で話しはじめていた。山本は、困ったような顔でときどきちらりと倉林の方を見た。その見知らぬ男は、二十二、三ぐらいの若い男で、長く伸ばした髪の毛や、知的な感じのする蒼白く冴えた顔や、労働で濁ったことのないような澄んだ眼や、無造作に着こなしたノーネクタイの背広や、その聞き馴れない言葉などが、はっきりと私たちとちがった階級の男であることを示していた。やがて山本は、さすがに倉林が古参運転手なので、さんづけで呼びながらいった。

「倉林さん、あんたが入ってくれたら、古いひとたちも動くと思うんやけどな」

だが、倉林は、相変らずだまっていた。すると若い男は、いら立ちながらよく透る声でいった。

「あんたそれでも労働者ですか！　自覚のない労働者なんて、労働者だといえませんよ」

するとと倉林は、顔を上げながら太い声でぼそぼそいった。

「何しろおやじはリウマチだし、おふくろは眼がわるいし、義理の弟はまだ小学だし、もしおれが警察にひっぱられたら、一家飢死なんで。そやさかいに……」

「そんなことにとらわれているのは、奴隷根性というんですよ！」と若い男がいった。

「極端にいえばですよ、親が死のうが、子供が病気になろうが、そんなこと何ですか！　すべてのものを打ちすてても労働者の解放のために尽すのがほんとうの労働者じゃありませんか！」

そして若い男は、昂然といい放った。

「ぼくなんかは、この運動に死を賭けているんですよ！　死んでもいいと思ってるんですよ！」

瞬間、その男から悲痛で荘厳な気配があふれて、ぴんと部屋の中に張りつめた。だが、倉林は、それに耐えるようにかたくなに繰り返した。

「でも、おれは、家の生活をすてることは出来まへんのや」

すると若い男は、みじめなほどがっかりして吐き出した。

「仕様がないひとだな、あんたは！」

山本は、とりなし顔にいった。

「倉林さん、あんた、知ってはったんやないか、この会が何の会か」

「ほら、知っとったけど」と倉林は重い声でいった。

「じゃ、何のために来たんです」と若い男はきめつけるようにいった。

倉林はだまっていた。若い男は、慨嘆した。

「あなた方労働者の前には、自由か死かという問題しかないんですよ！　それがわからないなんて……実際、日本の労働者には、あなたのように、曖昧で臆病で卑屈な奴隷根性のものが多すぎる。あなたがたを解放する革命をおくらせているのは、実はあなたのような人々なんですよ」

　そのときふいに青柳が私へいった。

「木村、お前はどうなんや」

「何が？」と私はおびえた声で問い返した。

「全協へ入るのか、入らないのか」

　私は、熱くなりながらいった。

「入ってもええけど、何かがちがうんや」

「何がです？」と若い男が軽蔑されたように問い返した。

「何か現実的でないような気がしまんのや」

「現実的？」と若い男はあわれむように私を見た。「現実的なのは革命だけなんですよ。しかもその日は、迫っているんですよ」

　私は、だまった。わからなかったからである。私にわかるのは、生活のことだけであり、電車のことだけだった。

「どうするんや、木村」と青柳はいった。

　私は、きっぱりいった。

「結局、おれは倉林さんと同じ意見や」

　そのとき、山本は小利口げに叫んだ。

「何や、阿呆らしい。これ、全協支部の第三回の委員会やで。入るも入らないもあらへんやないか。とにかくみんな委員会の出席者なんやで」

私は、思わず叫んだ。

「おれ、雑誌のことやと聞いて来ただけなんやで！」

「そうや、支部から雑誌を出すんや、嘘やあらへん」と青柳はいった。

「いやなら次から来なくてもええんや」と山本はいった。

「おれらは第三回委員会の出席者として記録するだけや」

瞬間、私の心に恐ろしげなものが忍び込んだ。私はいった。

「そんなら、おれ、警察へ密告したる」

「仲間を売るような真似が出来るんならしたらええのや」と山本も昂奮しながらいった。

「とにかく、どんな理由にしろ、委員会へ出席した責任は逃れへんのやで」

「そんな阿呆なことがあるか！」と私は叫んだ。

そのとき倉林は、立上りながら暗い声でいった。

「おれ、仕方がないから入ることにします。……だけど、お先に帰らせてもらいまっさ。おれ、終（しゅう）の系統の乗組みやさかいに」

私は、その倉林の態度の豹変に思わず叫んだ。

「倉林さん！」

そして私は、倉林を追って階段を降りて行った。その私の後には、倉林に対する人々の軽蔑とも感動ともつかぬ妙なもののふいに起っているのが感じられた。

表へ出ると、倉林は住宅の家並にはさまれた狭い坂道を、街燈に照らされながら急ぎ足で下っていた。私は、彼へ追いついていった。

「倉林さん！　どうして入られたんや」

倉林は、かすかに笑いながらいった。

「人間て、阿呆みたいなもんやという気がするな」

「そやけど、倉林さん！」と私は力をこめていった。「おれは、ほんまにきらいなんや、あの、何とかか死か、というようなやつは。あんなのん、生活を知らんやつがいうことやおまへんか」

「まあ、そやな」と倉林はいった。

「とにかくおれは、ついて行けんなあ、あんなカチカチにかたまった奴等に。岩の方がもっとやさしい、やわらかな顔をしてるで」

だが倉林は、それに答えずにたずねた。

「お前、このごろ、きみのところへ行ってるんじゃないか」

「ああ」と私はいぶかしげに答えた。「どうしてでっか？」

「元気でやってるか」

「ああ、けどどして?」

「いや、妹とは長い間、会わんさかいや」

私たちは、詰所の近くで別れた。別れるとき、倉林は、父親のような思いやりをひびかせながらいった。

「今晩のこと、誰にもだまってへんとあかんで」

私は、いまでも信じている。あのときの彼等の軽蔑は、この臆病な私をひるませるものではあるが、しかしやはり彼等は、間ちがっていたと思うのである。恐らく彼等にとって私たちの生活は、情ないほどくだらないものであるにちがいない。だがこのようなくだらない生活に十分に生きられない者に、この世のことをとやかくいう資格はなかった、と思うのだ。

私は、その夜、蒲団にもぐりながら、何となく遠い山や野を歩きまわりたいと思い、きみをそのハイキングに連れ出してやりたいと思った。きみひとりならば、この関西地方の交通従業員は、大抵無賃で乗せ合っているので、私たちのハイキングには、そう費用もかからなかったのだ。

だが、この計画の実現出来たのはそれから半月もたってからであった。何故なら、きみは私のすすめになかなか応じなかったからである。それどころか彼女は、腹立たしそうにいうのだった。

「岩や木を見て何が面白いのん？　お客はんの財布からおあし抜いてお客はんをおこらせて見たようなことおまへんのやろ、あんたには」

だがある日、私が行くと、きみは兄が来ていま帰ったばかりだ、といって、なげやりにいうのだった。

「それが何の用事で来たんやら、さっぱりわからしまへんのや。聞いても一年も会わなかったからやというだけでっしゃろ。きらいやわ、うち、あんなの。さかいにゆうてやったんや。用事がないんなら、さっささと帰っておくんなはれって」

「お金かな」と私はいった。

「いわれたって、お金なんか知りまへんわ、うちは」

私は、あれから後の倉林を思いうかべた。私は、二、三度詰所でちらっと会ったにすぎないが、ふだんから無口な彼は、ひどい病気にでもかかったように、車から降りて来るとすぐ詰所の畳の上にごろりと横になった。その彼は、たしかに何かを失っているように見えた。私は今度あったら彼に、一体何が起っているのか聞いて見ようと思った。

ところが、倉林は、事故を起して発狂してしまったのだった。たしかに彼の発狂は、人々のいうように事故が直接的な原因であるにちがいない。また間接的な原因を求めるとすれば、複雑で分析に困難なものであるにちがいない。だが、私には、あの山本の下宿でのことが、その間接的な原因のなかの一つを占めていたにちがいないと思われるのだ。何故なら、事故といっても、とび込み自殺の女を轢《ひ》いたという不可抗力のものであり、しかも十五年にわたる運転手の生活で、彼はもっとひどい事故も起しているからだ。つまり私は、たださえ自分の家の生活にこだわる彼が、あの全協へ加盟させられてから、一層極端に家のことが心配になりはじめたのではないか、と想像するのだ。いままで無関心で音信さえしなかった彼が、妹をたずねる気になったのは、そのせいであるような気がする。

とにかく私は、この倉林によって、はじめてひとりの人間の発狂して行く過程をつぶさに見せられた。死んだのは若い女で、海へ入って死ねないで這い上り、電車へとび込んだものだったが、倉林にはいままでにない異常なショックをあたえるものがあったらしいのである。勿論、人を轢いた後は、どんなにいやな気のするものか私も運転手時代に二度も経験しているが、倉林の場合は、それが度をこえていた。ある人々は、その前日のそれと事故が重なったせいだといっていた。というのは、その前日、併用軌道のところで、牛車をひっかけるという事故を起していて、それがまだ片付いていなかったからである。事故の直後は、彼は、興奮はしていたが、正気だった。彼は、詰所で、家へもう帰っていた事故係の来るのを待ちながら、人々へ珍らしく饒舌にしゃべっていた。

「あの海岸の松林を抜けるときな、ひょっと気がつくと、ヘッドライトのなかに白いものがふわふわ入って来るんや。おれは、すぐエマへ放り込んで、電気ブレーキさえかけた。だが、坂で惰力がついてるやろ。ずるずるずるずるや。若い女やということがすぐわかった。おれは出来るなら手を伸ばして、そいつの襟がみをひっつかんで、レールの外へ放り出したかったくらいや。でもあああ、と思ってるうちに車は女にせまって行って、一間ぐらい近づいたときやろ、女はふいに顔を振り向けて、おれの方をじっと見たんや。その眼ったら！　あんなのが、人間の、ほんまの眼というんやろな。おれはぞっとした。ほんまにあんなこわいような美しい眼、おれは知らんわ。うまいことといわれへんけど、恐怖だけやない、喜びから悲しみから人間の感情の何も彼もが一緒になってながら、澄みきってるというような、強い眩しい眼や。おれは、それを見たとき、ぞっとしたまま気が遠くなりそうになった。するとボイン、ガタンガタンや」そして彼は、溜息のように繰り返すのだった。「あれが、人間のほんまの眼なんやなあ。それやのにどうして、みんなあんな眼が出来へんのやろ」

それから倉林は、こわばった顔でこうもいったのである。

「ふだん、あんな眼をしてる女は、どんな女やろ。きっと女神さまみたいな女やろな」

私は、それを聞いたとき、私のあわれな美しい女のことを想った。すると滑稽にも一瞬、轢殺《れきさつ》された女が、その女のような気がしたものである。

翌日、実地検証や警察行やらで、倉林は忙しかった。だがその日もう、発狂の最初の徴候があらわれていた。彼は、ひどく沈鬱になり、そのころ出来た会社の食堂で、空の湯のみを両手にもったまま、何時間もじっとしていた。誰かが、倉林、どうしたんや、と声をかけると、それでも彼は、ちゃんと答えた。

「あの眼ったら、お前。あの眼ったら、お前にわからんやろな」

その夕方、倉林の行為は、ますますおかしくなりはじめた。彼は、靴を脱いで跣足《はだし》で歩いた。その彼の背は、ふいに老人にでもなったように丸く曲げられていて、もう誰が話しかけても答えなかった。もうそうなっては、彼を下宿先においておけないので、一旦、K市の親の家へ連れて行くことになった。そして人々は、当然のように私へその役割を振りあてたのである。

倉林の家は、K川に面した農家だった。そこへは、国鉄でしか行けないので、私は、途中彼があばれ出しはしないか、と心配だったが、彼は案に反しておとなしすぎるほどだった。ただ、私の閉口したのは、K市への汽車のなかで、彼がこう執拗に繰り返しはじめたことだった。

「返してくれ、おれの時計。お前が先刻、おれからとったやつや」

私は、狼狽しては、新しく乗って来る人々に、彼が気ちがいである旨を力説し、彼には、時計なんかとらなかったと納得させようとした。だが、彼は、その瞬間だけ、正気にかえった者のように、そうかというのだが、次の瞬間、また同じことをいいはじめるのだった。

倉林の家に着くと、会社から知らせてあったので、いかにもリウマチらしい老人が出て来た。老人は、顔をしかめながら足をひきずるようにして私を納屋へ案内すると、品物でも取扱うように大儀な声でいった。

「そこへ放り込んどいとくなはれ」

その暗い小さな納屋の一方の端には、誰がつくったのか、稲架の棒を桟のように打ちつけてつくった檻があった。倉林は、半年もとじこめられてそのなかで死ななければならないとも知らずに、そのなかへ私の手で押し込まれた。彼は、抵抗もせずに、素直になかへ入ったが、すぐ私や彼の父に向っていった。

「返してくれよ、おれの時計。……時計がないとおれほんまに困るんや」

5

私は、倉林の発狂を嘲笑《あざわら》う人々にしばしば出会った。それらの人々には、共通した特徴があった。いわばそれらの人々は、私たちの仲間の間で、一種特別な人間と目される人々だったからである。それは会社の幹部たちであり、そして残念なことには、山本や青柳などの同類と考えられる人々であったのだ。

私たちの大部分は、素直に倉林を気の毒がっていた。たとえば青柳などは、倉林のことが話題に上るとき、軽蔑した顔ですぐこういった。

「あんな阿呆な苦労性知らんわ」

勿論、私たちは、青柳のその言葉に笑った。だが、私たちは、彼等のように笑ったのではない。笑いのなかで、倉林をどんなに自分は気の毒に思っているかをたしかめていたのであるからだ。少くとも、私に関していえばそうであった。

たしかに私は、倉林と同じような嘲笑に値する人間にちがいない。また倉林と同じように、社会や歴史の表面にうかぶこともなく消えて行く人間であるにちがいない。だからこそ私は、倉林や私のような人間が、はなはだ漠然とではあるが、心の底で求めているのではないかと思われるものを示したいのだ。卑屈や臆病や奴隷根性などの、滑稽な着物を着せられてはいるが、その下でひそかに生きている私たちのホントウの身体を示したいのだ。

だが、きみも、嘲笑こそしなかったが、兄の発狂に全くの無関心だった。私は、やっとそのきみを外へ連れ出すことが出来た。だが、情ないことには、店のおかみからだけでなく、彼女自身からも、ほんの二、三時間の外出という条件をつけられたので、遠くへは行けなくなってしまったのである。私は、仕方なくこの私たちの電車の沿線である、松林と海浜の美しさで有名なA市の浜へ行くことだけで満足しなければならなかった。

きみは、電車を降り、街を歩いているうちはそうでもなかったが、浜へ出ると一分もたたないのに、もう退屈してしまった。彼女は、いらいらしながら、おこったようにいった。

「こんなとこへ来ても仕様あらしまへんやないか。何のためやの、うちをこんなとこへつれて来て」

だが、私は、きみを日の光の下で、そして自然のなかで見ることの出来たのを喜んでいた。彼女の誇るように、彼女が社会の闇のなかで生活しているある一群の人々の女王であるとしても、この浜に立っている彼女は、実に見すぼらしい女だったからである。きみは、鏝《こて》のかかった束髪に、花模様のワンピースを着ていたが、その短い袖から出ている腕は、六月のさわやかな海風にもかかわらず、情ないほど粟肌立っていた。そしてあの部屋で、小さくきりりっとしまっていた顔は、ここでは縮んで無力な年老いた女の顔になっていた。私より五つ年上だといっても、まだ二十五そこそこなのだ。彼女は、疲れたように、腰を下しながら情ない声でいった。

「阿呆らしいわ、こんなとこ、何が面白いのん」

だが、海は、そんな彼女には無関心に、ゆるやかな鈍いひびきを単調に繰り返していた。そして松林では、珍らしく蟬が鳴いていた。やがて近くを発動機船が通って行った。

私は、彼女へ私の上着をかけてやると、彼女とならんで坐り込みながらいった。

「ええ気持やろ」

するときみは、妙におどおどした声でいった。

「ねえ、木村はん、帰りまひょ」

「もう少し向うへ行ったら、もっと景色がええんやけどな」

「帰りまひょ」と彼女は子供のように繰り返した。「ねえ、帰りまひょ」

私は、立上りながらいった。

「ほんなら、あのボートにちょっと乗ってから、帰ろや」

近くの小さな突堤に、貸ボートが二、三艘、捨てられたようにもやってあった。私は、遠くに見える茶店へ手をあげた。少年が駈けて来た。

「ボート貸してんか」と私はいった。

少年は肯くと、突堤の上へ駈けて行き、棒杭に結びつけてあった綱をといて、私たちを待ちながら叫んだ。

「さあ、よろしゅうおまっせ！」

きみは、仕方なさそうに私へついて来た。だが、きみは、どうしたのか、ボートに乗ろうとしたとき、眼まいでもしたようによろめいたのである。私は、その彼女の腕をつかんだ。彼女の顔は、真蒼になっていた。私は思わずいった。

「どうしたんや」

「うち、こわいんや」

「こわい?」と私は不思議そうにたずねた。「そやかて、泳ぎ知ってんのやろ?」

だが、彼女は、だまったまま、私の手をふりほどくと、海から顔をそむけるようにして、砂浜の方へ歩き出した。私は、仕方なく少年へいった。

「すんまへん、今度にするわ」

少年は、がっかりしたように、ふたたびボートの綱を棒杭に結びはじめた。私は、彼女へ追いついていった。

「おれ、ずっと前、聞いたんやけどなあ。あんたが、子供のとき、川へ水を浴びに行って、河原へ放してあった牛を水のなかへ引張り込んで溺れさせようとした話。あれ、嘘？」

だが、きみは、答えようともしなかった。私にはわからなかったが、何かが彼女を打ちのめしていた。

「そんなら、あの茶店で、サイダーでも飲もう」

きみは、いままでにない素直さを見せて、私について来た。そしてぼんやり店先の床几に腰を下していたが、急に、痛ましくも情ない声でいった。

「うちらの考えたりしてること、ほんまに、つまらへんのやねえ」

私は、その彼女の言葉に強く動かされた。しかし私は、力をこめていっていた。

「そんなことあらへん。何でや」

だが、彼女はそれに答えずにいった。

「あんた、サイダー、飲みなはんのやろ」

そして彼女は、私のコップにサイダーを注いだ。私たちは、しばらくそこで休んでいた。海は、相変らず単調なひびきを繰り返していた。私は、その海を眺めながら、私の生れる前から、そして恐らく人類の生れる前から、このように単調なひびきを繰り返して来たのかと思うと、何となないおかしみが感じられて来て、私の心は和ぐのだった。近くの松の木から、からすが急にとび立って、バタバタあわてたように町の方へとんで行った。私は、そのからすの様子にさえおかしさを感じた。私は、彼女を見た。彼女は、妙にしょんぼりしていた。私はその彼女にもおかしさを感じながらいった。

「あの、人を三人も殺したというこわいひと、相変らず来てる?」

するとと彼女は、ひるんだように、しかし強くいった。

「あんたは、今日、威張ってんのね」

間もなく私たちは、その浜を引き上げた。そして私は、ぼそぼそ歩く彼女と肩をならべて歩きながら、滑稽にも、どういうわけか、あの美しい女、あのほんとうに美しい女が切実な気持で欲しい気がしていたのである。そしてその女ならば、この自然のおかしさや、この私やきみや人間のおかしさを力のある輝やかしいものにしてくれるように思われてならなかったのだ。

だがその夕方、私が出勤して行くと、会社に思いがけない騒ぎがもち上っていた。共産党K電鉄細胞と署名されたビラが撒かれたのだ。それには、前にも書いたように、悪魔が吠えているような文字と文句が書かれていた。たとえば、その一枚はこうだった。「帝国主義を粉砕せよ！　地主資本家を直ちに撲滅せよ！　時給二十銭を要求せよ！　手当の本給繰入れを即時断行させせろ！　労働者農民諸君万歳！　共産党万歳」

私は、このビラを見たとき、思わず情ない声で、ちがう、ちがう、と呟いていた。勿論、このような下手なビラが、当時一般的だったというのではない。恐らくそれは私たちの私鉄の細胞特有のものであっただろう。だが、私は断言する。会社側の騒ぐのは当然として、乗務員たちの騒いだのは、そのビラの内容についてでなく、共産党の名前についてであったのである。しかもそのビラは私たちの生活のなかから自然に生れて来て、やさしく私たちに語りかけるものでなくて、硝煙と血潮のなかで兵隊を叱咤する鬼将軍の声のようであった。だから時給のことや手当を本給に繰り入れることなどの具体的なことについての文字は、私たちの眼へ火薬のように炸裂してその意味を失わせ、死と暴力のにおいだけを感じさせるだけだった。だからこういう皮肉を洩らすものの出て来たのは当然であろう。それは飯塚克枝という、そのころ会社がはじめて出札へ女をおいたとき、入社して来た三人の女のひとりだった。彼女は、まるで自分のことのように恥しそうにこのビラを見ていたが、やがていらだたしそうにこういったのだ。

「このひとら阿呆やわ。資本家を直ちに撲滅して、どうやって、いない資本家に、時給二十銭を要求出来まんねんやろ」

私は、私で、滑稽にも腹を立てていた。とにかく今日まで私についていえることは、気ちがいめいたことは一切きらいだ、ということである。気ちがいめいたものには、あのビラの文字や文句のそれと同じように、死と暴力がひそんでいるように思われるからである。そこには非人間的な恐ろしいものが、たしかにいるように思われるのだ。

だが、そのころふたたび平静をとり戻していた私の心は、そのビラで乱れはしなかった。私の勤務ぶりも最初のころのようだった。私がこうなっていたのは、曙会の役員を解任させられたためばかりではなく、やはり電車の好きな人間であり、働くことの好きな人間だったからだ。だから新らしく駅手として入って来たK市の男に、

「木村はんは、よう身体を動かしはりまんなあ。あんたのなくなりはったおかあさんそっくりだんが」

といわれたとき、嬉しいというよりむしろあわれな話だが、誇らしさを感じたのである。その私は、また、後に私の妻となった克枝に新鮮なおどろきを感じはじめていたのであった。

克枝は、大柄な肥り気味の身体に、生気のピチピチ感じられる女だった。年はそのころ女学校を出たばかりの十八だったが、眼も鼻も口もくっきりしているように、物事にもひどく正確な女だった。当然、出札係として最初の一月に男たちを凌ぐ成績だった。彼女

は、職場にはじめての女なので、人々から珍らしがられて、よくからかわれていたが、たとえば誰かが、

「克枝さん、男知ってるかい」

などといわれても、彼女は平気でこう答えるのだった。

「男なんて、いままでに山ほど知ってまんねんや、うちは」

たしかに克枝は、気負い込んでいた。働いていない男は勿論、働いていない女も人間として認めないというようなところがあった。そして私がよく三ノ宮へ行くことを誰からか聞いていて、あるとき私へいった。

「あんなところへ遊びに行きはるなんてほんまに不道徳やおまへんの！」

そして彼女は、不道徳という言葉が好きで、それを口にするときは、権威ある者のように発音した。私は、彼女が当時どんな道徳体系をもっていたのか知らない。だが、彼女が何かについて不道徳だというと、妙なことに、そのことが何の影も残さないほどきっぱり不道徳に見えるのであった。

私は、ある日、きみにその克枝の話をした。きみは、あの浜から帰ってから二、三日、気分がわるいといって寝ていたのであるが、克枝の不道徳の話をきくと、人がかわったように明るく笑いながら突然いった。

「うち、あんたに、ほんまに惚れてまんねんやで」

私は面喰って思わず叫んだ。

「嘘や！」

「ほんまやわ」と彼女は、なおも明るく笑いながらいった。「世界中であんたみたいなええひと、いはれへんと思ってるくらいでんねん」

「嘘や」と私は、ふたたび繰り返した。

「ほんまやわ。ほんまのほんまや」

すると私は、どうしてか、その彼女がひどく悲惨な女であるような気がして来た。私はいった。

「K市の親の家へ帰って、養生したら？」

すると彼女は、また笑い出しながらいった。

「そんなら連れてって？」

そのときこの店のおかみが入って来たのだった。大きく髷を結った顔の浅黒い女で、いつも胃散をのんではげぶげぶやっていた。おかみは、せっぱつまった顔できみに近寄ると、一瞬咽喉をつまらせたが、すぐ甲高い声をふるわせながらいった。

「おきみ、お前、わての貯金盗みはったやろ！」

きみは、そのおかみの顔を見ながらにやりと満足そうな笑いをうかべた。そして首をもちあげるようにして入口の方を見た。同じ店に働いている女が二人、困ったような顔をしてきみの方を見ていた。おかみは、きみを足蹴りにでもしそうな気配を見せたが、我に返ったように私へちらりと頭を下げていった。

「お客はん、お邪魔してすんまへん。……でも、お客はん、この子ったら、わての銀行の貯金帳、二、三日前、わての知らない間に盗んでみんなおろしてまんのや。みんなでっせ、二年間稼いでためたお金、みんなでっせ。ほんまに腹が立つったら……」と泣くような声で入口へ向って叫んだ。「おすま、ほんまやがな、おきみがぬすんだんやがな」

二十前後の女が二人、バネ仕掛のようにとび込んで来た。ひとりはきみに近寄ると、おかみと同じような泣くような声でいった。

「おきみさん、ほんまにひどいやないの！　あんたのくれたお金、わてら、つこてしもたんやのに、どうしまんのや。着物やって、買え買えゆうてやさかいに、買うて、おまけに買うた反物みんな縫いに出してしもたんやろ。返すゆうたって、どうしようもおまへんやないの。おかみさん、つこただけかえせといいはるし……」

するときみは、ふいにくっくっくっとたまらなさそうに笑い出したのだった。おかみは、呆れたように腹をたてて叫んだ。

「裏切りもん！　前科が二犯もあるのに、前科より人間やゆうて、特別にやさしゅうしてあげて来たつもりやのに！」

「ほんまにひどいわ、おきみはん！」とひとりの女がいった。「友達同士やのに、こんな仕打ってあらへんわ!」

「ほんまに呆れた女や」とおかみはいった。「わて、いまから警察へ電話するさかいな、覚悟してなはれ」

そしておかみは、荒々しく出て行った。二人の女は、当惑したように急いで小さく囁き合いはじめた。

「あの宝石、どないしまひょ」

だがきみは知らない顔をしていた。やがて電話をかけるベルの音がした。すると二人の女は、びっくりしたように、そろって部屋からとび出して行った。私は、立上りながらいった。

「今度、H市のお城へつれて行ってやろと思うてたんやで」

すると彼女は、小ぢんまりとした鼻を鳴らした。

「ふん」

私は、そのきみを見ながら、彼女が死んだ人間のような気がしたのである。彼女とは、後にまた会う羽目になることを知らずにだ。そして私は、山本らへいったと同じ情ないせりふをそのときもきみに繰り返していたのだった。

「きみさん! ちがうんや、こんな風やなかったんや。もっとちがった風に生きてもらいたかったんや」

だが、きみは軽蔑したようにだまっていただけだった。私は、仕方なく、しょんぼり下宿へかえって来た。その私はまだ、ちがうんや、あんな風になってもらいたくなかったんや、とひとりで繰返していたのである。

その翌朝だった。眠っていた私は、突然呼び起されたのだった。びっくりして起き上ると、見知らぬ男が三人も枕元へ立っていたのである。

「どなたでっか？」と私は臆病な声を出した。

「警察のもんや」とひとりの男が親切な声でいった。「ちょっと聞きたいことがあるさかいに、本署まで来とおくんなはれ。すぐ帰すよってにな」

私は、何のことかわからなかった。ひょっとしたら、きみが何かいったのかも知れない気もした。私は、会社の制服に着更えた。するとひとりの男が、待ち構えていたように、カチンと私の右手首へ手錠をはめたのだった。

第二章

1

中日事変がはじまって間もなくだった。国民精神総動員という掛声が、私たちの職場にも入って来て、詰所の壁にも「挙国一致」だとか「尽忠報国」とか「堅忍持久」だとかいうポスターが麗々しく貼られ、「我が社の重大任務」と銘打った社長の訓示が、仰々しくかかげられた。御用組合の曙会は、軍人を顧問とすることで一つの権威となっていた。それはときどき、有名なひとびとを呼んで、精神作興の講演会をひらいた。そのとき、その講師のひとびとは、妙なことに、「みなさん方の大電鉄」という言葉をよく使うのだった。そしてたとえ冗談であったにもせよ、私たちも、いつとはなしに、この大電鉄という言葉をつかった。この言葉をつかうと、何か自分たちが特別なえらい人間になったような気がするからであった。

だが、そのようなある日、どんな理由でか、恐らく客の遺失品だったと思われるのだが、詰所へその年の年鑑が放り出されていた。それを見た道化者の北が、「大電鉄、大電鉄……」と嬉しそうに口走りながら、それをひらきはじめた。傍にいた人々は、思わず好奇心にかられて北をとりまいた。

北の指は、運輸事業の部の会社の名を追っていた。だがいくら繰り返しても、その何十という有名な会社の名のなかに、私たちの電鉄の名がないのだった！　私は、そのときの人々の何かショックを感じた妙な顔を、笑いなしには思い出すことは出来ないのである。

私がこんな挿話を書くのは、私だけがほんとうの自分の姿を知っていたというのではない。私は、そのころ私の妻となっていた飯塚克枝との、多労なだけのいさかいの日々を思い出しているからであり、私のたたかいは、彼女の大電鉄式な考え方に対して向けられていたからであった。私は、このたたかいに、あわれにも心の髄まで疲れ果ててしまって、あれから十年以上も立っているのに、いまだにその疲労から癒えていない気がするのである。

私が克枝と一緒になることが出来たのは、それより数年前に起ったあの検挙事件にまでその関係を求めることが出来る。私は、あの事件で、まるで会社の余分な人間のようになってしまったからである。私の仲間からは、そのとき以来ぐれ出したといわれているが、それを聞くと、私はいつも笑い出さずには居られないのだ。

なるほど私は、一度だって本当の自分であったことはない。だが、本当でない自分としてでは、検挙前も検挙後も私は、相も変らない同じ自分だったのである。私はやはり働くことの好きな男であり、電車の好きな男だったにすぎなかったのだ。かわった方は、世間の方なのだ。

とにかくあの検挙も、私の出会った一つのあわれな悲劇である。警察に検挙された私たちの仲間は、共産党とは全く関係のない者ばかりであり、肝心の共産党員の山本たちは、事前に逃げてしまっていたからだ。たしかに権力というものは、自由に誤解することが出来るという自由さのなかに真の姿をあらわすものらしい。あの日、無実の私を重大犯人のように下宿から引き立てることが出来ただけではなく、何の取調べもせずにいきなりH署の留置場へ放り込み、三日もの間、そのまま放置しておくことが出来たのである。

全く私は、最初きみのためではないか、とは思っていたものの、ほんとうには何のために引張られたのかわかっていなかったのだ。だが放り込まれて間もなく、きみのためではないということだけはわかった。というのは、会社の仲間がもう七、八人も、私と同じように留置場に放り込まれていて、そのひとりの古参車掌の衣掛が、私と同じ監房にいたからである。彼は、監房のなかへ突き込まれた私を見ると、呆気にとられたわけのわからない顔で思わず叫んだ。

「木村！　お前もか！」

私は私で、呆気にとられながら思わず叫んでいた。

「衣掛さん！　衣掛さんこそ何でんねん？」

「そ、それがわからへんのや」と衣掛が善良そうな眼をしばたたきながら低い声でいった。「おれ、今朝二番系統やさかいに、四時に起きて飯をくっとったら、三人も巡査が来てここへつれて来やがったんや。そのなかに、S駅からよく乗って来やがる巡査もいやがった。おれを見てにやにや笑ってばかりいやがるんや」

そのとき、鉄の扉についている小さな窓が、パタリと貧乏くさい音を立ててあいた。それからガチャガチャと大きな鍵の音が忙しそうに鳴ったと思うと、子供の十人もありそうなどことなく世帯くさい看守がだるそうにいった。

「おい、話をしたら承知せえへんぞ！」

雑役に出ていた肩のいかったいかにも精悍そうな和服姿の四十男が、その看守へぺこぺこ頭を下げながら、その看守をすり抜けるようにして私たちの監房へ入って来た。そのときだった。隣りの監房の裏の方から、押えつけた低い声が流れて来たのである。

「衣掛！　衣掛！　衣掛」

古参運転手の長池の声だった。だるそうな看守の身体は、急に引きしまった。彼は、ゆっくり監房の扉をしめた。だが長池は、まだなおも衣掛を呼び出そうとしてるのだった。

「衣掛！　おい、衣掛！　衣掛……」

だが、私たちはその声を聞きながらどうすることも出来ないのだった。やがて隣りの監房の扉のあく気配がし、廊下で強い平手打が鳴りはじめた。だが長池は、あやまる気配もなくだまってなぐられていた。長池は、詰所切っての論客で、一たん自分の意見を口に出したら、誰が何といっても曲げないというかたくなさで有名だった。だから大抵の人々は、彼と議論になるのを恐れた。彼の議論のなかへ次第にあらわれて来る殺気がこわかったからだ。だが私は、彼のなぐられる音がするたびに、そんな彼のいつものように表へ出すことの出来ない鬱屈した怒りが自分のもののように感じられた。衣掛は、緊張に蒼ざめていた。その私たちの監房には、私たちのほかにも知らないひとが四、五人留置されていたのだが、強盗の前科が二つもあるという先刻の肩のいかつい四十男が、私たちの方を見ながらこういった。

「あんたたち、赤やってな」

「赤?」と私は思わず問い返した。

「担当がゆうとったし、あんたたち特高の係やろ? 特高の係やったら、赤にきまっているやんか。わいにかくそうなんて、阿呆やな」

「ちがうんや!」と衣掛は夢中な声でいった。「ちがうんや! ちがうんや!」

だが、強盗氏は軽蔑したようにだまってしまった。するとまた、隣りの監房の裏の方から、ふたたび衣掛を呼ぶ反抗的な長池の声がかすかに聞えはじめたのである。衣掛は、とび上って監房の裏の窓の金網へ近付き、便器を足台にして身体ごとぺったりと金網へやもりのようにくっつくようにすると、悲痛な低い声で答えた。

「長池！　何や！」

私も、あわてて金網へ顔をくっつけていった。

「長池さん！　おれや、木村や」

「木村もその部屋か？」と長池は怒ったような声でいって来た。

私は、その声に不審を感じながらも、無邪気に答えた。

「そうや！」

だが、長池はそれなりだまってしまって、衣掛が呼んでも、もう答えようともしなかったのである。

「どうしたんやろ？」と衣掛が私にいった。

「どうしたんやろ？」と私も衣掛に問いかえした。

三日も経つころには、私たちにも、強盗氏のいった通り治安維持法違反でやられたのであることがはっきりわかって来た。その三日目に衣掛より私の方が先に、特高の部屋へ引き出された。彼等は、私を釈放するために呼び出したのだが、その気配をみじんも見せなかった。私は、大きな机の前にちょこなんと腰を下ろしていた、小柄な主任らしい背広姿の男のそばへ連れて行かれた。主任は、ぎいと回転椅子をまわしながら振り向いた。意地わるさのかたまりのような角ばったいかつい顔をしていた。

「お前か、木村末男は」

私は、緊張にこわばりながら答えた。

「はい」

すると主任は、机の前にひろげてあった書類を鉛筆ではげしくたたきながら叫んだ。

「お前は、党から除名になっているんやぞ！　知ってるか？」

私は、何のことかわからなかった。だが私はおびえた声でいっていた。

「党って？」

「とぼけるな、共産党やないか！」

私は、あわてて答えた。

「私は、共産党やおまへん」

「共産党員やない？」と主任は顎を突き出すようにして意地のわるい声を出した。「こちらは何も彼も調べがついてるんやぞ！」

「そんな……」と私は、商品を客に不当に値切られた商人のような声を出した。「そんな阿呆なこと」

「阿呆なことやって？」と主任は、私の後の方を見てにやりと笑った。

振り返ると、やはり背広姿の、身体の大きな五十年輩の男が、のっそり立っているのだった。その大きくとび出している眼は、いかにも善良そうで、鼻の下には、やさしげなちょび髭を生やしていた。ちょび髭は、私へ近寄ると、私をさとすようにいった。

「な、木村、何も彼も申し上げた方がええのやで」

「でも、ちがいまんねん」と私は情ない声を出した。「私は、共産党員やおまへん」

「まだ、そんなことをいっとるのか、お前は！」と主任はどなった。

「は、でも」と私は仕方なく繰り返した。

瞬間、主任の手が私の頰に鳴った。自分でもいい音だと思えるような音だった。するとその私に、どうしてか、あの眩しい光だけの美しい女があらわれ、私は、滑稽にも頰を押えながら、こんなに愛しているのに、と心に呟いていたのだった。この一瞬の理解しがたい心の出来事は、理解しがたさのために、長くわたしの心に残った。ちょび髭は、やさしい声でいった。

「な、お前は共産党員でも大したことはないんやで。すぐ帰してもらえるんやで。いった方がええ。な、お前は共産党員やろ？」

「ちがいます」と私はふるえながら答えた。

するとと主任はにやりと笑った。彼は、机の方へ振り向くと、そのまま立って外へ出て行った。ちょび髭は、私へさとすような口調でいった。

「じゃ、一応帰してやるからな。その書類へ拇印を押せ。拇印でええ」

瞬間、私は、自分の釈放は、既定の事実であったことを理解したのである。つまり私が責められたりなぐられたりしたことは、余分なことだったのだ。私は、こんな目に会ったせいだけではないが、この人生に於ける余分なことというものは、心底からきらいである。死も悪魔も人生に於ける余分なものではないか。私は、その後、乗務していて退屈したときなどに、パンチをくるりと逆にして、いわゆる切符の曲切りというやつをやるときがあった。それは切符を切るという行為にとっては、余分な動作である。だが、そんな余分な動作をさせるときは自分の心のなかに何か恐ろしげなものが忍び込んでいるときだ、とはっきりいうことが出来る。

会社は、私に対しては無言であった。そして残念なことには、私の仲間の多くも会社と同じような態度をとった。まるでふいに、私はこの世のなかでの余分なものになったかのようであった。そしてこのことは、私ひとりだけに起っただけでなく、警察へ検挙された八人の仲間の上にも起っていたのである。

ある夜、この八人が誰からとなく長池の家へ集った。誰かが長池のところへ行くといったことから、おれも行く、おれも行く、となったのである。長池の家は、やはり詰所から五分とかからないところにある二階家で、階下も二階も一間という妙な家だった。私たちは、暗い電燈の下で、この世の敗残者でもあるようなみじめさを感じながら、話すこともなくお茶をのんだ。そのなかで長池だけがひとり憤慨していた。それは警察に対してではなく、山本たち一派に対してであった。最近になってそうではなかったということがわかったのだが、そのとき長池は、山本たちが逃げるとき、全協へ加入をすすめてもどうしても入らなかった者たちに対して復讐するために、警察へ反対者たちを赤だといって密告したにちがいない、とかたく信じていた。以後、十何年間も、彼は、そう信じつづけて来たのだ。その彼のどす黒い顔は、その語調とともに殺気をおびていた。そして言葉が切れるたびに繰り返すのだった。

「あいつらのやり方って、実に卑劣や！　人間の風上にもおけない奴等や！」

そのときだった。森山という色の白い丸顔の車掌がふいにいい出したのである。

「おれ、もう会社へつとめるの、いやになってしもた」

「ほんまや」とひとりが相槌をうった。

長池だけでなく、すべての者たちに深い同感の色が動いた。

「ほんまにいやになってしもた」と森山は繰り返した。

「やめるつもりなのか？　森山！」と私はびっくりしてたずねた。

「そうや」と森山は、日頃の彼らしくなくきっぱりした声でいった。

するど衣掛が残念そうにいった。

「森山は、身がかるいさかいなあ」

「おれは、やめさせられるまでは、つとめるつもりや」と私は断乎としていった。

すると、妙なことに、私のその言葉は、その場の人々の気持を白けさせたように見えた。

勿論、まるで私が汚ならしいけものであるかのように私を見る職場の人々の眼がいやでなかったわけではない。私は、森山と同じように十分にその眼をいやだと感じていた。だが、どのように軽蔑されようと、私は電車で働くことが好きな男だったのである。この人生と同じように、電車は、自分からやめたいとは思わない一つの世界だったのである。

長池は、その私へとどめをさした。彼は、いまいましそうにいった。

「木村、とにかくお前は、自分で何をいってるのやら何をしてるのやらさっぱりわからん男やな。おれでさえ、四、五日前までお前を赤やと思うとったくらいやで。ほんまにお前は何が何やらさっぱりわからへん男や」

私は、毎日、いつものように働きはじめていた。その私は、あの高級な苦悩だとか遠大な理想だとか高邁な精神などというものから見れば笑うべき男であるだろう。だが、私は、泊りで、終点の駅で二階で寝るときの蚤に苦しむ苦しみも、千年の未来ではなく今夜のおかずを思い描く楽しみも、死から常に逃げまわる臆病な精神も、高尚なすべてのものと同様に尊敬されるべきねうちがあると思うのだ。もしそれらの高尚なものが、きっかり一米の高さがあるならば、笑われるものも、一米五〇でもなく、また〇・九米でもなく、きっかり一米の高さがあると思うのである。そして私は、それで十分であるということを知っているのである。だが、高尚なものは、このような十分さを知らないのが常なのだ。

私は、その後三度ばかりやめようとしている森山の心を変えようと試みている。私は、みずからすすんで誤解の犠牲になる必要はないとまで極言した。だが森山は、その月の給料をもらうと、結局会社をやめて行ったのである。

その日、私は、いたるところで森山がやめたことを聞かされた。最初は、終点のH駅長からであった。終点で降りて係員の休憩所の方へ行こうとすると、駅長が受話器を耳にあてたまま、眼の前の窓をガラッとあけて叫んだのだった。

「おい、木村！」

私は、何事だろうと立止って、その窓へ近づいた。すると駅長は、受話器をおきながら、まるで私に責任があるかのように、いうのだった。

「森山、会社をやめたぞ」

「そうですか」と私は、駅長の態度が理解出来ずにぼんやり答えた。

すると傍にいた助役や案内係や駅手などの四、五人が、私の決意でも促すように私をじっと見つめているのだった。だが、私はだまったまま休憩所の方へ歩き出した。

乗務員のなかには、森山の決心をほめるものも出て来た。交代のとき会った衣掛などはそのことをいいながら、腹を立てて私へいった。

「まるで、おれらやめないの、卑怯やというようなもんやないか」

私は、いやな気がしながらも、衣掛へいった。

「かめへん、かめへん、放っといたらええんや」

するとと衣掛が、内緒らしく声をひそめていった。

「長池もやめるらしいで」

「長池さんも？」

「そうや。昨日、おかみさんに会うたら、そうゆうとった」

そのとき運転手が、車掌の発車合図を督促して、ホイッスルをいらだたしそうに鳴らした。私は仕方なく車にとび乗って、出発合図の二点信号を送った。

その日の私の乗組は、最近入って来た、P・Cという新車だった。今迄の木造車とちがって車体もずっと大きく、腰掛の下にはヒーターまで入っているというセミスチールカーで、車台の下には複雑な機械が重々しくついていた。その引き出しも重々しく、走り出すと、木製のレールの上をタンクに乗って走っているような気がして、その懸念がないにもかかわらず、いまにもレールが折れやしないかという気がしたものである。そしてそのころ、この新車は、もっぱら急行のダイヤに使用されていた。だからその乗組の車掌は、停車駅が少いので、運転手とちがってひどく楽だった。私は、バッテラと違ってちゃんとドアのある車掌台に凭れながら海を見ていた。水平線近くに、巨大な木の葉に似た雲がうかんでいて、私たちの車の進行と歩調を合わせながらぎごちなく動いていた。海面はぴかっと光って、波はその光の下で、首でもすくめているように揺れた。その向うを、三本煙突をつけた白い小さな砂糖菓子のような汽船が生意気そうに走っていた。駄菓子屋で買えば一銭ぐらいの大きさだな、と私は思った。

そのとき私は、明日地球がほろぶということがはっきりしていても、今日このように電車に乗っている自分に十分であり、この十分な自分には、何か永遠なるものがある、というおかしな気がしていたのである。たしかに私は、その日一日喜んで十分だといえるような気がしていたのだ。その私は、彼女があの眩しいほんとうの美しい女であったかのように、だからまた何の期待もなく、あの飯塚克枝の生々した顔を思いうかべていたのだった。

2

私は、運転手の試験を受けたいと会社へ申し出た。それが私の希望だったからである。だが、会社はなかなか返事をしなかった。私は、四、五人希望者がまとまってから運転手へ採用するのだろう、と思っていた。そして私は、入社した当時と同じように仕事を楽しんでいたのだ。勿論、幾分の悲哀をもって、という留保も、この留保が私のほんとうに美しい女への憧憬から来ていることも同じであった。

一方、長池は、とうとう会社をやめてしまったのである。彼は、気骨のある男で、みなから恐れられていたが、この彼の辞職だけはあやまった決断だった、と私は思っている。その後も彼は、しばしば乗務員詰所にあらわれたが、もう山本たちへの憎悪しか語らなくなり、やって来るたびにその零落は眼に見えるようだった。

森山につづいた長池の辞職は、私たちの検挙事件を、はじめてすべての人々へ現実的なものにしたように見えた。人々は、まるで不治の病気を秘密にわずらってでもいるように、彼等のひとりひとりへ暗い影をやどしはじめた。それは地球へ向って彗星が突進して来はじめているかのように、自分たちとは全くちがった世界に生きている思いがけない力が、運命的な残酷さをもって、自分たちへ直接迫って来ているとでもいうようだったのである。

それから三ヵ月ほど経った近所の秋祭りの日だった。はじめて土地の若い男から好意的に招待された四、五人の乗務員たちが、振舞酒に酔って、乱闘さわぎを起すということを仕出かしている。人々には、何か騒ぐか、それとも陰鬱になるより手がないように感じられた。附近の飲食店も、ほとんど曖昧屋が多くなっていたが、そこへ飲みに行く者は、大抵二階へ上って行って、そこの女給たちとチップなしで輪姦風な悪ふざけをした。勿論、女給の方もそんなことは平気だったのである。私は、いつかこのような飲食店へ、電車が来るのにまだ帰って来ない相棒の運転手を呼びに行ったことがあったが、店のなかはもう薄暗いのに、電燈もついていず、その薄暗がりのなかに、荒れ果てたボックスが四つ五つあるだけで、人気もなくひっそりしているのだった。私は、店を間ちがえたのか、と思った。すると奥の方からやせたコックが出て来て、私から用向きを聞くと、二階へ向って、その運転手を呼んだ。運転手は、ズボンのバンドをしめ、前ボタンをはめながら降りて来たが、店の外へ出ると酒くさい息をはきながら、吐息するようにいった。

「何をしてもおもろうないなあ」

だが私は、その彼等よりなお悪い、馬鹿げた余計者だったのである。そして会社も、会社自身にとっても私が余計者であることを実証した。私の同期生は、九月に五度目の昇給したのに、私だけが取り残されたからである。だが、私は会社に対して何をしたのであったろうか。

このような状況のなかで、私は、飯塚克枝にますますひかれはじめていたのだった。克枝は、むっちり太っていて、顔も肌もすべすべしていた。眼は大きく澄んでいて、どこか人を見下す風なものが、ときどききらりと光った。勝気すぎるというのが評判だった。そして彼女は、きれいな声なのだが、十ばかりの共鳴器をもっているのでそれへさまざまに鳴りひびいて聞えるというような声で、ものごとを断定的に話すことが好きだった。いつか私は、彼女が自分の家のあるS駅で降りるとき、後から彼女の腕をつかんで冗談にいった。

「切符を拝見します」

だが彼女は、私の手を振りはらった。それからゆっくり振り向くと、にこりともしないで教師風な口調でいった。

「冗談しはったら、いきまへんがな」

そして彼女は、駅の構内から出て行ったのだった。私のようなおかしな人間は、そのような彼女に全く歯のたたない感じだったのである。やがて、第二期の女の出札が七、八人入社して来た。克枝は、自然に女の出札の長のような位置になり、その克枝と部下の関係は、まるで親分と子分といったようなものになった。出札の女たちは、彼女を度外視しては、自分たちのピクニック一つ考えられなかった。写真をとるときは、彼女は女たちの前列の真中に据えられていて、彼女もそれを当然としている風があった。会社も彼女を信頼しているようだった。

だが、私は、そのような彼女は、きらいだった。私の好きな克枝は一心に働いている彼女だった。全く夢中で引き継ぎの切符を計算しているときは、疲れたちょっとした動作や、むっといかったような顔に上らせている血の色が、思いがけない新鮮なエロチシズムを感じさせた。

だが、ある日だった。乗務をおえた私は、ふいに出勤係につかまったのである。

「木村！　また高倉、寝すごしたらしいんや。呼んで来てくれや」

私は、鞄を精算場にあずけて、すぐ高倉の家へ急いだ。私に、出勤係の意図がよくわかったからである。何故なら高倉も、私たちと一緒に検挙されたひとりであり、出勤係は、私たちを一つのグループとしてとり扱っていたからである。だが、私たち当人たちは、めいめいおたがいに敬遠し合って、あまり行き来もしていなかったのである。他人からグループとして一括されればされるほど、そうなって行かずにはおれないものがあったのだ。雑貨屋の離れを借りていた高倉は、不精たらしく蒲団から起き上ると、眠そうな声でぼんやり呟いた。

「おれ、死にたくなったなあ」

それから制服の上衣を肩に引っかけて、ぼそぼそ庭へ降りて来た。

私が、克枝の家をはじめて見たのは、その途中である。高倉が教えてくれたのだ。それは汚ならしい棟割長屋の一軒だった。もう秋だというのに、その入口にすだれをつるしていて、そのすだれ越しに、狭い部屋が、裏に落ちている外光に黒くうかんでいた。家のなかはどこか乱雑で、あの物事に正確な克枝の家とは思われなかった。その裏縁に近いところに、何か縫っている、眼鏡をかけた老婆がいた。私は、その老婆の姿を見たとき、はじめて克枝が身近いものに感じられたのである。どこか私の母に似ている気がしたせいかも知れない。私は、ちゃんと仲人を立てて、結婚を申込んだら、或いはあの克枝も、という気がした。だが、高倉は、歩きながら、私の未来の花嫁とも知らないで、いまいましそうにいった。

「あの飯塚、家にいても威張ってんのやで」

私は、克枝の給料を思いうかべた。車掌よりうんと安いものであった。

「大変やろうなあ」と私はいった。「出札の給料じゃ」

「そやさかいに、あの母親、近所の手つだいしとんや。でも、飯塚、平気なんや。家では、その母親にポンポンあたり散らしよるし、えらい機嫌がわるいんや。でも、会社へ行くと、それがころっとかわりよるんやろ。ほんまに家にいるときのあの女の暗い顔色と会社にいるときのあの女の生々した顔色と、顔色まで違うんやさかいな」とその仲間は得意そうにつけ加えた。「ほんまに女って不思議な動物やで」

それから間もなくだった。ある夕方、私の車に乗って来た克枝を、私は、車掌台へ呼んだ。

「何?」と克枝は、車掌台へ入って来て、不審そうにいった。

「飯塚さん、あんたはずっとあそこに住んでるの?」

瞬間、克枝の顔色がかわった。私は、出入口の窓ガラスにうつっているその彼女の眼が、外の夕闇へ暗く向けられているのを見た。私は何か神妙な気持になって、言葉を失った。

「なんで、ひとの秘密なんかのぞきはるの?」と克枝はふるえた声でいった。

「秘密?……」と、私は頓狂な声で問い返した。「高倉やって知ってるで」

克枝は、急にだまってしまった。それからむっとした顔で、車内へ帰って行った。私は、何故彼女が自分の家を人に知られたくないのか、不思議な気がした。

それでも、私は、いろいろ考えて、私の郷里の市会議員に、仲人に立ってもらい、正式に克枝の家へ結婚を申込んだのである。恥しい話だが、私の姉の数枝が、そのころその市会議員の二号だったのである。すると、克枝の方からその日のうちに承諾の返事があった。結婚式の日取は、来年の一月にきまった。難航を予想していた私には、嬉しくもあったが、やはり不思議な気もした。この不思議さのなかに、後年の長い多労ないさかいの原因を宿していたのであった。

だが、私たちの婚約が知れわたると、仲間たちは、まるで私に結婚の資格でもなかったかのように、いいあわせたように妙に複雑な笑いをうかべながらいうのだった。

「お前には、あの女、過ぎもんやで」

で、私も仕方なくこう答えた。

「そや。おれには、あの女、過ぎもんや」

私たちは、公休を利用してH市の城へ上った。私は、自分がいつかきみを連れて行こうと思っていた城へ克枝をつれてあがりながら、ひとりでべらべらよく喋った。七階もあるその天守閣は、上るのに相当骨が折れた。三階ぐらいでへたばって、頂上を諦めて帰る老婆づれもあった。どの階も、侍たちが、よくこんなところで生活出来たと思われる太い柱だけの殺風景な部屋がならんでいた。

頂上へ上ると、冬に近い強い風が吹き抜けていた。私は、窓からH市の駅の見える方を見わたしながらふいに不安になって克枝へたずねた。

「飯塚さん、喜んでおれとの結婚承諾したん?」

だが、克枝は、私へ身体をななめに向けていながら、だまったままあらぬ方を見ているだけなのだった。で、いい出した以上仕方なく私は愚な質問を重ねた。

「それとも、何か義理みたいなものでもあって、いやいや承諾したん?」

だが、克枝はやはりだまったまま、あらぬ方を見ているのだった。私の心のなかに、突然、不安な激情が起った。私は、城を降りると、簡単な返事以外は、怒ったようにむっとしていて口を利かない彼女をつれて、ホテルへ入って行った。だがやはり彼女は、おとなしくついて来た。

しかし残念なことには、そのホテルの支配人らしい男から、丁寧にしかし見事に断られてしまったのである。私は、断られて見て、はじめて私の服装の見すぼらしさを知った。労働でくたびれた会社の制服だったからである。私は、そのホテルの門を出ながら克枝へいった。

「貧乏人と見られたんやろ」

すると克枝は、はじめて重大な宣言でもするようにいったのである。

「うちは、結婚しても、会社やめしまへんで」

3

私はK市で克枝と結婚式をあげると、詰所の近くに一戸を構えた。彼女の母親が、その家事を見てくれた。彼女の母親は、私の母ほど丈夫でなく、始終病気だったが、それでも彼女は彼女なりに働いてくれたのである。だが、残念なことには、私は人々から、相変らず、私の妻が私にとって過ぎものであるといわれつづけていたのだ。そのひびきのなかには、明らかに私に対する蔑視がふくまれていた。だが、ときには私は、その仲間の言葉に同じて、自分からもこういうときがあった。

「おれの嫁はん、ほんまにおれに過ぎもんやで」

しかし克枝が私に過ぎものと人々の眼にうつる部分こそ、私にとって許せないものだったのである。彼女は、よく私へ死んでも会社をやめないつもりだ、と話したが、その「死んでも」という部分だけ私より過ぎていたのだ。それは、山本らから全協へ巻き込まれようとしたとき、見知らぬ男の「死んでもやるつもりだ」といったときと同じいらだたしさを私に与えるものだったからだった。

或いは、私は、克枝を唯一絶対のものとしては愛していなかったかも知れない。だが、私は、一生ともに年をとって行く愛としては、十分に彼女を愛していたつもりである。そして、私はその愛の十分さに生きることが出来るのだ。私には、あの眩しいだけのほんとうの美しい女がいたからである。

私たちは勤務時間が一定していないので、ときには二日も三日もおたがいに顔を合わさないでいるときがあったが、そのとき私は、ひとりで焼酎を飲んだ。その私は、この人生を愛し、妻を愛し、電車を愛している自分を、悲しくも喜んでいたのである。仲間が私に何といおうと、そして会社がどのように私を扱おうと、私は、この人生と根本的な違和感を感じたことはないのだ。もしこの人生に対して何等かの違和を感ずるものがあるとするならば、それは人間の努力で変えることが出来るものだと思うのである。このような私を、日常的な人間として笑う者は笑うがいい。だが私は、むしろそう見えることに誇りを感ぜずにはおられない。

私はその後一年もたって、やっと運転手になることが出来た。それは私がかわったからではない。会社が、そして時代がかわったからだ。

だが、私は素直に、車を運転出来ることを喜んでいた。P・Cの新車が増え、例のバッテラは姿を消しはじめていた。車庫へ行くたびに、まるでそこが彼の墓場であったかのように、がらんとした巨大な建物の薄暗い隅で死んでいるあの三号車や二十四号車などを見た。それらはトラックを取りはずされた車体だけのみじめな姿で、傾きながらうずくまっていた。たしかにその姿には象の墓場を何となく連想させるものがあった。

だが、それらのバッテラに対して申し訳がないが、P・Cの方が運転して気持がよかったのである。まるで一つの刺戟が微妙で精巧な神経をつたってやがて中枢に達するのを目撃しているかのように、ノッチを入れるわずかな手の動きが、コードをつたわって巨大な八つのモーターに達してそれを動かしはじめるのを感ずるのは、気持がよかった。勿論、私は運転手時代に二度事故を起している。一つは踏切で牛車をぶっつけたときだ。何米も引きずって、降りて見ると、牛も人もいないのだ。そのときは二輌連結だったので、私は車の下を探しまわった。だがどうしたのか見つからないのだ。車掌も降りて来て、けげんそうにあたりの溝を探し廻っていたが、やがて不思議な顔をして非難げに私にいうのだった。

「いないやないか、牛も人も！」

「そうなんや」と私も当惑して答えた。

「空へとび上るわけないしな」と車掌は空を見上げた。

そのとき、牛をつれた農夫が、汗をふきながらやって来て頭をぺこぺこ下げるのだった。彼は、逃げた牛を追っかけて行っていたというのだった。二度目は、学校から鉄橋づたいに帰って来る少年を轢殺した。そのとき私にも、発狂した倉林捨市の気持がよくわかった。ことに子供の死は、たえがたいものがある。だが、私は、いまでもハンドルを握って見たい強い誘惑に苦しめられるほど、運転手の生活が好きだった。カスタネットという楽器があるが、あれを規則正しく打ち鳴らしているような新車の車輪の音ほど、私の心を充実させるものはないからだ。

そのころだった。同じ検挙グループで、後に会社をやめて行った森山の自殺事件が起ったのである。

森山は、詰所から私の住所を聞いて、家へたずねて来た。二年ぶりの彼は、少し太ったように見え、粋な蝶ネクタイなどをしていた。彼は、にやにや笑いながら私の家のなかを見廻していたが、やはりにやにや笑いながら、ふいにいった。

「おれ、復職出来へんやろか」

その彼は、尼崎で小さなバアをやっている両親のもとへ帰っていたのだが、そのバアが潰れて、どうしてもまた働かなければならなくなった、というのだった。彼は、やはりにやにや笑いながらいった。

「口ってないもんやなあ。ここへ帰るの、ごうやさかいに、方々口探したんやけど、ほんまに不景気なんやなあ」

しかしその森山の様子は、別に困っているようにも感じられない、のんびりしたものだった。それでも私は、彼と一緒に運輸課へ行った。すると運輸係長は、妙なことをいったのだった。

「曙会がうるさいんでな」

「曙会？」

「森山は、赤の嫌疑で引張られてやめたんやろ」

「でも森山は、赤やおまへん」

「そやかて」と係長は当惑したようにいった。「森山は、やめたんやろ。もし森山を入れたら、曙会から、会社へ入れるならほかの身体のきれいなもの入れろ、と横槍が来るにきまってるさかいな」

私は、曙会がかわった、とは知っていたが、そこまでは知らなかったので思わずいった。

「曙会って、そんなことにまで干渉するんでっか」

だが、係長は、それに答えずにいった。

「木村みたいに、やめなけりゃよかったんや」

すると森山は、頼みに来ていながら諦めよくいった。

「そや、そや」そして私を促すようにいった。「木村、しようがない、帰ろう」

そのとき、私は、曙会の婦人部長をしている克枝を思いうかべたのだ。森山は、運輸課の建物を出ると、にやけた笑いを見せながらいった。

「おれ、帰らあ」

「とにかく、曙会の様子、聞いて見よう。お前、知ってるだろ、おれの嫁はん、あれ、いま婦人部長なんや、曙会の」

「おれ、帰らあ」と森山はのんびりした声で繰り返した。

その夜、森山は、尼崎の自宅で服毒自殺をしていた。だが、私は、そんなこととは知らずに、彼が、毒を飲んだときと同じ時刻、克枝とはじめての大喧嘩をやっていたのである。

克枝は、家にいてもあまり喋らない女だった。そして何かいうときは、打ち据えるようなもののいい方をした。たとえ食事のときでも、彼女はにこりともしないでいうのだった。

「はよ、御飯食べて！」

だが、その彼女も、性交のあった翌日だけは、人がかわったようにやさしかった。ハンカチを出してくれたり、ズボンにアイロンをあててくれたりさえした。その彼女は、会社にいるときと同じような生々した顔さえしていたのである。だが、会社へ行って来ると情ないことには、もう駄目だった。ときには、ふいに、

「うち、あんたと別れる」

といい出したりした。その夜も、昼間来た森山のことを話して、曙会の方で彼をとりなしてもらえないか、と頼んだ。だが、克枝は、森山のことをもう知っていて、怒ったよう

にいった。

「森山さんなんて、仕様があらへん」

「仕様があらへん?」

「そうでんが」と克枝ははげしくいった。「会社を勝手にやめはったんやろ。そんなひと、ひどい目にあうの、あたり前やわ」

「何やって?」

「そうやおまへんの、うちら死んでも会社のために働こうと思ってまんねやで」

「な、克枝」と私はいった。「死んでもというのはやめよう、といったやろ」

「そやかて、そう思ってまんねやもの、仕様があらしまへん」

その彼女の顔には、断乎としたものがあった。だが、その顔は、血がかすかに上ってい

て、ひどく美しかった。私は、情なくもたじろぎながらいった。

「ほんなら、会社が命をくれとゆうたら、出すつもりなんか?」

「そうやわ」と彼女はたじろぎもしないでいった。

私は、思わずいった。

「ほんなら、おれはどないなるんや」

克枝は、だまっていた。すると私の心に日頃の不安がこみ上げて来た。

「おれ、いつも思っとるんやけど、一体、お前、どしておれと一緒になったんや」

するとﾞ、克枝は、暗いしかし平気な声で答えた。

「どうでもええと思ったさかいやわ」

ふいに、恐ろしげなものが私の心に忍び込んだ。私は思わず呶鳴った。

「じゃ、会社のために早よ死んだらええやんか」

すると彼女も声をふるわせながらいった。

「うち、あんたとわかれてもよろしゅうおまんねんやで」

次の間で心配そうに聞いていた彼女の母が入って来た。私は、土間へ降りた。その私の後から克枝の声が追いかけて来た。

「そやさかい、あんたは、みんなから無気力やといわれまんのや！」

「名誉や！」と私は思わず歓声に似た声を出した。「お前らには、それがわからへんのやろ」

私は、もう遅い町を歩いた。雨が降り出して来ていた。それはパラッと降って来たと思うとやみ、またパラッと降るというような貧乏くさい降り方をしていた。私は、行きつけの飲食店へ入って焼酎をのんだ。その飲食店は、いつの間にか蓄音機を備えつけていて、その古いレコードが、「酒は涙か、溜息か」といっては、その酒をのんでいる私を、面白そうにからかうのだった。だがその私には、あの眩しいだけの美しい女が、心にいたいほど思いうかんでいたのである。

私は、自分もその時代の犠牲者だといっているのではない。犠牲者は、むしろその時代の方だといいたいのだ。あの「無気力」という言葉は、そのころ曙会に関係していた陸軍少佐が、従業員に向って二口目に「無気力」といって叱りつけるので、最初揶揄《やゆ》的《てき》に乗務員たちの間に流行しはじめたものであった。たとえば交代の引き継ぎを忘れたような、一見無気力と関係のないようなときでさえ、引きつぎの車掌から「無気力やぞ」とからかわれるのだった。だが最初、そのようにからかい半分にいわれた言葉も二・二六事件前後からは、人を怒らせる言葉になって行った。その言葉をいわれると、いわれた者は、何か落着かないいらだたしさを感じたからである。だが、私は、一個の権力からそれと決めつけられる「無気力」であるならば、それがどんな権力からであろうとその「無気力」を心から誇りたいと思うのだ。その私たちの「無気力」には、永遠に揺ぎのない強固な反抗があるからである。

森山の自殺のわかったのは、翌日の夕方だった。長池は、そのころ無尽の外交員をしていたが、その話を聞いて、自分のことのように怒っていった。

「山本らがわるいんや、山本らが。あいつらが森山を殺したようなもんや」

だが、克枝は、こういっただけだった。

「無気力の見本や」

私は、その後も、克枝からまるでこの世の最大の悪徳であるかのように、無気力ときめつけられるたびに、何か神妙な気持になった。仲間の多くも克枝と同様に見ていることはたしかだった。その仲間の眼からは、私は、女房に尻にしかれている男であり、小さな平和に生きているくだらない男であり、およそ偉大な事柄には全く無縁な男である、という風であったにちがいない。だが、私は、ただ時計の針のように正確に生きていただけなのであった。

ところが、森山の自殺から二月もたたないある夜だった。私が終電車から降りて来ると、消防自動車が二、三台駈けつけていて、車庫のあたりは大騒ぎなのだった。そして車庫の外においてあったP・Cが、その窓から勢よく火を噴き出しているので、他の車を待避させようとしてうろうろ走りまわっている車庫の人々の影が、異様なほど黒く見えた。結局燃えたのは、その一輛だけだったが、放火だという話だった。私は、しばらくの間、幾分の悲哀を感じながらも、面白そうにその車の焼け落ちるのを眺めていた。それから、家へとんで帰って、克枝へ思わずいった。

「車庫の火事、知ってるか！」

克枝は、ぎくっとして蒲団から半身を起した。そのとき私は、その半身を支えている彼女の片手が、かすかにぶるぶるふるえているのを見たのである。私は、情ない気がして、思わず大袈裟にいった。

「車庫は勿論、会社もまる焼けや」

克枝は、だまって起き上った。そして制服に着更えはじめたのである。その彼女は、全く度を失っているようだった。

「というのは、嘘や。安心しな。P・C一輛燃えただけや」と私はなぐさめるようにいった。

するとこ克枝は、滑稽にも、今度はぺったり正坐した。それからふいに泣き出したのだった。私は、その泣き声を聞きながら、なんとなく彼女と別れようと思った。だが、私には、彼女と別れるに必要な、何かの心がかけていた。誇りをもっていうのだが、そんな彼女の姿が、ほんとうの彼女の姿であるとする心がかけていたのである。

4

放火事件の真犯人は、遂にあがらず、謎となって今日に及んでいる。だが、私やあのときの検挙グループの五人は、当然なもののように、それぞれ一日警察へとめられて調べられているのである。警察から帰って来ると、滑稽にも私は、人々にとって「無気力」さが危険の証明であるような人間になっていた。だが、私は、無智で単純な無邪気な男であったに過ぎないのである。

そのころ私の仲間の菊川に、結婚式があった。結婚式といっても婿に行ったのである。

眼のおどおどして暗い、やさしげな口を利く男だった。私は、その男の律義さが好きだった。その日、私は、午後早く仕事が終ったので、家に寝ころんでいたが、私たちの結婚式のとき、彼だけがワイシャツを祝物にもって来てくれたことを思い出したのである。克枝へは、山ほど祝物があったのに、私への祝物は、兄や姉たちのそれを除けば、その菊川だけだったのだ。彼は、それを詰所で呉れたのだが、そのとき丁寧に頭を下げながら改った口調でこういったのである。

「この度は、おめでとうございます」

傍にいた人々は、その彼にてれたようだった。だが菊川は、それに少しも気付いていないようだったのだ。

私は、急いで起き上って、菊川の呉れたと同じようなワイシャツを買った。それから彼の婿入り先だという風呂屋へ向って急いだ。表は臨時休業の札がかかっていたので裏へまわった。粉炭が山とつんである庭を抜けると、もう酔った声で賑やかな歌がはじまっていた。一瞬、私は、何ということなく気おくれを感じた。だが、私は、家へ入った。夥しい下駄や靴がならんでいた。思ったより家のなかは汚なかった。そのうす汚れた座敷へたくさんのひとが膳を前にならんでいた。私は、どんなにすすめられても上るまい、と決心しながら、声をかけた。

「今日は」

だが、残念なことに私は、つづけて声を出すことは出来なかったのである。会社の人々も多く出席していたが、その女群の上座に、克枝が、でんと坐っていたからだ。その様子は、制服姿なのに、威風堂々としていた。誰かが、傍の家のひとへ客の来訪を知らせた。その家のひとらしい五十女が急いで出て来た。するとうたにあわせていた手拍子が急にまばらになったと思うと、やんでしまっていたのである。私は、自分が自分でない不思議な気持になった。私は、その五十女へ大袈裟に頭を下げながら、祝物をおいていった。

「電鉄の者ですが、この度はおめでとうございます」

そのとき紋付袴を着た菊川が、急いでやって来て私へいった。

「木村さん、上っとくんなはれ」

だが私は、改めてふたたび大袈裟に頭を下げながらいった。

「この度は、おめでとうございます」

すると菊川は、妙に長く引張った声で、当惑したように答えた。

「はああ」

私は、家に帰ってねころびながら、うちの嫁はん、どうしてだまってあんなところへ出ていたんだろうと考えていた。とにかく私は、彼等がどんな風に考えようと、彼等と同じ世界の人間なのだったのである。その私は、先日出会ったきみを思い出し、克枝の母親が行先をたずねるのにも答えずに、外へ出て行った。

というのは先日、私は、交代で車を降りて来ると、きみが詰所の表で私を待っていたのだ。棒縞の銘仙をだらしなく着て、耳かくしのために厚化粧の顔が猿のように見えた。私が立止って話をしはじめると、詰所へ出入りするひとびとが、はじめて彼女に気付いていやらしそうに見つめ、それから私を見た。

「うち、また三ノ宮にいるんや」ときみは、ひとびとの視線に馴れている顔でいった。

「あれからまたやられたんやろ？」と私はたずねた。

「二年半行って来た」ときみは乱暴な口調で答えた。「でもあの店、うちから金盗まれたゆうても、損してはれへんのやで」

「兄さんは？」

「気ちがいになってからすぐ死にはったらしいのや」と彼女は平気な声でいった。「うち、今日、お金貸してもらおうと思うて来ましてん」

私は、情ない声でいった。

「大きな金は、あかんなあ」

「十円ほどでええんや。うち、ここんとこずっと病気で寝てて、困ってんのや」

そのきみは、以前のきみとどこかちがう風なところが感じられた。いわば毒気を抜かれたようなところがあった。

「いまでのうても、月末でもええんやけど」

「それまでなら都合したげる」と私は答えた。

やがてきみは、それだけはむかしと同じ金縁の名刺をわたして、一方の足だけ内輪にまがっている妙な歩き方で、ふらふら去って行ったのである。出勤して来た二人の車掌が、その彼女を不審そうに見送りながら私にたずねた。

「あれ、何でんねん」

「倉林さん、気ちがいになった運転手の倉林さんの妹はんや」

だが、その車掌たちは、入社して二年もたっていなかったので、倉林を知ってはいなかった。

私が、その日、三ノ宮へきみをたずねて行ったのは、きみとの昔の思い出へ帰ろうとしてではない。私は、昔より現在の方が好きな男であり、未来より現在の方が好きな男であるからだ。私が、きみをたずねたのは、自分でも不可解なのであるが、詰所の人々が彼女をいやらしそうに見たからなのだった。その私は、以前のきみに対するよりも、やさしい愛情を感じていた。

きみの店は、前の店と同じように格子戸のある店だった。門から入るところまで似ていた。玄関の格子戸をひらくと、ベルがリリンとけたたましくなった。浴衣姿の二十二、三の女が出て来た。

「おきみさん、おいででっか？」と私はたずねた。

「おきみはん？」と女は不審そうにいった。

私は、きみからもらった名刺を出した。

「嘘だんが！」とその女は突拍子もなく名刺をたたくようにして叫んだ。「このひと、うちにいるゆうて、方々金借りに歩いてはりまんねやで」

「そやかて、おれ、金おくるつもりやったんでっせ」と私は、何か釈然と出来ずにいった。「それやのにこの名刺の住所、嘘やったら、おきみさんもつまりまへんやないか」

するとの女は、うろんそうに私を見ながら、つっけんどんに答えた。

「わて知りまへんがな、そんなこと」

四十男が出て来て、女から事情をきくと、私がきみの何かでもあるかのように、きみの嘘を非難しはじめた。私は、その男の勢いに何となしに恐怖を感じて、臆病にも匆々《そうそう》にその家を退散した。しかしその私は、市電に乗りながら、きみをまだ愛している自分を確認した。だが、きみがやはり私のあのほんとうの美しい女でないこともたしかだった。少くとも私は、ひとを裏切る人間はきらいだからである。それは自分自身よりはみ出しているからだ。

だが、数日たって、きみはまた詰所へやって来たのだった。金側の腕時計をもっていて、買ってくれというのである。その時計がにせ物であることはたしかだった。私は、その時計を見ながらいった。

「また、いつか行った海岸へ行かへんか」

きみは、時計をしまいながらにやっと笑った。

「今日なら行ってもかまへんけど」

私が、残っていた一系統を乗って来ると、もう夕方近くになっていた。だが、もしやと思ったきみは、おとなしく詰所のなかへ入ってベンチの端に腰を下しながら待っていた。七、八人の乗務員たちが、何かおかしなものでも見るようにじろじろその彼女を眺めている。私は、顔を洗って来ると、この年上の厚化粧の女と肩をならべて詰所を出て行った。後に、人々の不快などよめきのようなものが感じられた。そして私といえば、情なくも緊張していたのである。

電車のなかでも、私たちは車掌の眉をひそめた眼に合った。そして彼は、駅名称呼をしながら私たちの前を通るときは勿論、車掌台にいるときも、いやらしそうに私たちの方をときどきじろじろ眺めていた。私は彼女へいった。

「目立たない、普通のなりしてくればええのに」

するときみは子供っぽく、クフッと声に出して笑いながらいった。

「そうやったのにな」

「おれ、三ノ宮へ行ったんやで、もろた名刺のところへ」

「そう」と彼女は笑った。

「ほんまは、いま、どこにいるんや」

「黒ンボ」

「黒ンボ?」

「カフェー」と彼女はおかしくもないのにまた笑った。

私は、彼女が何故笑いながらでないと物がいえないのかわからなかった。その私は、彼女の兄の発狂を思い出して、少しばかり不安な気もした。

「しっかりしてや」と私はいった。

するど彼女は、またクフッと笑うのだった。

A市の浜へつくと、もう暗くなっていて星明りのような微光が海の上にただよっていた。以前来たときよりひどく荒れていて、浜も松も無慙な恰好になっていた。去年の室戸颱風のせいだということだった。きみは、彼女の少女時代を思わせるように、跣足になってひとりで波にたわむれていた。それは三年ほど前の、あの海を恐れた彼女とは全くちがっていた。

私たちは、浜づたいに歩いた。自然は、相変らず私へおかしなやさしさを示していた。海は、やはりまだ、大きな波を単調に浜へ打ち上げており、倒れている松さえも、みじめに根を波へさらしながら、むっとおこったようにかたくなにだまっているのだった。

高い防波堤のかげで、私たちははじめて腰を下した。するときみは私の腕につかまって来た。私は、自然な衝動を感じて、昔の習慣通り彼女へ接吻しようとした。すると彼女は、思いがけなく私に抵抗したのだった。私は、戸まどった。彼女は、その私を見てクフッと笑った。私も仕方なく笑いながらその彼女をふたたび抱こうとしていた。だが、彼女は、泣き伏しでもするように砂へうつぶした。そして私がその彼女から手を離すと、彼女も顔を上げて私を見ながらクフッと笑うのだった。私は、彼女の意向をはかりかねて、ふたたび抱こうとした。事態は、依然として同じだった。彼女はかたくなに私をこばみ、私がはなれると、子供っぽく笑うのだった。私はその彼女の笑いに何となくぞっとした。彼女は、私が接吻の意志をすてたのを見てとると起き上って来た。そしてまたクフッと笑った。

「ほんまに頼むさかいに働いてんか！」と私はせっぱつまった声を出した。「真面目になって、働いてんか」

だが、残念にもきみはクフッと笑うだけなのだった。

私たちは、ふたたび車掌からじろじろ見られながら詰所の近くまで帰って来た。別れるとき、私は危むようにきみへいった。

「身体がわるいんやったら、明日、病院へ行かへんか」

すると彼女は、またクフッと笑いながらいった。

「うち、あんたにどっかの浜へ連れてってもらおうと思うてましたんやで」

「いま行って来たとこやないか」と私は思わず頓狂な声でいった。「それとも、ほかのところへか?」

瞬間、きみはショックでも感じたように呆然と私を見つめた。それはいいようもない暗い顔だった。その顔は、昔の彼女のそれだった。

「どうしたん?」と私は思わず叫んだ。

するときみは、ふいに身をひるがえして、走りながら去って行ったのだった。私は、呆気にとられてその彼女を見送った。私は、それきり彼女に会わない。だが、私は、あのときもう彼女は、くるいはじめていたのだと信じている。というのは、私は、その後二、三年たって私の姉が死に、その葬式のために、K市へ帰ったのであるが、そのときみが梅毒で発狂したという噂をきいたからであった。

私は、まことに当然なことながら、異常なことが大きらいである。不幸すぎることもきらいだが、また幸福すぎることもきらいなのだ。あらゆる過度には、悪魔が住んでいると断言していい。だからそのころの私は、人々の私に押しつける過度に対して、きりきり舞いをしながら、たとえ情ない仕方であろうとも、そのたたかいをたたかわずにはおられなかったのだ、ということが出来る。

というのは、きみと別れて家へ帰って来ると、克枝が不機嫌な顔をして玄関へ出て来たのだった。

「あんた、まだあんなひととつき合うてはりまんの！」

「あんなひと？」

「倉林はんの妹はんや。みんなゆうてはりまっせ。いやらしい女やって」

私は上へあがって食卓へすわりながらいった。

「おかあはん、焼酎もって来てんか」

克枝の母親は、着物の裾をひきずるような大儀な恰好で、焼酎の瓶とコップをもって来た。母親は、風邪をひいているらしく鼻をぐすぐすいわせていた。

「うち、もうほんまに別れま」と克枝は慨嘆していった。

「一千五百二回目の別れ話のはじまり」と私は大儀になっていった。

するとと彼女は有無をいわせない声で叫んだ。

「今度は、ほんまでっせ」

「でもやな。おれの嫁はん、ええ女やと思ってるんやで」

「いやらしい！」と克枝は顔をしかめてはきすてた。「うち、あんたが何しはってもかましまへん。うち、そんなことどうでもええんやさかい」

「そんなら、おこることないやないか」

「うち、ほんまに不思議でどもならへんのや。どうしてちゃんとした会社へつとめているひとが、あんな女の相手になれるのか……」

「あんなひとって見たことがあるんか」

「みんながそういうてはりますもん。そやさかい、そうにちがいないやおまへんもの」

私はだまった。彼女は、きっぱりした口調でいった。

「うち、もう、あんたなんか死んでもいややわ！」

「死んでも？」

「ええ、それに第一、あんな女とつき合うなんて、会社の名折れやおまへんの！」

私の胸のなかがぐっと堅くなった。その私の心にきみの笑い顔が思いうかんで来たからである。私は、仕方のない気がして立上った。それから、やっこらさと掛声をかけながら壁へ向って逆立ちをした。私の胸のなかの堅いものに抵抗するためである。彼女は、ひるんだようにいった。

「それ、何の意味でんの！」

私はやっと逆立ちをやめて、食卓へかえりながらいった。

「何の意味もあらへん」

「さかいにうち、あんたがいやなんやわ」

「な、もう少しやわらこうなってくれ」と私は哀願するようにいった。「そしたら、おれたち、もっと楽に息が出来るようになると思うんや。お前は、曙会の婦人部長になってからというもの、かとうなる一方や。いまに女どころか、人間でなくなってしまうで」

　すると彼女は蒼白になりながらいった。

「あんたこそ人間やおまへん。そのひとにうちらのことわかりまっかいな。うちらとあんたらは、別々の世界に住んでいるんやさかいな」

　瞬間、私の心のなかに、海に面した山際をゴウととばせている新車の姿が思いうかんだ。すると強い勾配を上って行くときの、クックックッとハンドルをもった手へひびいて来るたしかで健康な手ごたえが全身に快よく思い出されて来た。私は、立上った。彼女は、あわてて叫んだ。

「また、どこへ行きはんの！」

「電車を見に行くんや」と私は神妙に答えた。

　すると克枝は、情なさそうにいった。

「電車？　あんたというひと、どこまで抜けてるのか、わけがわからへん」

　だが、私は、生きているのは、ほんとうに生きているのは、克枝と私のどっちなのだろうと、思っていたのであった。

5

　私と克枝のこんな生活が、子供もないのに十年以上もつづいたのはおたがいに勤務時間がゆきちがって、顔を合わす機会が少なかったからだと思う。一晩つづいた妙な争いも、翌日に持ち越されることはあまりなかった。というのは、翌日は、おたがいに会うことが出来ないときが多かったからなのだ。

だがある日だった。私は、夕方勤務が終って家へかえって来ると、家のなかが真暗なのだった。私は、電燈をつけた。すると克枝が、会社の制服のまま、蒲団に寝ていた。私は思わずいった。

「どこかわるいんか」

克枝は、だまったまま答えなかった。私は、恐らく彼女は百万回目の別れる決心をしたのだろうと思いながら、台所へ行った。台所には、克枝の母の姿は見えなかった。

「おかあはんは？」と私はたずねた。

するると克枝は、髪を手で撫でつけながら大儀そうに起き上って来た。私はいった。

「わるいのやったら寝とればええやないか」

すると克枝は、ガチャンとガスへ薬罐をかけた。それは明らかに空の音だった。

「水があらへん」と私はいった。

克枝は、瞬間ためらった。だが、今度はもう水を入れようともせずに、そのまま座敷へ戻ってまた頭から蒲団をかぶってしまったのだった。

「百万回目の決心をしたんでっか」と私は笑いながらいった。

だが、彼女はみじんも動かなかった。勿論、私は、彼女がまた別れようといい出しても、その気持は認めたが、別れるということには決して同じなかった。たとえ私が百万回も離縁を決意させるような人間であるとしても、最初の一回を百万回繰り返させたのは私なのであり、その私は、彼女の決意をほんとうのものとは考えていなかったからである。だから彼女は、よく私を曖昧だといって非難した。だが私は、その非難を少しも恥じていなかったのである。

私は、ひとりで食事をした。だが、克枝の母親は、いつまでたっても帰って来なかった。

「おかあはん、どこへ行ったんや、ほんまに、心配やないか」

すると克枝は、蒲団にもぐったままでやっといった。

「おばはんとこへ行ってもろたんや」

「おばはん？　どしてや」

だが、克枝はだまっていた。私は、彼女の顔の上の蒲団をふいに大きく引きはいだ。彼女は、あわててその私に抵抗しようとしたが、もう間に合わなかった。

「何や、泣いとるんか！」と私はびっくりした声を出した。

すると克枝は、ぐるりと向うをむいていった。

「曙会解散になりまんねんや」

「曙会が？」と私は拍子抜けした声を出した。「そりゃええこっちゃ」

「ええことやあらへん」と彼女はむっとしていった。「うち、会社へ行くの、いやになってしもた」

「婦人部長がなくなるさかい？」

克枝はそれに答えずにいった。

「ああ、あ、ほんまにうちいやになってしもた」

「地球がなくなるとでもいうようなこといいなはんな」と私はいった。

するとかまは、くるりと振り向いて怒った声でいった。

「うち、ほんまに真剣なんでっせ」

私は、不思議なおかしさを感じてだまった。曙会の婦人部長ぐらいなことでそんなに深刻になれる彼女の気持が全くわからなかったからである。だが彼女はつづけていってい た。

「うち、ほんまにもう生甲斐ないようになってしもた」

私はいった。

「首になったんやないし、明日からちゃんちゃんといままでと同じように会社へ出ればええやないか」

すると彼女は、腹立たしそうな声でいった。

「うち、あんたみたいな無気力とちがいまんねん」

私も思わず激していった。

「気力のおきどころがちがうだけや！　え、七年間もやな、気力のない人間が、ちゃんちゃんと一日も遅刻せずに働いて来られると思うとんのか。休んだのは、警察にやられた四日だけやないか」

「そやさかいに、あんたは無気力やというんやわ。働くだけやったら蟻やって働いてまっしゃおまへんか。阿呆らしい」

「蟻に、働くの喜べるか？」

「そんなこと蟻に聞いて見なはれ」

そこで私は断乎として答えた。

「よし、そんなら蟻に聞こう」

翌日、克枝は会社を休んだ。私は、そんな彼女をいじらしいと思った。まるで子供みたいだな、とさえ考えたのである。同時に私は、私たちの結婚が、私の誤解から生れたことを改めて感じていた。だが私は、誤解を正すことは別れることではないと思っていた。誤解から、その威力を奪ってその意味を失わせることが出来ることを信じていたからだ。

といって私の誤解が情ないものであることもたしかだった。仕事をしているときのあの生々した生命を彼女に与えていたのは、仕事そのものでなくて、会社であり一つの組織なのであって、その組織が時代によって支えられていたからであった。だが、それに反して私に生命を与えていたのは、はなはだ素朴で申し訳ないのであるが、直接的には仕事そのものだったのである。といって、私は仕事から全的な喜びを与えられていたというのではない。その喜びには、喜びは喜びだが、ほんとうの喜びでないというちゃんとした限界があり、その限界がその喜びにおかしな悲哀のかげを投げていたとしても、その悲哀をさえ喜ぶことが出来たのである。いうまでもなくそれはあの私のほんとうに美しい女のせいなのだ。そして私が曖昧だと人々から許せられるのも、その女のせいなのである。だから私は、先にも書いた通り、人々から与えられる曖昧というレッテルを少しも恥じないのだ。

それでも克枝は、三日目から会社へ出はじめた。つとめはじめると彼女の母がかえって来た。あるとき私は、心配なので、H駅の出札室へ克枝を見に行ったことがあるが、そのときも彼女は、まるで病気のようだった。しかも彼女は、多くの人から自分の恥を見られでもしているように、顔をかくすようにしていて、近くにいる私にさえ気付かなかったのだった。

やがて克枝のいった通り、曙会は解散され、在郷軍人会の支部が設置せられた。曹長の林進之助が、その支部の責任者となった。私は、詰所でその掲示を見ながらいやな気がした。同時に私は、自分の無気力をつづけようと思った。その私は、さすがの克枝も、女の在郷軍人はいないのだから仕様がないだろうな、とおかしそうに考えていたのである。その翌日、私は彼女へいった。

「会社がつらかったらやめてもええんやで」

だが克枝はだまっているきりなのだった。それでも克枝は、毎日、会社へ出て行った。ところが、それから一月ほどたってから彼女は思いがけもなく駈け落ちしたのである。その相手は、事もあろうに、分会支部の責任者である林進之助であった。

それまでに私は、林と克枝の仲に気付かなかったわけではない。一度は、車の上から、林と克枝が詰所の近くの柵ぞいに肩をならべて歩いているのを見かけたことがあった。だが私は、彼等のそばを通るとき、ホイッスルを二、三度けたたましく鳴らしてやっただけだったのだ。

この克枝の駈落事件は、私にはひどいショックだった。何といっても、私は克枝を愛していたからである。その夜、私は、家で焼酎を何杯もあおった。傍で、克枝の母親がおろおろしながら、同じことばかり繰り返していた。

「ほんまになあ、あの子は！……ほんまになあ、あの子は！……」

それは全く念仏のようだった。私は、殆んど笑い出しそうになった。だが、彼女は、その私に気付かず、思い出しては繰り返すのだった。

「ほんまになあ、あの子は！……ほんまになあ、あの子は！……」

私は、その彼女の声を聞いていると、どうしても私は、自分がほんとうには苦しんではいない気がして当惑してしまった。するとそのように当惑している自分が、妙におかしく感じられて来た。私は、遂に笑い出しながら克枝の母親にいった。

「おかあはん、寝まひょ。捜査願も出してあるんやし、林さんの方も嫁はんが心当りへ電報打ったというし、手は打ってあるんやから安心して寝まひょ」

「ほんまになあ、あの子は」と彼女は答えた。

私は、相変らずきちんと出勤をした。それが私の自然だったからである。詰所では、妻を寝とられた男として、人々から十二分に眺められた。それはいやなものだった。だが、その人々の視線さえ、私の電車を運転するいささか悲しい喜びを奪うことは出来なかった。シュウシュウ鳴るトロリ線のひびきや、踏切の一つの白い信号旗がちらちらひらめいているかと思うとさっと消えて、次の踏切の白い信号旗がもう汚れた蝶の羽根のように、ひらひらひらめきはじめているリズムや、シューから散る鉄粉に赤く錆びている沿線の家の屋根屋根や、そしてとりわけあの泡立っている海などが、私におかしなやさしさを感じさせてくれるのだった。

ある夜、私は家でひとりで食事していて、ひとりいるときの自分も克枝と一緒に暮していたときの自分と少しもちがっていないのに気付いて、妙な気がした。私は、自分と克枝が夫婦でなかったのか、と考えた。克枝はいざ知らずたしかに私の方は、克枝を愛していた。彼女を見ることは快よかったし、彼女の幸福を喜ぶことが出来たからである。やめた長池に会ったとき、その自分を話すと、長池は、呆れたように私を見つめながらいった。

「ほんまにお前は、けったいなやつやな」

勿論、私は、その長池の言葉を快よく受入れたことはいうまでもない。

だが克枝が出奔してから五日ほどたったときだった。林だけがふらりと帰って来たのだった。私は、そのことを聞いて、克枝の様子を知るために急いで林の家へ出かけた。

林の家は、一棟が二軒になっている社宅だった。私が行くと、子供を背負った林の妻が表でのろのろ洗濯をしていた。彼女は、私を見ると、ぎょっとしたように立上って、口も利けないのだった。私は、頭を下げた。すると林の妻は、暗い顔でいった。

「ほんまに、うちのひとったら！……すんまへん」

裏切られた夫の私も仕方なく答えた。

「こちらこそ」

林の妻は、家のなかへ入った。やがて林が、狐につままれたようなぼんやりした顔を表へ出していった。

「木村、入れや」

林は、大きな男で、とび出しているような眼が、ときどき紫色に見えた。彼は、私より三年ほど古い運転手だった。彼は、私がまだ座へつかないのに、小さな安物の机を撫でながら急いでいった。

「おれ、お前の嫁はんと駈け落ちしたんやないんやで。ほんまや。肉体的な関係もあらへん」

私は、度を失っていった。

「そんなら、おれの嫁はん、ひとりで家出したんか?」

「いや、それがちがうんや」と彼はあわてていった。「一緒に行ったことは一緒に行ったんや」

「どこへ」

「京都なんや」と林は情なさそうにいった。「京都のお寺見物して、宿屋へとまろうとしたら、克枝はん、ちょっと知合があるさかい寄って来るとゆうて出かけはったんや。そのとき必ず帰って来るといいはるやろ。そやさかいこっちは宿で待ってたんや。それなのに朝になっても帰って来はれへんのや。でもこっちはきっと帰って来るとゆうてやさかいに、待たな仕様がない気持や。そやさかいおれ待ってたんや。宿の高い飯くろうて、高い泊り賃はろうて、ぼやっと待ってたんやで。五日間も、ええ加減、しんどうなったわ」

「そんならおれの嫁はん、どこへ行ったんやろ」

するとは林は、いまいましそうに答えた。

「おれ知るもんか。こっちはまるでだまされたようなもんや。その上警察には引張られて聞かれるし、分会の支部はやめさせられるし、えらい損害や。克枝はんがお前の嫁はんやのうて、おれの嫁はんやったら、軍刀でぶったぎったるとこやけどな」

そして彼は、みすぼらしい床の間の方を見た。私は、その隅に、重たげな軍刀が立てかけてあるのを見た。私は、その林の話から、克枝の林に対する歪んだ復讐のようなものを感じた。

「そやけど、克枝はん、京都にいると思うけどなあ」と林は残念そうにいった。「おれ、お前が、探して来たらええのやないかと思うけどな」

だが、私は、思案した揚句にいった。

「放っときまっさ」

すると林は、ふいにだまり込んで、また机の上を撫ではじめたのだった。

林は、その後、克枝を探しに行かない私を、冷淡だとか無責任だとかいってかげ口を利いているということを耳にした。私は、腹を立てたが、だが臆病にも私は、彼と喧嘩出来なかったのである。少くとも彼と喧嘩するための何かの力が私に欠けていたということは事実だった。

だが、その克枝がひょっこり帰って来たのだった。家出して二十日ほどたってからのことである。私が、真夜中、勤務から帰って来ると、克枝と彼女の母親が、暗い電燈の下で、膝をつき合わせるようにしてひそひそと話をしていたのだった。彼女は、私を見ると、暗いひるんだ顔をした。しかし私は、情なくも思わずにやっと笑っていたのである。

「いつ帰ったんや」と私は嬉しそうに克枝へ叫んだ。
するとと彼女の母親が、ぺこりと頭を下げていった。
「すんまへん。ほんまになあ、えらい心配をかけて」
克枝は暗い顔をしてうつむいたまま、会社の制服のスカートを意味もなくいじってい
た。その膝は、むっくり持ち上っていて、以前よりは全体的にふとっていた。気がつく
と、顔もまるまるしていた。私はいった。
「どこにいたんや。えらい太ったやないか」
「それがなあ」と彼女の母親は当惑したようにいった。「お寺はんにいたんやそうでんね
ん」
「お寺？」と私は頓狂な声を出した。
母親は、ちらりと克枝の顔色をうかがうように見た。それから何か気まずそうにいっ
た。
「ええ、修業してたというんでっけど。般若心経とかいうもの読んで」
そのときになって克枝は、やっと口を利いた。
「うち、気ちがいになりそうやったさかい、落着きたかったんやわ」
私には、彼女の心がはっきりわかりかねた。だが私は、彼女が帰って来たというだけで
十分幸福だった。そして私は、その夜、克枝を抱いた。そのあわれな私たちを見下しでも

しているように、私は、心に眩しいだけのあのほんとうの美しい女を神妙な気持で思いうかべていたのだった。

翌日、私が詰所へ降りて来ると、林が勢込んだ様子で、私へ近付いて来ていった。

「克枝はん、帰って来たんやってな！」

私は、その彼へ思わず嬉しそうにいった。

「そうや、帰って来たんや！」

するど林は、まるで雷にでも打たれたような、呆気にとられた不思議な顔になってしばらくその私を見つめていたのだった。

第三章

1

克枝は、林とのあやしげな駈落事件で、私の反対を押し切って会社をやめてしまったのであるが、それ以後の変化には私の理解を超えたものがあった。それでも最初のころは、林が分会支部の責任者をやめさせられたと聞いて、満足そうに、

「ええ気味やわ。ほんまにあのひと阿呆や」

などといったりしていたが、次第に私に対して陰気ないかめしすぎる女になって行った。彼女は、私に極度の従順を要求したのである。勿論私は、彼女に従順であることには平気だった。だが問題は、曙会の解散で時代というものの威力を知ったらしく、その威力に魅せられてしまって、自分がその時代の何かであるように思い込みはじめているらしいということであった。だが、現実は、彼女は平凡な男の妻だった。その矛盾が彼女のあのいらだたしさの原因だったと思われるのである。

だが、それは彼女にとっても私にとっても災難だった。少くとも私にとっては、まるでこの世の怪物にでも出会ったみじめな恰好だったのである。私の故郷の町では、いまだに祈禱師《きとうし》というものがいて、按摩のようなことをしながら、その病人にとりついている死霊を追出すために、念仏をとなえる。それは三十前後の女で、その念仏をとなえる声は、腹の底から出る陰にこもった太い声だった。私は、あのころの克枝に対しては、殆んど死霊の存在を信じかけたほどだった。

そのころ克枝は、一日中、家にとじこもっていた。彼女の母は、造船の下請けで景気のよくなった親戚の家へ引き取られていたからだ。その彼女は、寝ているか、新聞を読んでいるかであった。ことに私が勤務から帰って来て、克枝の新聞を読んでいるときに出会ったときは、私は何となしにもう駄目だという気がしたものである。克枝は、そのころ胃を病んで、以前の生々した顔色を失っていたが、その濁った顔色を一層暗くして、死んだようにじっと新聞を見たまま、私を振り返りもしないのだった。私は、その彼女をどうしていいかわからないで、ことさらに会社のことなどを話しはじめるのだった。今日、予備の者は遊びだけだったとか、沿線に住んでいる家族の者が車掌へ終点のH駅の助役の昼飯の弁当をことづけたところが、その弁当は全線を二往復して、その助役の手にとどいたときは夕方になっていた、などという話である。すると彼女は、ぷいと立って買物に出かけるか、ときにはこういう言葉をはいた。

「非国民！」

その言葉を聞くと、妙なことに私は、自分が一かどの人物になったかのような不思議な気がしたのである。それは小学のとき、大したこともなく溺れている幼児を救って、朝礼のとき全校の生徒の前で表彰されたときと同じような気持であった。すると彼女は耐えられない顔でいうのだった。

「何をにこにこしてんの！　ほんまにあんたというひとはあかんひとやわ。新聞見なはれ。新聞見たら、あんたの眼さめるわ」

このような私たちの状態は、忽ち仲間の間に知れ渡っていた。詰所で弁当を食べているとき、人々はよく私の箸の持ち方を見て笑ったものである。というのは、克枝は、唯一の生甲斐のように、文字通り箸の持ち方まで私が人間ではないように裁いたからだ。私は、恥しいことながら、四十すぎた今日に至るまでいまだに鉛筆をもつようにしか箸をもつことは出来ない。だが、彼女にとって、この私の不器用さは耐えられないものらしかった。彼女は、情ない手付で煮豆などをはさもうとして苦労している私を見ると、気ちがいめいた声を出すのだった。

「また、あんたはそんな箸の持ち方をしてはる！　そんなことやさかい、いつまで立っても出世出けしまへんのやわ」

そしてこの話は、近所の人の口から忽ち詰所の方へ流されてしまい、仲間は私の箸をもっているのを見ると、残念なことにはすぐそれを思い出すらしいのだった。

勿論、私は、克枝の欲する通りの男になりたいと思っていた。そして夫の出世を願うことは、妻としての当然の気持であっただろうと思われる。だから私は、自分にとってどうでもいいことは、出来るだけ妻の意に添うように努めた。箸の持ち方にしろ、私は、誕生すぎたばかりの幼児のように、妻の顔を見ると思わず箸を不器用に持ちかえたものである。だが、それにもかかわらず私が妻と争いつづけたのは、彼女のもっている絶対主義とでもいえる過度に対してであった。たとえそれが当時の時代のファッシズムが彼女に与えたものであったにしろ、またそれが人間的な根拠から生れて来たものであるにしろ、私は妻にこのような絶対主義のもつような過度を許してはならないと思っていたのである。何故なら人間らしい人間でありたいと思っている私には、過度というものに於て、人間がそのいい意図にかかわらず人間性を超えて悪魔の顔になるのがわかるからである。

私が、いまでも責任をもって確信することの出来るのは、この世のなかには、唯一絶対の、だからほんとうのものなんかありはしないということである。そして私は、はなはだ無邪気で申訳がないが、そのことをこの世のやさしさとして喜ぶことが出来るのである。とにかくその事実は、私にゆるやかな息をさせてくれる。同時にその事実は私の心のなかに生きているあの美しいほんとうの女のもっているやさしいおかしさをも思い出させるものでもあった。

詰所のなかにも、この時代の絶対主義に対する反応があらわれていた。それははなはだ非国民的なものだった。つまり茶碗むきが横行しはじめたのである。茶碗をむくというのは、一種の窃盗で、切符の不正発売や現金だけを受取って切符を切らないといったような方法で、会社から金を盗むのである。そしてその不正を茶碗をむくというところに私たちのユーモアがあった。全く私たち以外に茶碗をむいたひとなど恐らく世界中にひとりもないだろうからだ。

だが、私は、運転手だったので、車掌と共謀しなければそれが出来なかったが、しかし私は、それを快よくも自分に許したのである。そのたびにその私には、明らかに陰気な克枝の顔やその時代全体のイメージに対する私なりの反抗を感じていた。

そしてA泊りやH泊りの夜など、私は、泊りの者たちみんなと一緒に遊びに出かけた。私は、ふたたび仲間の者であり、仲間は私のものであった。その私たちは遊廓へ行くときもあれば、カフェーで飲む場合もあった。勿論、軍資金は、めいめいの茶碗をむいた金を集めたものである。ある夜、私たちは、非常警戒の巡査にひっかかった。その懐中電燈へ私たちは黒い制服の七つではなく五つの金ボタンをキラキラ光らせた。巡査は、威丈高になっていった。

「何や、お前らは！」

「S電鉄の者だす」と仲間のひとりが堂々とした声でいった。

私たちは、すぐ許されて帰路についた。だが、私たちの間には、いささかも罪の感じがうかばなかったのである。まるで泊りのベッドを逃げ出して、茶碗をむいた金で悪遊びをするということは、私たちの当然の権利のようだった。そして私は、自分もその一人として振舞えることを悲しくも喜んでいたのである。なかでも運転手の船越は、この方面の尤《ゆう》たる者であった。彼は、人々に自分の行為を、正当化していった。

「おれは、会社に損をかけてやるために、茶碗むいているんやど」

そして彼の茶碗のむき方も精力的だった。水兵あがりの彼は、背の高い、色の白い男だったが、よく私に天皇みたいなもんがいるから、日本の国はあかんのや、と放言した。勿論かげでである。もし在郷軍人会へ知れようものなら、本社にある彼等の事務所へ呼びつけられて、お前らみたいな非国民は、やめてしまえ！　とやられるにきまっていたからだ。そして私は、その船越の説に同感だった。私には、天皇が、殺したいとは思わなかったが、絶対主義の親玉のように見えていたからだった。

ある日、船越は、私を彼の馴染みのカフェーへ連れて行った。下は、四つ五つのボックスがあり、二階は小座敷にあてられているそのころありふれていた店である。女学生風に髪を切った二十二、三の太り気味の、しかし身体の柔らかそうな女が、私たちを二階へ案内した。船越は、その女が注文のビールや料理をとりに行っている間に、女がひろ子という名であり、以前バスガールだったが、組合活動をしていたために首になり、こんな商売に入って来たのだと説明した。その彼の話し振りは、不幸な身内の者のことを話しているような身の入ったものだった。

ひろ子は、服装にも構わない風なところがあったが、その心の動きにも構わない風なところがあった。公休で家へかえったときのことを話すときでも、彼女は、無関心な調子で話した。

「お父さんとお母さん、相変らず喧嘩してはったわ。姉さんは婚期に遅れたといって愚痴ばかりいってはるし、弟は伸ばした髪の手入ればかりしてはった」

だが、彼女は、だからどうなのだということは決していわなかった。その事実を述べるだけで十分なようだった。船越は、その彼女の話を、鼻のつまっている声でふんふん肯きながら、しかしどこかぼんやりした風で聞いていた。明らかにその二人の間には、肉体関係のあるものの特殊な親しさが感じられた。私は、その二人の話に、彼女と関係のあったらしい男の名がよく出るので、彼女の何気ない態度に誘われて思わず聞いた。

「ひろ子さん、男のひと、いままで何人位あったんでっか」

勿論、こんな質問は、彼女が船越の女である以上、はなはだ礼を失していた。しかしたしかに彼女には、こんな質問さえ許す何かがあったのだ。そしてひろ子は、その私に、無邪気な何の秘密もない声で答えた。

「ええ、十二、三人ありましてん」

私は、情なくも絶句した。十二、三人という男の量に圧倒されただけではなく、そういったときの彼女のわだかまりのなさにも驚いたのである。船越は、その彼女に魅せられているようにいった。

「よく来ていた昔の組合関係の何とかいう男、まだ来てんの」

「ええ、お金にとても困ってはるわ」

そしてひろ子は、淡々とその男の最近の様子を話しはじめた。私は、その彼女に圧倒されて、ぼんやりその彼女を見ていただけであった。その太り気味の丸顔や豊かにふくれた胸やそしてその身体全体からある過剰が感じられた。それは生命力の過剰というべきものだった。彼女は、すぐ顔が赤くなったが、しかし酒に強かった。やがて彼女は、まるで自分の子供にいうように船越へいった。

「今日、うち、うた、歌うてあげる」

そして彼女は、私たちがてれているのに恥しくもなく、無邪気な声で、子守唄をうたいはじめたのだ。

私は、店から出るなり思わず船越へいった。

「ひろ子さんというひと、何やおどろいたひとやなあ」

すると船越は、神妙な声で答えた。

「何の慾もないいんや、あの女は」

通りの店々は、もう戸を閉めていた。その人通りの絶えた夜のなかで、あたりにあるゴム工場だけがまだ明々と灯をつけていて、モーターの低いうなりをあたりにひびかせていた。そして音を立てて道端の溝へ放出している蒸気が、あちらでもこちらでも、むくむくと妖術の煙めいたゴム臭い白い湯気をあげていた。軍需産業の影響があらわれはじめていたのだ。そのとき蓄膿症気味の船越は、鼻を吸うようにして、せきを切ったようにいった。

「おれ、最近、どうも召集が来やがるらしいんや」

私は、おどろいていった。

「召集？」

すると彼は、何かひるんだ顔になっていった。

「そうなんや」

「おれやって危いもんや」と私もいらだたしい気持になりながら答えた。「第二乙やとゆうても」

「そやけど、おれの方は、おれの同年兵、引張られはじめているんやで」

「いまの女のひと、それ知ってんの？」

「うん、さかいに……」といいかけて彼はだまった。

その船越は、足をひきずるようにして歩いていた。その船越の歩き方は、一種特徴のあるものだった。そしてそれはまたセーラー服に水兵帽をかむったときの彼へ一種の調子を与えていた。私は、点呼などのとき、そんな服装で詰所へあらわれたときの彼をしばしば目撃していたからである。その彼は、帝国海軍軍人といったいかめしい感じではなく、港々を歩きつくした船員といったどこかくずれた雰囲気をもっていたのだった。

「さかいに、もし召集が来やがったら」と船越は、ふいに暗い思いつめた声でいった。

「おれたち心中することになってるんや」

「心中？」と私は思わずびっくりした声でいった。

「ここだけの話やけどな」と船越はひるんだ顔になった。

私は、彼女の何か豊かすぎる身体を思いうかべた。私は、思わずいった。

「あの女のひとがいい出したん？」

「何となくそうきまったんや」と彼は、急に重くなった口調でいった。「それにあの女、前にも自殺しかけたことがあるんや。何とゆうてええか、ほんまに慾がないんやな」

私は、力をこめていった。

「しかし心中は、反対やな」

するとと船越は、ふたたびひるんだ顔になった。彼は、頼りなげな声で答えた。

「うん、そうや」

だが、私は、なおも執念ぶかくも繰り返していた。

「どうしても、おれ、心中なんて反対やな。召集なんかにおれたちを自殺させる力あらへんやないか。何とかして逃げるこっちゃ。逃げられへんかったら、そのときはそのときで、また逃げ道を探すこっちゃ」

船越は、疲れた声で素直に答えた。

「うん、そうや」

全く私は、骨の髄から死はきらいである。いつかは、お前は死ぬだろう、そしてそれは避けることは出来ないだろう、といわれても、私は、死を自分の人生の勘定のなかに入れてやらないつもりである。それを入れさせようとするあらゆる事柄に対しては、私は方法をつくして逃げたいのだ。こんな私は、滑稽な臆病者であるかも知れない。だが、この臆病こそ、私は世のなかのどんな美徳にかえても、愛したいところのものなのだ。

家へ帰って来ると、克枝はもう寝ていたが、それでも不機嫌な顔で、ごそごそ起き上って来た。私は、ひどく真剣な気持で、彼女に心中を考えている船越のことを話した。だまって聞いていた彼女は、ふいにいった。

「竹村さん、助役になりはったというやないの。賢いひとは、どんどん出世しはるわ」

私は、ふいを打たれてとまどいながらいった。

「助役になったから、賢いとはきまってへん」

「そやおまへんか!」と克枝は急にとがった声を出してきめつけた。「賢いさかいに助役になりはりまんのや」

私は、だまった。必ずこの話の結論は、別れ話になるからだった。だから彼女の一つ一つの言葉は、いつも突き破るのに困難な鉄壁となった。しかもこのごろは、その別れ話は、こういう表現をとりはじめていた。「別れまひょ」と憎々しげにいって「うち、別れて死にまっさ」というのだった。そして私は、はなはだ情ないことだが、彼女を死なすことが出来なかったのである。

船越の生活は、その後もかわりがなかった。精力的に茶碗をむいて、ひろ子の店へもよく行くようだったし、また、H市の郊外にいる母と弟のもとへも、ときどき帰っているようだった。私は、彼と会うたびにいった。

「大丈夫か？」

すると彼は、その高い段鼻にしわをよせ、息を吸うようにして、にこりともしないでいった。

「うん、大丈夫や」

乗務中に、彼の電車とすれちがうことがあった。その彼は、いつも合図する私に気がつかず、何かひるんだ泣くような顔で、ぼんやり前を見つめていた。私は、彼を殺してはならないと思っていた。その時代へ、どのような形にしろ、自分からすすんで自分の死を与えることによって、権威づけてもらいたくない気がしていたからである。何故ならその私にとって、その時代は、いかにもほんとうの人間らしい顔付をして、いかめしげな髭さえぴんと八の字に生やしていたが、残念なことには、その髭は少しばかり片ちんばであるように見えて仕方がなかったからである。

だが、十二年の五月だった。船越は、あのひろ子と、海の見える宿の二階でカルモチンで心中をしたのである。しかもまだ召集令状も来ぬ先にだ。女の方は、助かったとか助からなかったとかいう噂だったが、船越の死んだことだけは確実だった。私たちは香奠《こうでん》を集められたからだ。

私は、彼の葬式には行かなかった。電車に乗ること、それが船越の死に対する答えであり、同時にまた、克枝に対するだけでなく、私の人生や私の時代に対する反抗だったからである。その日、夜の系統だったが、私は車掌に約束して、始発駅から終着駅まで一回もホイッスルを鳴らさないぞといって、特急をパラでとばした。勿論危険なだけでなく規則違反であり、自慢にならないことだ。だが、私は、終着駅へ着くなり、車掌へ自慢していった。

「どや、やったやろ！　え？」

2

私と克枝との生活は、おたがいにとって拷問の一種に変化していた。彼女もそうであったにちがいないと思うのだが、私も悪戦苦闘の態だった。勿論、私は、自分がどうなれば彼女の心が和むかを知っていた。窮極には、何の意味に於てもいい、何らかの絶対権をもった時代の権力者となることであった。そして情ないことには、それこそ私に気ちがいのように見えていたものであり、私は気ちがいになるのはいやだったのだ。だからそのころの私は、勤務が終って自分の家へ帰るときは、仏壇のなかへ帰るような気がしたのである。何か一口いっても、必ずヒステリーを起して別れ話になる、絶対の審判者とでもいうべきものが、その家のなかに鎮座していたからだ。だから事情を知らない新しい車掌などが、私の家へ遊びに行くといったときは、悲惨だった。私は、心からその仲間に懇願した。

「来てもええけど、頼むさかいにうちの嫁はんに逆らわんといてな。後でおれが困るさかいに」

新しい仲間は、きまって妙な白けた顔をしてたずねた。

「どうしてでんねん」

ねんや」

「メンスなんや」と私は答えた。「メンスのときは、うちの嫁はん、えらい気が立ちよん

勿論、克枝は、その彼等に尋常に接待した。だが、たずねて来たどの仲間も、十分とは私の家にいることが出来ずに早々に退散した。富士山の話が出て、彼女が一万メートルの高さやといっても、仲間はそれを一万二千尺に訂正することが出来なかったからである。

勿論、私も彼女へ何かいう場合は、口のなかにいおうとする言葉を十回ぐらい繰り返して、彼女を刺戟しないかどうかを十分確めてからいうようになっていた。だが結局は、何もいわない方が楽だった。だがそれでも駄目だった。何故なら彼女には私のような人間の生きているということが我慢出来なかったからである。

だが、それでも私は、別れるという最後の決心はしなかった。彼女は、そのような私を攻撃して、卑怯者と呼んだ。

「あんたは、またうちが家出するのを待ってはんのやろ。自分できっぱり別れるということをようしはれへんもんやさかい、うちの方から別れるのを待ってはんのや。そうしてうちに何も彼もの責任を負わして自分だけええ子になりはりたいのや」

勿論、私は、克枝のこのような言葉に疲れ果ててしまって、彼女の災難が私自身であるのであるから、この際別れてやった方がいいのではないか、と心弱くも考えるときがあった。だが、同時に私は、どんな人間的な関係でも変えられないものはない、ということも

信じていた。私が、彼女に対立しつづけることによって、ある日、私のような人間も人間として生きているのだと彼女も認めてくれるようになるだろうと思っていたのである。美徳や悪徳だけでなく、あらゆることがらを人間的な次元においてくれるようになるだろうと思っていたのである。

だが、ときには不覚にも、そのことを口にすることがあった。私は、あるとき思いあまっていった。

「ほんとにお前、もう少しやわらこうなってくれへんかなあ」

すると克枝は、忽ち腹を立てていった。

「あんたは、うちにばかり要求しはって、あんたはどないでんの！」

また私は、昔のあの生々していた克枝をとり戻そうとして、彼女のためにバスの乗車券係という楽な勤め口をもらって来たことがあった。だが、彼女は、頑としてその話を受付けずに憎々しげにいった。

「あんたは、うちがそんな大勢のとこへ出て、誰か好きになる男が出来ればええと思ってはんのやろ」

また私は、彼女をハイキングへ引張り出そうとして、しばしば彼女を誘った。彼女の健康を考えたし、実際その彼女は始終どこかのわるい女になっていたからだ。だが、彼女は、石のように動かなかった。その彼女は、まるで私が彼女の肉のなかに刺さった抜くことの出来ない棘であるかのように、私を憎みつづけることを決心しているようにさえ思われた。

だが、ある日、私が家へ帰って来ると、家のなかに滑稽なことが起っていた。部屋のなかに天皇夫妻の写真が、麗々しく額にして飾ってあり、床の間には、あやしげな神棚さえつくってあったのである。私は、呆気にとられながらしばらくそれらを眺めていた。やがて私は、用心しながらいった。

「神棚には、おみき徳利がいるんやないんかなあ」

すると克枝は、びっくりしたように立ち上った。それから何かに憑かれている女のように表へとび出して行った。恐らくおみき徳利を買いに行ったのにちがいなかった。

私は、その新しい額を下ろして、その天皇夫妻の写真の裏へ、へのへのもへじと書いて元通りなげしへかけ、神棚の天照皇大神宮の札のなかには、新聞の化粧品の広告から美人の顔を切り抜いて入れておいた。彼女は、それら写真や神棚が、私に対する無言の問責となることを望んでいるように思われたからである。私は、へのへのもへじの天皇や、美人のお札を眺めながら考えた。

『この天皇や神の前に自分を恥じて、切腹でもすれば、克枝もやっと自分を人間として認めてくれるんやろな』

そして私は、焼酎を飲みに出かけた。その行きつけの店の片隅で、岸岡と、克枝と京都へ駈落のようなことをした林の二人の古い運転手がひそひそと話をしていた。沿線に出来た飛行機工場への転業を相談しているらしかった。彼等は、私を見ると、おう、といった。その二人の眼は、生々と輝いていた。

勿論、私は、いつものように焼酎を飲んだ。だが、天皇夫妻の写真や神棚が、わが家に一緒に忽然とあらわれたことは、少し突飛すぎるような気もしていた。だが私は、勘のにぶい話であるが、その写真や神棚の出現と、克枝の母の引取られている彼女の親戚の清水とを結びつけることは出来なかったのである。勿論克枝は、彼女の母とはいとこであるというその景気のいい親戚へ遊びに出かけたり、ときには泊って来たりした。そして帰って来ると、克枝は、私をやっつけるために一種の信仰めいた調子でその親戚のことを語るので、私も大体その親戚の動勢にも通じていた。彼は、最初造船所の貧しい下請けだったが、最近は皇道会の県の幹部になって、めきめき工場を拡張し、御殿のような宏壮な邸宅を建てたという話だった。しかし私は、その親戚へ行く彼女の気持もわかるような気がしていたし、それに彼女だって母に会いたくなるだろうし、ときには私との緊張した関係からの息抜きもしたくなるだろうと思っていたのである。

その飲食店のおかみは、私がこの店へ来はじめたころから見ると相当古びてしまっていた。私は、焼酎を飲みながらおかみへいった。

「おかみも相当皺がよったな」

おかみは、人が聞いたらここに借金をためているのではないかと思われそうなつっけんどんな調子で答えた。

「何もごてんと黙って飲みなはれ！」

乗務員の荒れた空気が、おかみにも感染していたのだ。私は、神妙な顔でだまった。すると私の心に疼くものがあった。それはあのおかしな美しいほんとうの女の像だった。

そのころだった。そのころはもう船越の死から半年も近くたっていたのであるが、船越の弟が、事もあろうに私たちの電鉄へとび込んで自殺したのである。生活に困ったからだともいい、兄の徴兵忌避の噂を苦にしてともいわれた。私は、ひとり残された彼の母の孤独を思いうかべて、いつか訪ねて行こうと思った。というのは私は、そのころ自分の死んだ母のようになろうとして生きているような自分に気付いていたからだった。だがそれが決行出来たのは、はなはだ情ないことだが、ひろ子の生きているらしいという話を、H駅の駅手から聞いたからであった。

だから私が、船越の母をたずねて行ったのは、船越の弟が自殺してから一月もたっていたのである。H市からバスで二十分ほど行くと、橋のたもとに古びたバラック風な茶店があった。そこが船越の家であった。上りのバスを待つらしい農夫や商人が、暗い土間の粗末なテーブルに向って、茶を飲んだり弁当をひらいていた。船越の母は、六十近かったが、やせていて眼がわるそうだった。彼女は、私がS電鉄の者だといっただけで涙を流した。そしてひろ子の生きているということを船越の母から改めて聞かされて、その確実さを知ったとき、私は、強いショックを感じたのを覚えている。それは非常に官能的なものでありながら、同時に恐怖に近い感情だった。ひろ子は、やはり生きていて、A市のカフェーにつとめていたのだった。

「ほんまに、うちのもんは、不幸なもんばっかりで」と船越の母は、いつまでも愚痴っぽく繰り返した。「十日ほど前、たったひとりの妹が、胃癌で死によるし」

それからふいに娘のような突飛な声を出していった。

「へえい！」

客が、湯呑み茶碗を上げてお茶を請求したからだった。やがて彼女は、私のところへ帰って来ると、私へいった。

「あんたにおかあちゃんがないんなら、うちをおかあちゃんと思うておくんなはらんか」

その声には、新しい息子として私へすがろうとする孤独な老人のあわれな打算が働いているように感じられた。そして私は、冷酷にも、船越の母を自分の母と思うことは出来なかったのである。私の母は、無智のせいにせよ、どんな不幸も彼女を打ちのめすことが出来なかったからだ。死さえもそうだった。何故なら彼女は、死を自分のものとして考えたことはなかったからである。

私は、船越の母へ茶碗をむいてもって来た金をおいて来た。そしてバスから自分の会社の電車に乗換えて帰って来たのであるが、車がひろ子のいるというA市を通るとき、さすがに降りたくなった自分にぐっと耐えたのだ。私に、ひろ子もほんとうの美しい女ではない、と思えたからであった。

一方、職場の空気は、大袈裟にいうならば気ちがい病院に似て来た。会社の仲間が続々軍需産業へ転じはじめたのだった。運転手や車掌などの殆んどの者が、辞職届をポケットにして乗務していたといって過言ではなかった。そして二人、三人とまとまって辞め、ゴム工場や飛行機工場や兵器工場へ行った。そしてそれらの口にありつけられない人間は、自分を能なしと感じていた。だから詰所のなかは、いつも妙な活況を呈していた。四、五人が、いつもひそひそ打合せては、希望に輝いた眼で表へとび出して行った。近くのコーヒー店や飲食店でも、夜となく昼となく、誰かが落合って相談していた。軍人会の支配している陰気な空気よりも、この軍需産業への転業の続出に、私たちは直接時代というものを感じたのである。

ある日、車掌の志村が、私を近くの飲食店に誘った。その店は、首のところに赤い小さなあざのある美しい娘がいて評判の店だった。そこへ入って行くと、今日休んだ四、五人の仲間がテーブルをかこんでいた。志村は、彼等を見ると、弾んだ声でいった。

「どうやった」

「岸岡さん、休んどって、会われへんかったんや。工場まで田舎道をポクポク歩いて行ったんやけどな」

「岸岡さん、もう係長やって？」

「そや、新設の飛行機工場やもん、後からどんどんひとが入って行くんやさかい、すぐ役付や」

　志村は、動揺したようにいった。

「やっぱり飛行機の方がええかな」

　そして彼は上衣のポケットから辞職届を出して意味もなく眺めた。身体に似合わない小さな下手な字だった。彼は、呟くようにいった。

「おれ、精器の方へ口をかけてんのやけどな」

　そのとき車掌や運転手が、三人入って来た。その後から、岸岡と一緒に飛行機工場へ入った林が、立派な背広姿であらわれた。彼は、尼ケ崎の方へ廻されたが、二月もたたない間に、岸岡と同じようにそこの資材課の係長になっていた。人々は、あわれにも、その林の姿へ口々に感嘆の声をあげた。それはたしかに人々の想像することの出来ない驚異だった。というのは林は、曹長であり運転こそうまかったが、ろくに字の書けないような男だったからである。林は、まだ運転手時代の日焦けのとれないやせた顔に紫色のとび出たような眼を輝かせながら、テーブルの上へ自分の給料袋を投げ出して得意そうな口調でいった。

「どうや。おれら、寝てても、こんなけ貰えるんやど」

そのハトロンの封筒は、威張った顔で人々の手へ渡り歩いた。そして人々の溜息や感嘆の声を聞くたびに、生意気にも実際の自分より少し大きくなって行った。その封筒には、私たちの月収の八十円ほどとは比較にならない百三十円という金額が、しかもタイプで記されていたからである。林はいった。

「いまの時勢に、まだ雲助をやってるなんて、お前ら能なしやど」

志村は、その林の言葉をきくと、急に憂鬱な顔になって私へいった。

「出よう」

外へ出ると、その広い道には冬に近い強い風が吹いていた。志村は、ポケットから辞職届を出すと、細かく引裂いては、まるで少しずつ毒でも飲むように、その肌寒い風へとばした。

「お前も能なしか」と私はいった。

すると志村は、少しばかり残念そうな声でいった。

「お前やって能なしやんか」

踏切まで来ると、車掌になったばかりの飯倉が、馴れない手付で信号旗を振っていた。彼は、今日は予備だったので、休んだ踏切番の代りを臨時にやっていたのである。彼も、乗務員がどんどんやめて行くので、その補充に入って来た急製の車掌のひとりだった。

「お前も能なし組か」と志村が飯倉へいった。

「はあ」と飯倉は臆病な声で答えた。「いつ召集を食うやわからしまへんもん、どこにいても同じことだんが」

小屋のなかには、火があった。私たちは小屋へ入った。その私たちの眼の前には、上り下りの電車が轟音を立てて通った。私は、志村へいった。

「電車は、やっぱりええと思わへんか」

だが、志村はいまいましそうに答えた。

「そりゃ、便利なもんやさかいな」

私は、ふいに笑い出した。狭い小屋のなかに腰を下ろして古バケツの炭火へぼんやりあたっている二人の能なし組に、あわれなおかしさを感じたからである。だが、私は、その自分の笑いに深い満足も感じていたのであった。

現在も、人々は私のことを何かといえばこの会社のユニークな存在だという。勿論軽蔑を交えてだが。だが、私は、人々からどのような衣粧をかぶせて見られようとも、誇りをもっていうのだが、私は平凡な人間なのである。むろん、私も自分の生活のよくなることを強く求めているが、それは他の可能性に於てではなく、いま自分の生きているこの職場に於てそうなりたいと望んでいるのだ。この私の人生に対する態度は、克枝との関係に於てもかわらなかった。克枝と別れて他の可能性を探すということでなく、克枝との関係のなかでよりよく生きたかったのである。たとえそれが、結局喧嘩をしながら年をとってしまうということに過ぎなくても、そして事実そうだったのであるが、私はそのことを少しも悔いない者なのだ。

というのは、どういう理由でか、私の留守中に、林がわざわざ私の家へもやって来て、あの給料袋を克枝へ見せて行っているのだ。聞いて見ると飲食店のときと同じで、

「どうや、克枝はん、おれら、寝てても、こんなけ貰えるんや」

といったというのだった。或いは、林のやって来たのは克枝に対する四、五年前の事件の復讐のためだったのかも知れない。というのは、私は、あの駈落事件も、克枝の林に対する歪んだ復讐だったと思っているからだ。

克枝は、私にいった。

「ほんまに、みんなちゃんと生きて行きはんのに、あんたというひとは！」

「そうゆうたかてな」と私は用心しながらいった。「いまの時代、ほんまの時代やあらへんもん、こわい気がするんや、林さんなんか見てると」

「ほんまの時代？」

「いや」と私はあわてて言葉をゆるめながらいった。「いつの時代でも、おれはそうすると思うんやけど、いつでも時代は時代にしてもやで、ほんまの時代やと思うてやらんことにしてるだけなんや」

するとかつ枝は、自分が傷つけられたようにヒステリックな声を出した。

「よう、そんなことゆうてやな、あんたは！　口がまがってしまいまっせ」

私はだまった。その私は、なげしの上の天皇夫妻の写真が、裏にへのへのもへじを書かれて威力を失い、その克枝に加勢出来ないことを残念がりながら私を見下しているのを感じていた。克枝は、ますますヒステリーを起しながら叫んだ。

「あんたは、うちと一緒になってからずっとうちに反抗してはんのや。事ごとにそうなんや」

「ちがうんやけどな」と私は情ない声でいった。

「そやおまへんの」と克枝は裁判官のように私をきめつけた。「うちが会社へ行っていたときもそうやったし、いまもそうでっしゃないか。あんたは、ほんまは国家に反抗してはるんや。林さんもゆうてはったけど、あんたからまだ赤の気が抜けへんのや」

「そやないて！」と私は自分を押えながらいった。「六年近くも一緒になっていて、まだおれがわかってもらわれへんのかなあ。おれは子供みたいに単純なだけなんや」

「じゃ、なんで、うちが何かいうと、二口目に電車が好きや、好きや、といいはんの。うちに反抗してはるさかいやないか」

「いや、単純に電車が好きなだけなんや。単純な男やさかいや」

そのときはじめて克枝は、あの言葉を恐ろしげな暗い声で口にしたのだった。

「もう、うち、あんたを殺すか、うちが死ぬかやわ」

だがこの言葉の効果は、私に覿面《てきめん》だった。私は、臆病にも物もいわずに表へとび出した。その私の後を鋭い声が追いかけて来た。

「逃げなはんの、あんたは！」

私は、宵の街を歩きながら、気ちがいになったきみにも、いまの克枝のようなところがあったことを思い出していた。そしてそのきみをゆるめるために大変なしかし滑稽な努力をしたことも。そして克枝に対しては、きみの場合よりも、もっともっと長い、もっともっと苦しい努力をしなければならないだろうと感じていたのである。明らかに、その私は、あの克枝をその時代と同じように危険な病人と思っていたのだった。

3

克枝と私との間は、一日々々が危機であった。克枝には、死ぬか殺すかという自分の宣言を実行しかねないところがあったからである。そしてその上、私は眼の前の召集でねずみのように脅やかされていたし、しかも職場でも安全でなくなっていた。追突事故が頻発しはじめていたからである。

それは全く信じられないくらい続発した。事故にならない小さなものを数に入れれば、毎日といってよかった。中堅の乗務員たちの殆んどが軍需産業へ転じたために、乗務員の多くは、新しく入って来たもので、十分な訓練を経ないで、いきなり車掌や運転手になった者であったからである。しかも会社の幹部たちも、古いものが軍需産業へ転じて行ったために、新しく入って来た不馴れなものばかりだったので、事故に追われて狼狽しているだけだった。ただ、まるで会社そのもののようになっていた在郷軍人会の分会支部だけが、緊張が足らんとか、時局を鑑《かんが》みよ、とかいういたずらな掛声をかけていた。

古い年とった運転手の塩田は、私へ嘆いていった。

「おれ、毎日、水盃して家を出て来るんやで。ほんまに今の運転手は、あれは運転手やあらへん。『動かしとめる』や。ノッチを入れれば、子供やって電車は動くし、エアを入れれば子供やってとまるんやさかいな。車掌やって、駅名称呼もろくにいえへんやつばっかしやないか」

大抵の者は、追突事故を経験していた。勿論私も御多分に洩れなかった。特急の追い越しがあるので、T駅で側線に入って行ったときだった。前に貨物電車がとまっていたので、二輛連結の私の車は、側線へ入り切ることが出来なかった。私は、サッシュを下ろして前の貨物電車へ呶鳴った。だが、車掌は何のことかわからずにぽかんとしているだけなのである。私は、なおも呶鳴った。

「運転手は、どうした？　その車をもう少し向うへ動かすんや。転轍《てんてつ》がかわれへんやないか」

　私は、待つことが出来ずに、自分でその貨物電車を動かそうとして車からとび降りた。そのとき特急の、信号を無視して入って来るのが見えたのである。私は、思わず、あっ！と叫んで立ちすくんでしまった。追突するまでに、それでも五秒ほどの時間があった。だが、私は、咄嗟にどう処置していいかわからずに、情なくも立ちすくんでいただけなのである。やがて形容のしがたいいやな感じのする爆発音がした。だがありがたいことには、死傷者はなかった。私の車の客もひどく驚いたらしかったが、なかに桜のステッキをついた壮士風の四十男が乗っていて、ひどく怒った顔で降りて来たと思うと、

「運転手！　何をぼやぼやしてけつかるんや！」

　と叫びながら、そのステッキで私をしたたかなぐりつけた。そして私は、他愛なくも、その場にのびてしまったのである。

　勿論、死傷者の出た事故も多く、大きなのは三名の死者十二名の負傷者を出している。追突されて、二日つづいて車掌が死んだということもあった。だが私は、それでも電車の運転手であることにあわれな満足を感じていたのである。

　一方、私は、克枝を外へ引張り出そうとして、懇願したり、怒ったり、そして絶望したりして見せていた。必要と思えば、おろかな道化芝居も演じた。だがある朝だった。私が泊りから帰って来ると、私の家の前の狭い道一杯になって、美しい自家用車がとまってい

たのである。どうも私の家に来たもののように思えた。というのは、私の家の入口の格子戸があいていたからである。誰が来たのかわからなかったが、自家用車に乗るようなひとと顔を合せるのは、気づまりな気がして、私は、家の前をうろうろしていた。その車には、近所の小さな子供たちが、物珍らしそうに四、五人とりついていた。ひとりの幼児が、その私を見つけて嬉しそうに叫んだ。

「おっさん！　この自動車、おっさんねへ来たんやで！」

私は、あわててしかつめらしい顔をして見せながら、手を口の前へ振っていった。

「しっ！」

間もなく格子戸のあたりに人の気配がして、太った五十男が出て来た。私は、その男と一度だけ会ったにすぎなかったが、彼女の母親の引きとられている親戚の清水だということがわかった。その後から克枝があわてた様子で、送りに出て来た。私は、その克枝を見たとき、ひどいショックを受けた。それはまるで奇蹟を見るようだった。というのは、日頃くすんだ色になっていた彼女の顔は、生々とした白さになっていて、その口のあたりにうかべている微笑は、やさしげに輝いていたからだった。やがて運転手がドアをしめ、エンジンの音を高めて車を走らせはじめると、克枝は丁寧に頭を下げた。その彼女の身ごなしには、昔の克枝のような新鮮なエロチシズムさえ感じられた。

自動車は、忽ち狭い通りを出て、大通りへ曲って行った。ぼんやり見送っていた克枝は、家に入ろうとして、遠くにいる私に気付いた。すると彼女の顔は、毒液でも注射されたように見る見るいつもの陰気な顔色になって行った。私は、彼女に近づいてあの男が誰だかわかっていながら不服そうにいった。

「いまの、誰やねん」

だが、克枝は、私へ敵意の感じられる眼を向けると、そのままだまって家のなかへ入って行ったのである。私は、全く打ちのめされていた。私がどんなに努力しても克枝を生々させることは出来なかったのに、他の人間によって容易になしとげられているのを見たからだ。私は、家のなかへ入ると、不思議な気持になりながら克枝へぼんやりいった。

「今日、S山へでも登らへんか」

すると克枝は、意外にも恩着せがましい声でだが、素直に答えたのである。

「行ってもええ」

瞬間、私はかすかな後悔を感じた。泊りで四時間ほどしか眠れなかっただけでなく、朝一往復乗って来た私は、ひどく疲れていて、山どころではなかったからである。

だが、先刻の克枝の生々とした顔が、私の胸に生きていた。そしてそのことに私は新たな希望を感じていた。勿論私は、克枝の絶望をほんとうの絶望だとは思っていなかったから、何とか少しでも克枝を楽に息のできるようにしたいと思って私なりの貧しいおかしな努力をつづけて来たのだったが、その日の克枝の生々した顔がそれを実証したように思えたのである。彼女でもそうなり得るのだった！　その私は、あまくも、山へ登ってその頂上の自然のなかで生々とよみがえっている克枝を思い描いていたのだった。

そしてこの妙な夫婦は、とにもかくにもいかめしい顔付をして家を出かけた。電車に乗っても克枝は口を利かなかった。勿論私はそれでもよかった。乗った車は、最近入って来た二〇〇型の新車だった。それは、どした、どした、といいながら走った。新車のくせにどこかの重い車だった。間もなく客が混んで来た。乗務員の私は、腰を下しているわけに行かないので立った。すると克枝は、うとうとしはじめた。私は、その彼女を遠くから眺めながら、何となしに罪を感じた。すると彼女と別れるべきなのか、それともこのままつづけるべきなのか、というハムレットまがいのいつもの問いがやって来た。だが、私は、またいつものようにその問いをきっぱり拒絶したのである。そして私は、運転台へ行った。新しい運転手だった。私は、彼へいった。

「よし、おれがもってやろう」

私は、その運転手と代ってハンドルをもった。忽ち私と車との間には、秘密な同感が生れていた。車は、相変らず、どした、どした、といいつづけながら海の縁を走った。私は、その車へおかしなやさしさを感じた。私は、車へいった。

『よし、おれ、明日から髭を立ててやるからな』

もちろん髭を立てるなんて滑稽である。しかし私は、車に対して何かおかしなことをしてやりたかったのだ。

克枝は、終点へ着いてもまだうとうとしていた。私は、その彼女を引きずるようにしてバスへ乗り換え、S山の登り口についた。克枝は、もう億劫になってしまっている風だった。だが、彼女は、可哀そうに、ここまで来て、いまさらやめるといえないようだった。

彼女は、だまったまま、しかし情ない顔付で私の後からのろのろついて来たのである。勿論、そんな状態で頂上まで十八丁もある急な山道を登れるわけはなかった。彼女は、もう二、三丁でへばってしまって、振り返るとぼんやり岩角に腰を下していた。その彼女には、数年前の彼女とは較べようもない肉体の衰えが感じられた。私は、残酷にもその彼女へいった。

「さあ、元気を出すんや」

そして私は、長い木の枝をひろって来て、それへ彼女をつかまらせながら、ぐいぐい引張って上った。その山道は狭く、九十九折《つづらおり》に折れまがっているだけでなく、雨に荒されて足場がわるかった。克枝をひっぱっている私は、忽ち汗びっしょりになり、喘ぎはじめた。だが一方私は、恐ろしげな気持にもなっていたのである。というのは、克枝も私に引張られながらも、まるで死にそうな息をしていたのだが、私は容赦しなかったからだった。

頂上へ着いたときは、情なくも二人とも動けなくなっていた。その二人は、倒れた太い木へ腰を下しながら向うに見える火事で焼けて再建中の本堂を、ぼんやり眺めていただけであった。あたりに暗いほど立ち込んでいる杉の木立ちは、どれも三百年も四百年もたっていそうな大木だった。だが彼等は、年をとってもこれだけは仕方がないといった風に、梢をすぎる山風へざわざわ枝を振っていた。雑木が、その杉木立の間を低く蔽っていたが、その枝へ名の知らぬ小鳥がやって来て、ツチ！　ツチ！　と鳴いた。するとどこかでその鳴声を訂正してやるように、いそがしげに、チチチチと鳴きはじめた。私は、山の冷気を汗ばんだ肌に快よく感じながらやっと克枝へいった。

「ええ気持やなあ。山ってええやろ、登るのはしんどいけど」

するとと克枝はこう答えた。

「ほんまに、うち、あんたを殺すか、うちが死ぬかするより仕様があらしまへんのやで」

私は、思わず立上りながら怒った声でいった。

「茶店へ行って、何か食べよう」

茶店でも、克枝は、あん餅を頬ばりながらいった。

「ほんまにうち、世界一の不幸もんやわ」

私は、ますます自分が情なくなりながらいった。

「不幸もんか知らんけど、何ぼ何でも世界一ということはあらへんやろ」

「ほんなら勲章もらいなはれ」

「そうやわ。今朝自動車で来はった清水さん、今度勲六等もらいはったんでっせ」

「勲章？」

「勲一等まで大分間があるな」

「あんたなんか、清水さんにつべこべ物いう権利なんかあらしまへんやないか」と彼女はふいに甲高い声を出した。「下司やおまへんか、あんたなんか。林さんなんかに飛行機工場の係長にならしといて、自分は電車ポッポウやし」

その克枝の声は、しんとしているあたりにひびきわたった。茶店のおかみと手伝いの女が、びっくりしたような顔で私たちの方を眺めた。私はあわてて克枝へ哀願するようにいった。

「何も山へまで来て喧嘩せんかてええやないか」

だが克枝は、あたり構わずに一層勢立った。

「あんたなんか人間やあらへん。うち、もうあんたを殺すか、自分が死ぬかするよりしようがあらへんのや」

帰り路も、さんたんたるものだった。おくれる彼女を待ってやると、彼女はのろのろ降りて来て、私へ追いつくなりいうのだった。

「あんたは日本人やあらへん、人非人や」

そのたびに私は仕方のない神妙な顔で答えた。

「ほんまや。ほんまにその通りや」

その私には、今朝の生々していた彼女が、不思議な国の女のように思いうかんでいた。

私は、帰りのバスのなかで彼女へいった。

「お前、清水さんと何かあるんとちがうか」

すると克枝は、思いがけないほどぎょっとしたのだった。同時に私もその彼女へぎょっとしていた。私は、声をふるわせながらいった。

「そうか。そうやったんか。そんなら別れてもええんやったんや」

だが、克枝は威張っていった。

「これでやっとあんたも本望でっしゃろ。別れても自分が責任を負わいでもすむんやさかいに」

「でも、おれは、いままでお前と別れるということ、考えようともしなかったんやで」と
私は残念そうにいった。「別れた方がええのとちがうやろかと思うたことがあっても」

すると彼女は、歯がみするようなヒステリックな声で叫んだ。

「別れまひょ。うちあんたを殺したいと思ってるくらいやさかいに」

あたりの乗客は、いぶかしそうに私たちの方を一斉に見た。それでも克枝はだまらなかった。

「うち、もうあんたの家へは帰らしまへん。阿呆らしい。うち、N駅で降りたら真直ぐに

清水さんとこへ行きまっさかいな」

そして克枝は、私たちの家の近くのN駅で降りると、堂々と清水の家へ行く市電の停留所の方へ去って行ったのだった。私は、未練がましくも、その彼女をいつまでも見送っていた。一度ぐらい振り返ってほしかったからである。だが彼女は、遂にそのまま遠い大通りへ曲ってしまったのだ。その彼女の後姿が消えた瞬間、その彼女に風にでも吹きとばされそうな頼りなさを感じたのである。私は、自分の家へ帰る気にならず、そのまま詰所の方へ歩き出しながら呟いた。

『死んだんやあらへんのさかいにええわ。あいつもおれも』

すると克枝とは別れたことは別れたにはちがいないが、ほんとうには別れたのではないという奇妙な気がしたのである。で私は自分へいった。

『とにかくおれは、あいつを愛しとったもんな』

私は、疲れてはいたが、五時の系統に乗った。最終に乗ることになる系統である。私は、一往復するともうヘッドライトをつけなければならなかった。だが私は、夜は夜で好きだった。ヘッドライトは、生真面目に前方の同じ距離をいつもきちんと規則正しく照し出しているだけだったが、その光のなかにはいろんなものがあらわれた。U駅の近くの山のなかでは、上りにも下りにも、いたちが線路をわき目を振らずに横切った。勿論いたちたちは、自分が何をしているのやらさっぱりわからなかったにちがいない。E駅からM駅までの一〇キロにわたる直線線路は気持がよかった。だがそこで、遠い闇の中空にふいに二つの眼が光りながらうかんだので、あわててブレーキをかけると、やがて光のなかにあまり呑気すぎる牛の大きな図体が、のっそり立っているのが見えた。私がけたたましくホイッスルを鳴らすと、彼は悠然と河原の方へ降りて行った。だが、海がよかった。ヘッドライトへかすかに白く泡立ちながら、男岩と呼ばれている大きな岩へ押し寄せては、ええっ、しようがないんや、これでもしようがないんや、と調子をとってぶつかりながら闇へ高々と白い飛沫をあげていた。だが、その男岩は、よほどかたくなな老人なのか、むっとしたようにいつまでもだまっていた。

私は、一時半に車を入庫させて家へかえった。いつものように湯をわかして茶をのみ、いつものように蒲団を自分で敷いて寝た。昨日の私と同じだった。そのことに私は、おかしげな満足を感じた。だが、隣りの部屋が何だか変なのだ。電気をつけると、克枝が部屋の隅にかくれるようにして、しょんぼりすわっているのだ。その私を見た眼は、思いがけなくいままでに見たことのない不安と恐怖にみちていた。私は、思わずいった。

「どしたんや、清水さんにけられたんか」

するとまた思いがけないことが起った。あまり泣いたことのない克枝が、泣き伏したのである。そして私がもう泣きやむように頼んでも、よくもそんなに泣けるものだと呆れるほど泣きつづけるのだった。私は、清水からよほどひどい目に会ってせっぱつまっていたんだな、と思った。そしてそうだったのだ。清水は彼女との関係を私に知られたことを怒って、手のひらをかえしたように冷淡になって、彼女との親戚づき合いさえ断ったのだ。

私は、神妙な気持になって、その彼女を私の蒲団のなかへ入れて抱いてやった。すると彼女は、またださしなくせき上げはじめたのだった。だが私は、その彼女の涙で私の胸のあたりの夜着が生あたたかく濡れているのを感ずると、思いがけなく、その私にまるでその女がほんとうの美しい女であったかのように、あのひろ子の丸い顔が思いうかんで来たのだった。私は、その自分をおかしく感じながら克枝へいった。

「ほんまにおれは、何とも思ってへんで、今日のことは」

すると私は、克枝に関してまだまだたたかわなくてはならないものがあるような気がして来たのだった。

4

翌日から克枝は、寝込んでしまった。それでも一週間ほどで起き上るようになったが、妙なことに私の顔色ばかりうかがうひどくびくびくする女になっていた。戸口調査の巡査が来たとき、彼女は真蒼になって口もろくに利けない有様だったので、私の家には住んでいない彼女の母親が住んでいるようになってしまったのである。私は、便所からとび出して来て、あわてて訂正した。巡査はけげんそうな顔をしていった。

「おくさん、どしたんです。困るやおまへんか、いい加減なことをいってもろては」

私も、巡査が帰ってから克枝へいった。

「おくさん、どしたんや、困るやおまへんか、しっかりしてもらわんと」

だが克枝は、気の抜けたようにぼんやり坐っているだけなのだった。私は、なおも問いつめた。だが彼女は、やはりぼんやりしているだけで答えようともしなかったのである。私はその彼女に何か異状なものを感じてぞっとした。そして私は、その彼女には精神病の医者が必要なのではないか、と思ったのである。だが、そんなことは彼女にいえもしなかった。

私は、以前、運転手の倉林が発狂したとき、出勤係が運転係長と精神病院について話していたときのことを思い出した。そのときその病院に勤めている医者が、会社の社宅の近くに住んでいるという話をしていたのだった。私は、その夕方詰所へ行って公休振替をし、その足でその医者をたずねた。まだ病院から帰っていないかと思っていたその医者は、もう家へ帰っていた。だが、通されたその狭い部屋には、医学雑誌のようなものやアンプルの箱などがおびただしく取り散らかされていて、そのなかによれよれのワイシャツを着た太った五十ぐらいの男がだらしのない恰好で机の前の椅子へ腰を下していた。ズボンの前ボタンがみんな外れていた。しかしそれが医者だった。彼は、私が何もいわない先に、意味もなく高笑いしながらいった。

「町医者の真似をせんと、気ちがい相手の病院だけでは食えへんのや」

で、私は仕方なく答えた。

「はあ、そうでっしゃろな」

医者は、私が克枝のことを話している間、次から次へと落着なく煙草を吸った。つまり一本の煙草を吸い終らないうちに、その煙草の火をそくさと次の新しい煙草につけているという風なのである。私が話を了えると、医者はいった。

「とにかく一ぺん連れて来て見たらええわ」

それから彼は、同じような症状のおくさんがいるといって、一時間近くも面白くもないのにしきりに高笑いしながら、そのおくさんの家庭の事情から性的な事柄まで平気であけすけと話すのだった。私は、その彼から帰るきっかけを見つけるのに苦心しなければならなかった。そしてやっとその家を出た私は、面白い医者だとは思ったが、彼自身どうかしているのではないかという気もした。だが、彼は医者であり、ちゃんとした精神病院につとめている医者だった。しかも克枝を連れ出すのに好都合なことは、彼が病院から帰って来てから自宅で町医者のような真似をしているということだった。克枝へ精神ではなく身体を診てもらうようにすすめることが出来るからである。

だが、帰って見ると、克枝が家にいないのである。近所の主婦にたずねると、いま出かけたところで、行先を聞いたらO町まで買物に行くといっていたというのである。私は不安になってうろうろしながらいった。

「急な用事があったんやけどなあ」

「いまから市電の方へ走って行きはったら、追いつけるかもわかりまへんで」とその主婦はいった。

私は、あわてて市電の方へ走り出した。角を廻るとき気がつくと、街燈に照し出されているその主婦はまだ呆れた顔で、けげんそうに私の方を眺めていた。で、仕方なく私はまた頭を下げた。だが市電の停留所には彼女の姿は見えなかった。私は、とまどったが、とにかくO町まで行って見ようと思って市電に乗ったのである。

O町は、ちょっとした繁華街だった。映画館も一軒あった。人通りが多く、克枝の姿なんか見つかりはしなかった。私は、克枝が近所の主婦に嘘をいったのではないか、といまごろになって思い当っていた。そのときだった。明らかに清水の自動車のとまっているのを見つけたのである。立派な旅館の前だった。私はがっかりした。だが情なくも心臓だけは、ドキドキ鳴っていた。私は、そこに彼等がいるとはかぎらないのに、しばらく旅館の二階を眺めていた。だが気がついて見ると、克枝がその宿へ入って間もないだろうにその二階には灯がついていなかったのである。勿論、私の見ていたものは二階ではなく、克枝と清水との痴態だったのだ。私は、あわれにもとぼとぼ帰りはじめたのだった。だが私は確言出来る。そのときの私は、たしかに打ちのめされてはいたが、死にたいとも彼等を殺したいとも思っていなかったということだ。

全く考えて見れば、私は自分の人生に対してせい一杯の要求をしたことはない。人生の方で彼自身の自由な息が出来るようにゆるめておいてやるのだ。このことは、人々に対しても、だから仲間やひろ子やきみは勿論、克枝に対してもそうだったのである。ひろ子といえば、彼女にふたたび会ったときは、仲間の武藤の女としてであったが、しかし私は、武藤の女として、ひろ子を十分に好きになれたのである。

私は、家に帰って寝た。心臓だけは、うっかりするとドキドキ鳴りはじめた。私は、その情ない心臓へどんなに鳴っても私を殺すことは出来ないぞといってやった。すると電気を消した暗がりに、小柄な母の、にこにこしながら小学生のように大手を振って駈けるように歩いて行く姿が見えた。そして私は、その母に同感だった。すると私は、焼酎が飲みたくなって来て起き上ろうとした。

そのときだった。表に自動車のとまる音がしたのである。私は、臆病にも、蒲団へもぐり込んで息をこらした。自動車のドアの音がして、下駄の音と靴の音が入り乱れるようにして入って来た。

「もうほんまに帰っとくなはれ。うちみたいなわるい女あらしまへんわ」と克枝がいった。

瞬間上りかまちにぶつかる重い肉体の音がしたと思うと、克枝の何かに抵抗している泣くような声がした。

「もう堪忍しとくなはれ」

するとはじめて清水のいがらっぽい声が喘ぐようにいった。

「接吻だけやんか」

「ほんまにもう堪忍しとくなはれ」

「いまになってどないしたんや、先刻はいうなりになっといて」

「もう、うちを呼び出さんといておくんなはれ」と彼女は哀願するようにいった。「ほんまにうちみたいなわるい女あらしまへん。またあんなことをするなんて、うちもう死ぬよりほかあらしまへん」

「そんなことほんまにおもとんのか！」と清水は舌打ちした。「えらいこわくなったもんやな、姦通罪が」

「そやかて、清水さんやって、あのとき蒼くなりはって、姦通で訴えられたらどないする。何故お前の亭主へ知らん知らんで通さなかったんやって、えらいおこりはったやおまへんか。うち、あのとき世のなかがさかさまになったような気がして、ごうがわくより身体ががたがたふるえましたんやで」

「ふいやったさかい。さすがのわしもびっくりしただけやとゆうとんのに」

「それからお前みたいなもん知らんゆうて、うちを門の外へしめ出しはった」

「今日はお前小娘みたいなこというとんやな」

「あっ、ほんまに助けとくなはれ」と彼女はふたたび何かへ抵抗しながらいった。瞬間、静かになった。私は、蒲団のなかで熱くなりながら、あの野郎、とうとう克枝へ接吻しやがったんやな、と思った。克枝は、ふいに泣き出しながらいった。

「ほんまにうちという女は、何てわるい女なんやろ！」

すると清水は急にやさしくなりながらいった。

「な、ほんまにもうええやんか。木村みたいな能なしに、訴えるなんていう才覚働くわけないしな。それにこっちゃには、ちゃんとした弁護士もついとるし、裁判所の検事やってみんな友達みたいなもんやさかいな」

それからふいに清水は鋭くいった。

「克枝！　電気つけて見いな、誰か居よるで」

私は、あわてて半身を起した。すると電気がついた。克枝が、スイッチをひねったままの恰好でこわばった顔をしたまま私の方を見ていた。そして上り口から畳の上へ半身を倒している清水の、太って顎と咽喉との区別がつかないむくんだような顔が、まるで首だけころがっているように見えた。

「やあ」と清水は妙なひるんだような笑いをうかべながらいった。

で、仕方なく私は神妙な声で答えた。

「今晩は」

するとと私は、あまり大したことではなかったのだ、という気がした。清水はそそくさと自動車で帰って行った。私は、克枝へいった。

「もう寝た方がええ」

だが、克枝は、恐怖の眼で私を見ながら口も利けないようなのだった。私は、その克枝へ腹は立てているが訴えるつもりはない、ということや、こんなことがあっても克枝と一緒に仲好く年をとる以外のことは望んでいないのだ、などといってなぐさめてやっても、身動きも出来ない有様だったのである。

間もなく暑い夏になっていた。

克枝は、ひどくかわってしまっていた。まだ三十にもならないのに年寄り臭くなっていただけでなく、まるで私に対して罪人のように振舞いはじめていたのである。勿論、天皇夫妻の写真や神棚は、もうとっくにとりはらっていたが、それだけでなく自分も失ってしまっているようなのだった。彼女は私の顔色をうかがうようにして口癖のようにおずおずいうのだった。

「あんたはほんまにええひとやわ」

そしてときには私がてれるほど力をこめてこうもいった。

「あんたみたいなえらいひと、ようけ居はれんと思うわ」

だが、私は、賞められるのはいいが、その彼女に度はずれのものを感じ、またもや危険を感ぜずには居られなかったのである。そのたびに私は、茶碗をむいてきた金のことを得々と話したり、客に叱られた話をしたり、行きもしなかった悪遊びについて話をしたりした。だが彼女は、私に卑屈なほど従順で、かえってそんな情ない私を感嘆したように賞めるのだった。私は、その彼女に、まだたたかいの終ったのではないこと、むしろそれははじまったばかりであることを考えて、ときには暗い気持になることさえあった。といって、私は、暗い気持になっても、それになり切ることはしなかった。つまりはなはだ不徹底な人間であろうとしたのだった。何故なら、不徹底も私の数ある美徳のなかの一つだと思っているからである。

そして私は、相も変らず毎日電車を運転していた。車への約束通り髭をたててである。だが、髭のあまり濃くない私は、あのピンと八の字の跳ね上ったカイゼル髭をたてることが出来ずに、残念ながらちょび髭しかたてられなかったが、どちらにしろ私には同じことだった。だが、折角の髭も仲間をおどろかせることは出来なかった。仲間は、そんなどころの騒ぎではなかったからである。

追突事故は、相変らず続いていた。それに召集をされる者は、月に二人や三人はいて、私たちはその送別会の会費の三円を、茶碗をむいてまでつくらなければならなかったほどだった。その日に送別会があるぞという声がかかると、午後の系統の者は午前の者にかわってもらった。すると三円や五円の金は、立ちどころに出来た。

だが、会社は、その私たちへどうすることも出来なかったのである。数年前までは、絶対権をもっていた会社は、あわれなほど無力化していた。時局々々といいすぎた会社は、従業員の軍需産業への転業や召集などで参ってしまい、召集は仕方がないとしても、私たちの軍需産業への移動だけをくいとめようとして、まるで克枝の変化と符節を合せたように、今度は私たちを持ち上げるのに懸命だったのである。つまり茶碗むきの摘発で首にするなど思いも及ばなかったのだ。それどころかそのころの会社は、誰彼なしに片端から採用するので、脱線事故が起ってからその運転手を調べると、軽い色盲だったという恐ろしい事件さえ起った。

だが、そのころだった。その日も朝から暑い日がカンカン照りつけて、海水浴客がどっと押しかけていた。海岸線を走っているこの私鉄は、沿線のいたるところに海水浴場があるので、それを目指してやって来る客は、いくら電車を増発してもさばき切れなかった。しかもそれが連日で、私たちはダブルといって、一日に二日分の系統を乗らされて、くたくたになっていたのである。

乗務で交代して降りて来た私は、大勢のごろごろしている詰所の畳の間へ割り込んで、寝ころびながら疲れた眼を、氷をくるんだ手拭で冷やしていると、傍にいた能なし組の志村が、ふいにいらいらした声でいった。

「木村よ、こんなことしてたら殺されてしまうわ」

私は、起き上って志村を見た。畳の間の上り口に腰を下していた志村は、夏やせと過労とが重ってげっそり瘠せ、まるで病人のようになっていた。その詰所の土間のベンチや床几にも、何しろ総出なので二、三十人もの仲間が休んでいて、その間を交代して来たり、交代に行ったりする人々がのろのろ動いていた。三台ある扇風機の二台までが過熱して駄目になっているばかりか、明け放した窓からは、風がそよとも入って来ないので、詰所のなかはまるでうだるようだった。

私は、志村へいった。

「お前、何日帰らへんのや」

「三日泊り切りや」と志村は腹立たしそうにいった。「大体、ひとが足らへんのや」

「でもおれ、明日やすむつもりや」と私は眼を押えながらいった。「眼が疲れ切って、危うて運転出来へんのや」

そのとき降りて来た車掌の大森が重そうな鞄を投げ出しながらいった。

「また故障でI浜のところで数珠つなぎや。H駅では、客とえらいもめとらあ」

そのとき、志村は、ふいに叫んだのである。

「おれ、もうやり切れんさかい、いまから無欠かましてやる！ おれは無欠や！」

するとこの無届欠勤を意味する無欠という一言が、人々のなかに深い動揺をもたらした。まるでその人々は、その言葉に生命の水でも見出したようだった。休むには、届をすればいいのだが、無届欠勤のときは精勤賞と皆勤賞の月収の一割に近い金がとんだ。それだけでなく、数年前までは、首になる危険さえあったのだ。だが、このときどうしてもその無欠が人々の心を強くつかんだのである。私は、志村へいった。

「休むんやったら、届を出して堂々と休めばええやないか」

すると土間の方から私を軽蔑した声がとんで来た。

「無欠や！　無欠や！」

その土間は、もうお祭りのときのような騒ぎになっていた。人々は、全くよみがえったようだった。畳の上に寝ころんでいた者も、起き上って急いで土間へ降り、今迄げんなりして身動きも出来ないように見えた者も、急に元気づいて笑声をあげながら仲間とふざけはじめた。その人々は、口々に叫んでいた。

「無欠や！　無欠や！　無欠や！」

堅ぐるしく武張っていて、少しも面白くない男である古参車掌の武藤も、騒ぐ人々の間を掻き分けながらわざわざ志村の傍へやって来て真面目くさった顔でいった。

「志村はん、どうせおれらすぐ召集されるんやさかい、どうなってもかましまへんやないか、無欠かましまひょ」

すると志村は何か面喰っている顔でいった。

「そうや、それに召集が来んでも、首になった方がええわ。軍需の方へ転業出来て」

交代をホームで待っていた運転手と車掌の二人がしびれを切らし、怒った顔で交代の乗務員を呼びに詰所へやって来た。それへ交代の者は、得意そうに浴びせた。

「おれら無欠や」

「無欠？　ほんまか」と二人は同時にけげんそうな顔になった。

「ここにいる者、みんなそうや」

すると二人は、忽ち喜びの色をうかべて叫んだ。

「そうか。よっしゃ。おれらも無欠や」

そのとき誰かが叫んだ。

「お客を運んでばかりいないで、おれらも海水浴ちゅうもんをやって見ようや」

すると誰かが応じた。

「S浜が、一番水がきれえで」

そして乗務員総数の四分の一にあたる三十九名が、どっと詰所を出て行った。それはあっという間もない出来事だった。志村がいい出して、みんなが出て行くまで、十分も経っていなかったと思われる。疲れて居眠りしていたごま塩頭の出勤係は、人々の出て行く気配に眼をさましたらしく窓口から首を出した。そして急にがらんとした詰所のなかを見廻して、そこにひとりいる私を見ると、夢でも見ているような頓狂な声を出した。

「木村！　みんなは、みんなはどうしたんや」

「無欠だす」と私はいった。

「みんなか」と出勤係はあわれな声を出した。

「そうです」と私はいった。

するとは出勤係は、ううん！　と唸ると、両手を頭の後へ組んで、椅子の背へのけぞってしまったのである。

私は、次の乗務まで、まだ三十分も時間があったので、急いで家へかえった。昼寝をしていた克枝は、思いがけなく帰って来た私を見ると、びっくりしたようにとび起きて、奴隷のようないやらしさであわてて台所へ行き、タオルを水でしぼってもって来ながらいった。

「今日も、ダブルやおまへんでしたん？」

勿論、こんな克枝は、以前は想像することも出来なかったものだ。私は、克枝から仕方なさそうにタオルを受取りながらいった。

「おれ、こんなことといやなんや。馴れてへんさかいな」

瞬間、克枝は、ぎくっとしたように私を見つめた。その眼には暗い気ちがいめいた色が光っていた。

「いや、おれは」と私はあわてていった。「神様みたいに扱われんの、いやなんや」

するると彼女は、私を見つめつづけたままいうのだった。

「いいえ、あんたは神様でんねん」

私は、ふいになぐられでもしたようにとび上った。そして私は、怒りを押えながら四つ這いになって、ワンワンワンワンと吠えながら部屋を歩いた。

「神様がこんなことするか。こんなおれが神様か。え?」と私はふるえ声でいいながら声高らかに吠えた。

「ワンワン! ワンワン! ウウ、ワン!」

克枝は、青ざめていた。私は、馬鹿な真似に疲れて起き上がるといった。

「普通で行こう。普通でええやないか」

だが、克枝は身動きもしないでいった。

「いいえ、あんたは、神様みたいなひとだす」

私は、硯《すずり》の蓋をとると、硯を彼女へ差し出しながら叫んだ。

「そんならこの硯に水を入れて来い!」

彼女は、のろのろ立上ってその硯を受取ると台所へ行った。それから戻って来ると、私の顔色をじっとうかがうようにして、恐る恐る硯を差し出すのだった。私は、その克枝に、彼女はあの清水に対してもこのようではなかったのか、とはなはだ意地の悪い想像をせずには居られなかった。私は、だまって欠勤届を書き上げると、何か恐ろしげな気持になりながら克枝へいった。

「おれ、今日の本務、休んでお前を海水浴へ連れて行くさかいにな、うんと巻ずしつくっといてくれ。一時間以内にやど」

そして私が急いで詰所へ戻って来ると、詰所の隅では、五、六人の者が集って、落着かない様子で相談し合っていた。四十人近い人間が無欠をしたと聞いて、自分たちもそうしたいのだが、しかしいまとなってはきっかけを失ってしまったという風に見えた。私は出勤係の部屋へ入って行った。するとおどろいたことには、出勤係は、まだ椅子の背へのけぞっているのだった。私は、彼の机の上へ届をおいていった。

「今日の本務と明日一杯休ませてもらいまっさかいに、頼みまっさ」

出勤係は、ちらっと私へ首を動かしたが、またのけぞったままあわれな声でいった。

「もうどうなとしとくれ」

その出勤係のあおむいてむき出しになった顎には、伸びた白い不精ひげが銀色に光っていた。電話のベルが鳴った。出勤係は、大儀そうに受話器をとった。運輸課長かららしかった。彼は、忽ち電話器へ向って怒った声で叫んだ。

「そんなことゆうたて、無欠やもん、仕様おまへんやないか！」

私は表へ出た。詰所の前の駅には、電車が十台近くもとまって、大混乱を呈していた。

どの車も客がぎっしりつまっていたからだ。助役や駅長たちは、我慢出来ずに車を降りて来た乗客の渦のなかで揉みくたになっていた。他の駅でも同じような混乱が起っていると見てよかった。後から聞いたところではK駅の助役は、客になぐられてホームから落ち、人事不省になって山崎病院へかつぎ込まれたという話であったからだ。だが、電車は全くとまっているというのではなかった。ダイヤはめちゃめちゃながら動くことは動いていたのである。

私はその一台の満員電車の車外にぶら下がりながら、志村たちのいるS浜へ向った。その私は、いまごろ奴隷的な忠実さで、しかも時間をかぎられて懸命に巻ずしをつくっているにちがいない克枝を残酷にも思いうかべながら、さすがの彼女もこれには腹を立てずには居られないだろうと考えていたのである。その私は、さらにその折角つくった巻ずしをさらに腐らせるために、今晩は帰らないつもりだったのだ。

S浜の屋根のない臨時停車駅は、焼けた砂浜からの熱風で十分とは立ちつくしておられない暑さだった。それだのに、その暑いなかを、ダイヤの変調に早くも気付いた乗客たちが、早々に帰ろうと押しかけて怒号していた。私は、改札口のそんな乗客から逃げ出して、処置なさそうに崖の茂みに腰を下ろしている二十歳前の駅掌を見つけてたずねた。

「志村ら来たやろ」

若い駅掌は、指で制帽をあみだに押し上げながら泣くような顔で答えた。

「ええ、来はりました」

「どっちへ行った？」

「向うの松林の方にみんな居はります」

　海は、まだ人で埋っていた。私は焼けた砂浜を歩いて、海水浴場になっている場所から少しはなれた松林の方へ行った。そこに無欠組が屯《たむろ》していて、みんな猿股一つになり、岩の多い海へとび込んで行ったり角力をとったりしていた。そしてその松林のきわを私たちの電車が通って行くたびに歓声をあげながらその車の運転手や車掌へ手を振った。するとそれらの乗務員は、いかにも残念そうな顔になったり、気弱くにこにこした眩しそうな顔になったり、ときにはやけに手を振って無欠組へ何か叫び出したそうな顔になったりして過ぎて行った。その無欠組の人々は、何の不安もない全くの自由感に酔っぱらっているように見えた。志村は私を見ると、寝そべっていた半身を起しながら上機嫌な声でいった。

「木村、来たんか。来えへんのかと思うとった」

「ちゃんと届を出して来たんや」と私は答えた。

　すると志村は、呆れた顔をしていった。

「お前は、ほんまにけったいなやつやな」

　そのとき私は、叢《くさむら》にかたまっている十数人の仲間にかこまれているひとりの女に気付いたのである。見覚えがある気がして近付いて見ると、おどろいたことに、それはひろ子なのだった。彼女は、白い無地のワンピースを着ていたが、船越との心中事件から二年近くたっているのにみじんもかわってはいなかった。女学生風の断髪も同じだったし、相変らず太っていて、その豊かにもり上っている胸や身体付きからはあの何かの過剰が、いまも感じられるのだった。その彼女は、酒でも飲んだような赤い顔をして、仲間の冗談に、甲高いよくひびく声で嬉しそうに笑いつづけていた。私は、あの女をぐっとしぼったら、あらゆるあたたかい液体が、おどろくほど沢山ほとばしり出るような気がした。運転手の別所が、私へ近付いて来ると、濡れて猿股越に見える局部を自慢そうにたたいて見せながらいった。

「お前、来えへんやと思ってたで」

「ちゃんと来てるやんか、ここに」と私は答えながらいった。「あの女誰や」

「お前知らんのか」と別所は、意外そうにいった。「武藤の女やないか」

「武藤?」と私は意外な声を出した。「あの男に女が? そんな阿呆な」

「ところがそうなんや」と別所も不思議そうな声を出した。「あんなゴチゴチに女がと思うやろ。おれもそうなんや。でもあいつが電話でA市から呼び寄せたんやもん、こりゃ仕様があらへんやないか」

私は、ひろ子の近くで十数人の人々とまじりながら、まるで彼女の護衛者のような厳然とした顔付で、足を投げ出してすわっている武藤を見た。半裸の彼のいかめしそうに張った肩には、かたそうな筋肉がもり上っていた。全く乗務員には珍らしいいい身体だった。私は、いささかがっかりして木かげへ腰を下しながら、残念そうな声でいった。

「そうや、思い出した。あれ、船越の女やったんや」

「そうや」と別所がいった。「おれもそれ今日聞いたんや。武藤がA市に女が出来たという話は、大分前から知っとったけど」

浜では、仲間の五、六人が、脱衣場のおかみからもらって来た二個の西瓜で、西瓜割をはじめていた。松林のなかに休んでいた一団からも二、三人がバラバラと駈けつけた。だが、もう二個とも、呆気なく割られてしまっていた。

「阿呆くさ！」とひとりが私たちの方へ帰って来ていった。

人々も、割れた西瓜を松林のなかへ運んで来た。そのときだった。誰かが叫んだ。

「見ろ！　課長が運転してやがらあ」

見ると、やせた神経質そうな課長が、前を必死な顔で見据えながら、シリーズ運転で危そうにのろのろP・Cを引張って来たのであった。すると誰かが本能的な叫び声をあげた。

「見つけられれど！　みんな身体を伏せろ！」

で、みんなも本能的に身体を叢の中へ倒した。私も、正々堂々と休んでいるのでその必要はなかったにもかかわらず、滑稽にもみんなと同じようにあわててうつ伏していた。だが見ていると、課長は課長で、あたりを見る余裕もなく、一心にレールを見すえながら、のろのろすぎて行ったのである。私の近くで大儀そうに起き上った志村は、ぼんやりと海の方を眺めていた。その向うには霞がかかったようにA島がうす黒くうかんでいた。志村は、ふいにぼんやりいった。

「A島へでも渡ろうか。こんなとこに長くいたって仕様があらへんもん」

すると武藤のいる一団から声がかかった。

「いまから渡ったって、金があらへんやないか。一晩でも宿へ泊らんならんのやど」

「志村、お前一往復のって来て茶碗むいて来い。今日なら仰山出来るわ」と誰かがいった。

そのとき金本という車掌が奇声をあげて叫んだ。

「このひろ子さんが、金もってるて!」

だが、A島へ渡ることになったのは、結局八人だけだった。いい出した志村と金を出すひろ子とその彼氏である武藤の三人を除いて、どうしてもA島へ行きたいという者からくじで五人がえらばれたのだった。私は、自分の金はもっていたし、だからA島へ行ってもいいと思ったが、どうしてもとは思わなかったのでくじを遠慮した。

私たちは、彼等を発動機船を出してくれるという近くの漁村まで送って行った。私は、そのときひろ子とはじめて眼が合った。人々にまじって弾み通しているひろ子は、けげんそうな顔をしながら私へ近付くと、風で乱れるおかっぱ風な髪を撫で上げるようにして無邪気な顔でいった。

「あんた、Y町の店へ船越さんと一度来はったひとと違うん?」

私は、気まずそうに答えた。

「そうや。でも忘れてるとおもとったんで、だまっていたんや」

すると彼女は、どういうわけか、何か考える顔になって、

「そう?」

といったまま、先に行った一団へ追いついて行った。その彼女は、踵のないような少女じみた赤い運動靴を、ぺたぺた引きずるようにして歩いていた。

私は、その夜、A市の遊廓に泊った。そして翌朝家へ帰って見ると、また克枝がいないのである。そのとき何かすえた臭いがするので、あわてて水屋をあけて見た。そこには食皿三皿へ巻ずしが山のように盛り上げてあって、この暑気に酢もかなわなかったらしく、むっとする臭いを放っていた。その一つをとりあげて調べようとすると、なかのかんぴょうがくさっていて、ずぶっと人さし指がなかへめり込んだ。

夕方になっても、克枝は戻らなかった。こんなつもりではなかった私は、落着なく表へ出たり、部屋をぐるぐる歩いたりしながら、熱っぽく呟きつづけていたのである。

『ほんまに克枝は阿呆やなあ。ほんまに阿呆や』

その私は、相変らず厳然とあのほんとうの美しい女を、おかしげに思いうかべていたのである。

5

克枝は、何日たっても、帰って来なかった。私は、清水にいる彼女の母親へそっと電話をかけて問い合わせて見たり、夜、意味もなく何時間も自分の家のまわりを歩いていたりしたが、結局警察へ捜査願を出すよりほかに仕方がなかったのだ。私の恐れたのは、彼女の狂気だった。私の頭のなかにはルンペン同様になって町をうろついている彼女の様子が思いうかんで気が落着かなかった。だが、それでも私のこの不安な焦慮は、私の生活を奪うことが出来なかったのである。私は、相変らず電車に乗っていたからだ。

大雨の日でも、車は、晴の日とかわらずにかたかた乾いた快よいひびきをあげて走った。泥の道でなく、残念なことには、私たちの道は、晴雨を超えた鉄の道であるからだ。ただ、雨の日の、晴の日とちがうところは、とめるとき少しすべることだけだった。そんな雨の夜、特急に乗組んでいるときだった。私の横には巡視監督が腕を組んで立っていた。以前は、乗務員に対する検事の役割を演じていて、監督が乗って来ると緊張したものであったが、このごろではかがし同然になっていた。詰所に張り出される賞罰表に彼等の権威が示されるのだが、このごろはあわれにもいつも空白同然だったからである。だが、かがしにせよ、見られているということは気持のいいものではなかった。

私は、彼へ話しかけずにだまって車を走らせた。雨は、ヘッドライトへ入って来ると、無言のキラキラ光る無数の素早い線になって落ちて行った。そしてその無数の線の向うの闇から、ときどきあわてて線路を横切る人や車が鋭く照し出された。私は、そのたびにホイッスルを鳴らした。そしてふと気がつくと、腕を組んでこの世の審判者といった恰好で立っていた監督は、おどろいたことには、立ったまま眠っているのである。彼の背はセパレーターの棒に凭れ、顎は鶏の眠るときのように深く胸のあたりに突っ込まれていた。だが、かわいそうにときどき膝がガクンとなるので、そのたびに眼をさますようだったが、すっかりはさますことが出来ないらしかった。何故ならすぐにもう彼の頭を深く胸へ垂れて行ったからである。それを見たとき私は、何となく運転手である自分の責任といったものを強く実感したのである。

私は、エアも入れずに、通過駅を轟然《ごうぜん》とすぎて行った。注意力を緊張させながらだ。すると山の闇のなかから、私の二本のレールが、従順なやさしさを感じさせながらライトのなかへやって来た。私は、ふたたびノッチをパラに詰めた。車は引き出しよくスピードを早めた。だが、その私は、ありがたいことに、傍の私たちの審判者のように眠る自由をもっていなかった。生きて眼ざめていなければならなかったし、スピードと安全との二つの矛盾した要求のなかで確実さを保持して行かなければならなかったからだ。やがて私は、ハンドルをオフにしてエアを入れた。その反動で、眠っていた監督の身体は、前にのめった。だが彼は、D駅に車がとまると、すべてを見ていたぞというようないかめしい顔付で降りて行ったのである。

志村が、故障したパンダを直しに電車の屋根へ上っているときに追突され、棚から物でも落したように振り落されて、肩をくだいたのもそのころである。私が病院へ見舞に行くと、彼は、卵型の気の弱そうな顔に汗をうかべながら、はしかにかかっているような熱っぽいいらだたしそうな口調でいった。

「おれ、いくら能なしでも、こんなボロ電鉄では死ねへんど」

全くそのころの志村の生活は、はしかにかかっているようだった。そのためにあらゆる花柳病を背負い込んでいたし、監督の前でも平気で茶碗をむいて、監督に腹立たしい当惑をさせた。これは志村だけでなく、たしかに職場の集団脱走事件以後、詰所全体もはしかにかかっているようなところがあったのである。

あのときA島へわたった八人の無欠組は、宿で相当らんちき騒ぎをやったらしいが、それでもその次の日には帰って来ていた。その彼等の小さな事件といえば、武藤が定期船に乗りおくれたことだ。彼は、ひろ子のことばかり心配していたせいか、船に乗る前になって肝心の自分の持物を宿へ忘れて来たのに気付いたのである。彼はあわてて宿にとりにかえった。だが船は、その間に出てしまったのだった。それでも彼が波止場へ息せき切って来たときは、船はまだ岸壁を二米ほどしかはなれていなかったという。無一文の彼は、根かぎり船へ向って待ってくれるように叫んだ。だが船はとまらなかったのだ。だが勿論武藤は、宿泊賃のかたに証票をおさえられて、その翌日無事に帰って来たのである。

だが、無欠組には、規定通りの皆勤賞と精勤賞を失ったほかは、何事も起らなかったのだ。軍人会さえも、情ないことに文句一ついうことは出来なかったのである。乗務員たちは、無制限の自由を獲得したように見えた。茶碗むきさえ半ば公然としたものになった。しかし何といっても不正なことをしているという観念が茶碗むきにはともなった。それでなかったら、それはもっと公然としたものになっていただろうと、思われる。だが、私たちは、ほんとは無制限の自由を獲得したわけではなかったのだ。人々は、しめしあわせて茶碗むきをする場合でも、二口目には暗い声でこういわずには居られなかったのだ。

「どうせ召集でもって行かれてしまうんやさかいな、知ったことやあらへん」

そして仲間たちは遊んだ。それもわるく遊ばないと気がおさまらないようになっていたのであった。そして無欠組は、そのような状態にある仲間たちの英雄になっていた。

勿論私は、残念なことには無欠組ではなかった。それだけでなく無欠組からもそうでない仲間からもけったいな人間として見られていたのである。私は、無欠組と行動を共にしたこともたしかだったが、しかし届をした以上無欠組でなかったこともたしかだったからだ。私は無欠組と行動を共にしたのは、彼等と同感であったからであり、届を出したのは無欠するほどのことではなかったからにすぎなかったのだ。

私は、勤務が終ると一度は真直ぐに家へ帰った。それから日中でも真暗に雨戸のしまっている家を見ると、ときには、そのまま行きつけの飲食店へ行って、たとえまだ附近の商店の起きていない早い朝でも、その店をたたき起して焼酎を飲むようなことがあった。そんなときおかみは、不機嫌な顔をしながらいった。

「木村はんには、ほんまにかなわんわ。そんなことやさかいに、あんなええおくさんに逃げられるんや」

「そうや」と私はおとなしく答える。

「ほんまに、おくさん、あんたのようなひとには過ぎもんやったんや」

「ほんまや」と私は神妙に答える。「ほんまに過ぎもんやった。ただちょっと過ぎもん過ぎたけどな」

だが、私は、克枝に捨てられたとも、また克枝と別れたとも克枝が死んだとも思っていなかったのである。その克枝は、まだ私の妻であり、だから気が狂って街を歩いているだけであるような気がしていたのである。だから私が克枝とほんとに別れたのは後において述べるが、それから二年ほど経ってからだった。つまり戦争直前、私の仲間が、T町のごみごみした裏通りで、みすぼらしいめくらの老人の手を引張って歩いている克枝に出会ったといったときだった。それまで私は、まるで彼女がまだ自分の妻であるように暮していたのである。つまり私は、秋になったとき、彼女の脱ぎすててあった夏物や寝巻を洗って、ちゃんと彼女の箪笥へしまっておいてやったりしていたのであった。

だが、それでもある夜、私は、寝ていてふと、克枝は死んでいるのではないかという気がして来て仕方がなかったのだ。私は起き上った。そして克枝にあの巻ずしをつくらせて海水浴場へ出かけたときと同じような、よしそれなら、というような腹立たしい気持になって、A市のひろ子の店へ出かけたのである。

そのころひろ子のいる店へは、仲間のものもよく遊びに行くようになっていた。無欠組がその道をひらいたのだ。A市の駅で降りると、思いがけなく前を武藤が懸命に急いで行くのである。その彼は、すこしばかりガニ股だった。それに肩が武張っているので、まるで重箱でも歩いているようだった。明らかにその彼は、ひろ子の店へ行くところなのだった。私は、その彼へ、やっと追いつくと、わざといまいましげにいった。

「武藤！　えらい急いどんのやなあ」

するど武藤はてれもせずにつぶれたような声でいった。

「そうでっか。あんたはどこへ」

「お前の行くところへや」

するとＹは、喜んでいいのか、悲しんでいいのかわからないような顔でいった。

「あんたも、あの店へよう行きはんのでっか」

「いや、はじめてや」

すると彼はやっと安心した声で、自慢するようにいった。

「ひろ子てほんまにええ女でっせ」

店は、シイサイドという名だった。小さな玩具のような店で、腰を下そうとすると、ボックスのシートが破れて藁《わら》がはみ出ていた。若い車掌が二人来ていて、笑いながらいった。

「よう、木村はん、おいでやす、珍らしいことでんな」

武藤は、入口の隅にひとりで席をしめた。するとひろ子は弾んだように彼の傍へとんで行った。彼は、しかつめらしい声で何かいった。ひろ子は、ちょっとひるんだ。しかし胸の波は打っているというような声でいった。

「そう、や」

ひろ子のほかに女が二人いた。窓からその店の名の示すように、磯くさい風が吹き込んで来ていた。私は、ひろ子が船越と心中をはかったのも、海の見える宿だったことを思い出した。だが、ひろ子が私たちのそばへ来たとき、私はそれについてはふれずにいった。

「武藤は毎日か」

するとひろ子は、意外にも他人事のようにいった。

「ええ、仕事がすむと、ああしてあそこへ頑張ってはる」

そして私が、どうして彼女が無欠組に参加したのかとたずねると、彼女は、胸のはずみの感じられる声で訴えるようにいった。

「働いてるひとて、かわいそうなんやんか、うち」

「おれも働いてるんやで」と私はいった。

すると彼女は、やはり胸のはずみの感じられる声でぼんやりいった。

「そう、や」

私は、ふいにしかつめらしい気持になった。明らかにその彼女に私に対する関心を感じたからである。私は、落着なく店を出た。武藤が追っかけて来て、くそ真面目な調子でいった。

「あの女、何を考えてるのかさっぱりわからへんのだす。十日ほど前も、片腕のない漁師と一緒に泊りに行ってまんねんやで。おれが怒ったら、片輪のひとやさかいかわいそうで、何かしてあげたかったさかいやというんでっしゃろ。おれ、気がくるいそうだす」

だが、私は私で、自分のどこが彼女にかわいそうに思われたのだろうと考えながらだまっていた。

それから十日もたたないころだった。ひろ子は、武藤の下宿でカルモチンをのんだのだ。武藤が、彼女へ執拗な説教をした後、ちょっと果物を買いに出た間に六十錠も飲んだのである。勿論すぐ発見されて、医者が呼ばれた。翌朝、やっと気付いたとき、医者に問われて彼女はこういったという。

「うち、自分がいやになりましてん」

しかし私は、その日も電車に乗った。私は、そのころには、入社したときのような真面目さをとり戻していた。しかしいささか残念なことであるが、また仲間から離れてしまった孤独を感じながらである。仲間を愛してはいたが、仲間のデカダンスにはおかしさを感ぜずには居られなかったからだ。だから、私は、その孤独を快よく自分へ許してやったのだ。そしてこの孤独なおかしな男は、海のそばを通るとき、三度も自殺をはかったひろ子のことを思い出しながら、あの男岩へいってやっていたのである。

「三度目の正直というけど、あれ、嘘やな」

だが、男岩は、むっといかったようにだまったまま、高らかに打ちあげられる波の白いしぶきを、全身に浴せられるままになっていたのである。

第四章

1

私は、敗戦後、一度だけだが、労働組合の執行委員にえらばれたことがある。たしかにそれは一部の人々のいうように滑稽な出来事だった。組合の事務所へ入って行ったとき、そこにいる委員長や書記たちが私を見て笑ったからである。勿論私も笑った。そして笑いながらいった。

「戯談も、ええ加減にしてもらいたいもんや」

そして私は、委員の辞退届を出した。勿論それはすぐ受理された。私へ投票した人々は、勤続二十年という古い人々であり、敗戦後入社して来た尖鋭な人々から反動と目されていた人々であったからである。私が、委員を辞退したのは勿論それらの私を支持してくれた人々を拒絶するためであった。

私は、自分を反動だ、とは思っていない。私は、ただ相も変らず単純で無邪気なだけなのだ。ときには、その無邪気さが残酷に見えようとそうなのである。だから私を時代や社会へ結びつけているのは、あのイデオロギイとかいう難しいものではない。労働なのだ。物へじかに手をふれ、物を動かしたり変えたりすることだ。だから私が、電車に関係をもっているかぎり、私がどんな人間であろうと、ちゃんとした立派な社会性をもっているのである。ただ、この私が、反動とまではいわれなくても、保守的だといわれているとすれば、私に、五年先か、たかだか十年先しか見えないからだろう。そして事実、私は、それ以上のことを考えることをお断り申上げるのだ。だからひとが、一生不幸だとか、いつまでも不幸だなどというとき、私は、情なくなって、当惑してしまうのである。ことにほんとうの労働者だとか、ほんとうの人間の歴史だとか聞くと、私の心のなかに生きているあのほんとうの美しい女が、おかしそうに笑い出すのだ。そして私は、その彼女の笑い声が好きなのだ。追突されて電車の屋根から振り落された志村が、退院して来て私へこういったときもそうだった。

「おれ、今度こそ、ほんまの茶碗むきをやってこますど。ほんまのやつをな」

志村は、運転手から車掌にかわっていた。電車から落ちたときくだいた左肩が、すっかりなおり切っていないで、少し不自由だったからである。だが、それは彼にとっては、勿怪《もっけ》の幸いだった。彼と乗組んだとき、改札も集札もない途中駅から乗って途中駅へ降りる団体客があると、彼は早速運転台へやって来て、まるで何かの権威でもある人間のようにいうのだった。

「木村、団体が乗ったさかい、頼むで」

やがて彼は、ふたたび運転台へやって来ると、どうしてか私に対する暗い敵意を見せながら、切符を発行しないで手に入れた十四、五枚の銀貨を事もなげに見せるのだ。

「ほれ、ザクザクや。今晩ビール三十本は倒せるで」

そして彼は、それが彼の手口なのであったが、服のどこかへかくしておいても音のしないように、その銀貨を二つか三つに分けて、それぞれ煙草の銀紙でキッチリくるんだ。私は、それを殊勝げな顔で見ただけだった。私には残念なことに、それが彼のいうほんまの茶碗むきだとは、思われなかったからである。すると志村は、勝手にしやがれという風に、くるりと身をひるがえして車掌台へかえって行くのだった。

だが、志村は、こんなに豪勢に茶碗をむいていながら、いつも高利貸から借金していた。仲間におごりすぎるからである。彼は、用心して、費用をやすくあげるために、カフェーや小料理屋へは行かず、自分の間借先で酒宴を開くのだが、それでもいつも足を出しているようだった。それは、あまりたくさんの仲間を呼ぶからであった。

私は、残念なことに彼から一度も招待されたことがないが、その宴に行きあわせたことはある。その二階の八畳間には、十数人の仲間が詰めかけていて、坐る場所もないくらいだった。それらの仲間は、殆んどが、入社して間のない若いひとが多かった。その真中に、七輪が二つあって、牛肉が煮えて居り、そのころもう手に入りにくくなっていたビールや酒の瓶がごろごろしていて、人々は、景気よく手拍子を打ちながらはやし立てていた。

「やあとこせ、よいやな、あれわいな、これわいな……」

だが、突然はやし声が消え、手拍子がやんだ。人々が私を見たからである。私は、その日の乗組である若い車掌へいった。

「おい、池野、車、来るで」

若い車掌は、立上りながらいった。

「もう、そんな時間でっか」

だが、志村は、眼をとじたまま酔った顔でひとりではやしつづけていた。

「そりゃ、やあとこせ……よいやな」

私は、すぐ表へ出た。冬の風が吹いていた。仲間の賑やかなはやしと手拍子がふたたび聞えて来た。私は、池野の出て来るのを待ちながらその二階を見上げた。高い板壁の上の方に、真四角な窓があり、ガラスのないすすけた障子がキチンとはまっていた。私は、出て来た池野へしかつめらしくいった。

「行こう」

年を越えた。詰所には、相変らず志村宛の高利貸の督促状が来ていた。それは赤字で印刷してあるのですぐわかるのである。そして彼は相変らず力んでいた。

「ほんまの茶碗むきをやってこましたる、ほんまの」

私は、彼があまり私へそういうので、あるとき、妙な気持になって思わず聞きかえした。

「ほんまの茶碗むきて、どんな茶碗むきや？」

するとと彼は、おこったように答えた。

「ほんまの、ってほんまのや。お前にはわからへん、お前みたいなだらけたやつにはな」

それから彼は、いつもの口癖をもち出した。

「ほんまにいまのやつら、何や。おれらが無欠をかましてA島へ行ったときの気概なんか、あらへんやないか。あのときは、おれら、ほんまに生きとったで」

だが、私たちの電鉄には、相変らず追突や脱線などの事故は、頻発していたし、軍需産業への転業も、無欠や茶碗むきなどの行為も続いていたのである。ただ、それが慢性化していただけであったのだ。そしてこの状態は改善されることなく、空襲にあって満足な車輛は一輛もなくなったとき終ったのだ。何故なら、あのときは、私たちの電鉄は、交通機関であることをやめてしまったからである。

実際、志村は、肩をくだいてからどうかしてしまっていた。彼は、必要もないのに電車の横腹を足蹴りにして見せた。勿論、電車は、彼の足よりも遥かに頑丈で、平気そうにボタッというだけだった。私はそのような電車を愛した。しかも彼の足蹴りにもかかわらず、ノッチを入れれば素直に走り出したのであった。

夏も近づいたある日だった。私は、志村と久しぶりに乗組んだ。夏まけする体質らしく、たださえやせている彼は、一層やせて、だるそうにしていた。その彼は、全く車掌としての仕事を放擲《ほうてき》していた。ある駅で、いくら立っても発車合図が来ないので、振り返って見ると、彼は、小屋風な駅舎の裏へ行って小便をしようとしていた。私は運転台から、その彼を見ていた。彼は、素知らぬ顔をして前を突き出していたが、いつまで立っても小便は出て来ないのだ。やがて、あわれな二、三滴がやっと洩れた。つづいて細い力のない小便がほとばしった。だが、私は、その彼に、軍需産業へ転じた運転手の佐鳥のような無邪気さを感ずることは出来なかったのである。

彼は、私と乗組んでいる間、全く一回も車内へ入って来なかった。それでも駅名称呼はしていたが、しかし甚だ簡単なもので、「次は、何々」というだけなのである。しかもそれをいかにも大儀そうに、早口でやってのけるので、客のなかには車掌が何をぶつぶついったのだろうと不審そうに見るものがあった。その彼は、私にこだわっていたのかも知れない。何故なら、勤務が終って、一緒に詰所へ行くときまで私へあまり口を利かなかったからだ。で私はいった。

「今日、茶碗、むかへんかったな」

するとと志村は、痛いところへでもふれられたように、むっとしたようにだまっていた。そして精算場へも行かず、疲れたように詰所のベンチへ腰を下すと、そのままじっと眼をふさいでいたのである。私は、会社の食堂へ行った。夕飯には早い時間なので、ガラガラだった。太った色白の、賄夫の妻がいった。

「木村はん、えらい早いんやな。まだ御飯出来てしまへんがな」

私は、仕方なく詰所へ戻った。志村は、古参の運転手の塩田へ熱心にいっていた。

「ヒットラーって、えらいやつやで。ほんまにえらいやつやで」

私は、志村がまた何をいい出したのかと思って、その彼を見ていた。だが、彼は、真剣なのだった。

「いまに見とって見」と彼はいった。「ヒットラーは、世界を征服するで」

私は、その彼に反抗するように急にひろ子に会いたくなった。ひろ子は、自殺さわぎを起してから間もなく、武藤と一緒になって、有名な寺のあるS駅の近くに住んでいたからである。だが、私は、焼酎を飲みにいつもの店へ出かけた。そして焼酎を飲んでいると、私の心のなかに生きている、あのほんとうの美しい女の像が思いうかんで来て、ひろ子への思いにうずいている私をおかしく感じさせるのだった。同時に私は、そのようなおかしさに十分な満足も感じていたのである。そのとき志村が、突然、店へ入って来たのである。そして私の前へ腰を下すと、傷つけられたようにいった。

「木村、何故逃げ出すんや」

私は、志村の勢いに心臓をドキドキさせながらいった。

「何も逃げ出してへん」

「おれは、ほんまの茶碗むきが出来たら、死んでもええと思ってるんやど」と彼はいった。「ひとぐらい殺すの、何でもないんや」

「何も茶碗むきで、死なんかて……」と私は、ひるみながらいった。

「ほんまのことやれるのん、ヒットラーだけやないか、世界中で」と彼は、私へつっかかるようにいった。「そやさかい、おれはほんまの茶碗むきをやってこますんや」

「それでええやんか、何もおれにおこらんかて」

「このごろ、お前友達甲斐がないさかいや」

「そうゆうたかておれ、ちっとも変ってへんで。前の通りやで。変ったの、お前の方やんか」

「そんなことあらへん」と彼は断言した。「お前、今度操車係になるとゆうやないか。一年たつと助役や。え？　そんなこと喜んどんのか」

「初耳や」と私は、おどろいていった。「ほんまに初耳や」

「初耳？　お前は、うまいことととぼけるわ。会社へ要領つこうて、何や！　みんなで無欠かましたときやって、お前だけは、ちゃんと届を出しとるし、このごろ茶碗むきはせえへんし、毎月、皆勤賞もろうとるもん、お前ぐらいなもんやないか」

「武藤がいる」と、私は、あわてていった。

「武藤なんかあかへん。あんな死に損いの女と一緒になって、評判落してしもたさかいな。……見とって見！　おれ、ほんまの茶碗むきをやって、お前ら見下してやるさかいな」

そして志村は、そのまま、店をとび出して行った。店のおかみは、奥から出て来ていった。

「なんで、あんたは、みんなに好かれへんのやろ」

「そうでもないいんやけどな」と私はぼんやりいった。

するとおかみは、なぐさめ顔でいった。

「ひとはいいんやけどな」

「そうや」と私は答えた。

「そやけど、あんたにはけったいなとこ、あるさかいな。それがいかんのやで」

すると、私の心のなかのほんとうの美しい女がやさしく笑っているのを感じた。

「ほれ、笑ってる。何がおかしいんや」とおかみは、顔をしかめるようにして私を見ながらいった。「そんなとこが、みんなからけったいに思われるんやで」

「そうやな」と私はあわれな声で答えた。

瞬間、ひろ子への思いがふたたび私を打った。私は、電車に乗って、S駅で降り、武藤の家の方へ歩いて行った。

勿論私は、それまでに二、三度、武藤の家をたずねて行っていた。私が、克枝のことを考えていらだたしくなったり、きみを思い出して暗い気持に陥ったりしたとき、ひろ子は彼女こそほんとうの美しい女であったかのように、否応のない力でその私をひきつけたからである。私は、救いを求めるように武藤の家へ行った。彼女は、洗濯していたり、懸命に食事の仕度をしたりしていた。その家のなかは、いつもきちんとしていて、私を感嘆させたものである。私は、いつかそんな彼女に、やさしい気持になりながらいった。

「ひろ子さんは、よう働いてはんな」

するとひろ子は、私の気持を感じたように答えた。

「そう、や。武藤は働きに行ってはるやろ。そやさかい出来るだけやさしゅうしてあげようと思ってるんやけど」

その彼女は、相変らず女学生風に髪をおかっぱに切ったままで、太り気味の身体付きをしていた。だが以前より元気になっている風で、その丸い顔の艶もましていたし、笑うと白い歯が美しかった。

武藤は、生真面目に働いていた。だが、その彼は、急に人に知られたくない秘密でも出来たようにこそこそしているようなところがあったのである。明らかにひろ子の自殺さわぎは、彼にこたえている風だった。いつか彼に会ったとき、私はたずねた。

「ひろ子さん、達者か」

すると彼は、頑丈な身体をかたくして答えた。

「ええ、来月、子供が生れまんねん」

私は、ショックを感じて情ない声を出した。

「ほうか、よかったやんか」

だが、武藤は、そんな私に気もつかないで、暗い思案げな眼を落していった。

「でも、おれ、さっぱりわかりまへんのや、あの女。この間やって、あんな大きなおなか抱えて、貧的の絵描きと泊って来てまんねんやさかいな。でも、おこられしまへんのや。また自殺さわぎを起したらと思うと、危のうて」

その武藤は、すっかり弱り切っているように見えたのである。

私は、武藤の家へ着くと、表縁の方に廻った。武藤は浴衣がけで将棋盤へ向っていた。そのはだけた胸元から見える彼の胸は、いかにも頑丈そうだった。

「詰将棋を考えてまんねん」と彼は、気弱そうな笑いを見せた。

私は落着なく縁側に腰を下した。

「どうしはったんや」と彼は不審そうにいった。

「志村から聞いたんやけど、おれ、操車になるらしいんや」

「操車に?」と彼はかすかに動揺の色を見せた。「そりゃ、よろしゅうおましたな」

「それがちっともよくないんや」と私は志村の言葉を思い出しながらいった。「おれはこのままでおりたいんや」

瞬間、私は、武藤もひろ子もともに愛していることを実感したのである。私はひろ子の方を見た。ひろ子は、その縁の近くに、横ずわりにすわり、豊な胸をひらいて、二月ばかり前、武藤との間に生れた赤ん坊へ乳をやっていた。私はいった。

「その乳、よう出るやろな」

「出すぎるの」と彼女はいった。「そやさかい、この間、飲ましすぎて消化不良起したんや」

「そうやろな」と私は神妙な顔でいった。

すると彼女は、嘆くようにいった。

「うち、何でも多すぎるんや。メンスやって、四日も五日もあるんやもん」

赤ん坊は、寝入ってしまった。ひろ子は、その赤ん坊を下へ寝かすと、赤ん坊の頸へ何度もたまらなさそうに唇をふれた。武藤は、遂に駒組みをこわすと、憂鬱な声でいった。

「木村はん、おれという人間、ほんまに運のわるい男でんねん」

「おたがいさまや」と私はいった。

瞬間、ひろ子は、暗い顔付になって、自分の左手の人差指を見ながら、右手の拇指《おやゆび》でゴシゴシこすっていた。それを見ると武藤は、ふいに落着をなくして、用もないのに、裏縁へ出て庭へ降りた。私は、何か二人の間に妙なものを感じていった。

「武藤と何かあったん？」

ひろ子は、武藤の方を見ずに、人差指をこすりつづけながらいった。

「あのひとムシムシお金ためてはる」

「そりゃ結構やおまへんか」と私はいった。

するとひろ子は、せっぱつまった声でいった。

「木村はん！　うちを好きとゆうて！」

私は、ふいをくらってへどもどした。ひろ子はいった。

「あんたは、うちが好きやんか」

「そりゃ、おれ、ここへよう遊びに来るさかいな」

瞬間、私は生真面目な気持になった。私は立上った。

「おれ、もう帰りまっさ」

すると彼女も立上っていうのだった。

「うち、送って行く」

「武藤が変に思うで」と私はあわてていった。

「あのひと、大丈夫なんや」と彼女は平気な声で答えた。

ひろ子は、急いで裏縁へ行って、縁の下をごそごそしている武藤へ何かいった。それから引返して来ると、玄関からとび出して来た。私は、その彼女に本能的な危険を感じた。彼女は、平気で歩き出しながら繰り返した。

「あんたは、うちが、好きやんか、ほんまに」

「好きは好きやけど、ほんまにやあらへん」と私はしかつめらしくいった。

するど彼女は、何かを見据えている眼でいった。

「それでもええ」

私たちは、表通りへ出た。S駅は、すぐ近くだった。彼女は、私の手を握りしめに来た。私もその彼女にこたえて、彼女の手をにぎった。あたたかい手だった。だが私は、やはりある悲哀をもって、あのほんとうの美しい女の像を思いうかべていたのである。

向うの踏切りを七十五列車の二輛連結が通った。すると盆踊りの提灯をつるした駅の改札口に、二十になったばかりの改札係の堀江のぼんやり立っているのが見えた。

「さいなら」と私はいった。

すると彼女は、急に息をはずませながらいった。

「ねえ、あんた、うちにいまどうしてほしいと思う」

「どうしてって……」と私はひるみながらいった。

だが、彼女は思いつめた調子で繰り返した。

「ねえ、ほんまにうちにいまどうしてほしいと思う?」

私は、思い切って答えた。

「帰ってほしいと思う」

瞬間、ひろ子は電気にかけられたように立止った。それから身をひるがえすと、物もいわずに家の方へ駈け出したのである。私は、殊勝げな気持になりながらその彼女を見送った。しかし彼女は、自分の家のある裏通りへまがるとき、泣きそうな顔で、忙しげに小さく手を振った。すると私の心のほんとうの美しい女がまたもや微笑したのである。で、私は仕方なく手を振った。

2

志村が武藤をなぐったという事件が起った。噂に反して、私でなく、武藤が操車係となって三月ほど立ってからである。ある夜、私が寝ていると、庭の雨戸をどんどん叩く音がして、志村の酔った声がした。私は、大きな事故でも起って呼びに来たのだと思って跳ね起きた。そして電燈をつけ、雨戸をあけると、志村が勢よく上り込んで来た。私は、不安な声でいった。

「何や。何が起ったんや」

志村は、真赤な顔で、滑稽なほどうろうろしながらいった。

「どついて来てやったんや、武藤のやつを。思い切りどついて来てやったんや」

「何で、そないなことを」と私は思わずいった。

「おれは、やめらあ、S電鉄みたいなとこ」と彼はやっと坐りながらいった。「いやになってしもた」

私は、さっぱりわけがわからなかった。私は気弱く聞いた。

「ほんまに、どないしたんや」

するど志村はいった。

「世も末や」

そして志村は、だまったまま私の部屋を見廻していたが、やっといった。

「きちんとしとんなあ、お前は、やもめでも。ほんまにお前は、賢いのか阿呆なのか、わからんやっちゃな」

だが、私は、執拗に繰り返していた。

「ほんまにどないしたんや、一体」

すると彼はにべもなくいった。

「なんでもあらへん。あいつ、生意気やさかいや。あいつ、一新会へ入りよったんやど」

「一新会て何や」

「関西の右翼団体や」

「ええんやんか、お前はヒットラーが好きなんやろ」

「お前やって好きやないか。そんな髭生やして、ヒットラーの真似しとるくせに」

私は、あわてていった。

「これはちがうんや」

「ええわ」と彼は落着なく立上りながらいった。「とにかくおれやめたる、こんなとこ」

「軍需へ行くんか？」

「いまさら行けるかい」と彼は吐きすてた。

「そんならどないするんや」

「知るもんか」

「ほんまの茶碗むきせえへんのか」と私はいった。

するとと彼は叫ぶようにいったのである。

「せえでか！　せんとおくもんか」

翌日、私が出勤して詰所へ行くと、志村は無届欠勤をしていた。そして詰所は、昨夜の喧嘩の話で持ち切りだった。原因は些細なことだった。志村の車が入庫するとき、いまは車掌である志村が運転したのを、武藤に見とがめられたのである。車掌の運転は禁じられているからだ。すると志村は、意外なほど激昂して武藤をなぐりつけたのだった。そして武藤は、武藤で、実際にその気になれば、身体の頑丈な彼は負けていなかったであろうが、ただびっくりしてなぐられるままになっていたのである。

明らかに志村がわるかった。だが、若い仲間の間では、かえって志村に人気があった。あの無欠脱走事件のときと同じように、志村の行為は、沈滞してデカダンスに陥っている仲間へ何か訴えるものをもっていたのだ。その日、私は飯島と乗組みであったが、H駅終点の乗務員の休憩所で、おとなしい飯島が、お祭りでも来たように眼を輝やかせながらいった。

「志村はんが、武藤はんをなぐりはったの、ええことでっせ。おれらやって、何かやらかさんと、だるうて仕様おまへんでしたさかいな」

「あれは志村がわるいな」と私はいった。

「そやかて、ええことだす」と飯島はむきになっていった。「そいで、昨日の午後の系統の若いもん、四、五人集って、ヒットラー会をつくろうと相談しましてん」

私は、思わず頓狂な声を出した。

「ヒットラー会って、何や」

「何かこうほんまのことをやらかしまんねん。死んでもええようなことを」

私は、思わず激していった。

「そんなもん、あらへん！　死んでもええようなことは！」

するとと飯島は、軽蔑したような顔をしていったのである。

「そやけど、日本は、ドイツやイタリーと軍事同盟、結んだやおまへんか」

私は、その日仕事が終ると、散髪屋へ行って、二年ばかりつけていた折角のちょび髭を剃り落してもらった。そして髭のない自分のやせた顔を鏡に見たとき、あのほんとうの美しい女が、心にうずいた。私は、散髪屋を出ると、勢込んで武藤の家へ出かけた。操車係は、昼夜勤務なので、その日は家にいるはずだったからである。

私は、武藤が好きだった。彼には私と同じように、どこかおかしげなところがあったからである。彼は、車掌時代から、武骨な生真面目な男で、駅名称呼のときでも、一々あの分厚い胸を張ってからでないといえないところがあったが、操車係になってからは、一層その傾向が強くなっていた。生真面目な彼は、会社の付託にこたえようとして懸命だったせいだろうと思われた。私は、出入庫のとき、武藤の姿をよく見たが、彼は、二坪ばかりの周囲のガラス窓になっている操車係の部屋で、しかつめらしく机の上のダイヤ表へかがんでいたり、立ったまま、仰々しく胸を張って電話をかけていたりしていたのである。

武藤の家へ入ると、昨夜の事件があったせいか、武藤は蒲団のなかに寝ていた。私が玄関へ腰を下すと、彼はごそごそ起上って来た。私はいった。

「昨夜、志村と何かあったんやってな」

すると彼は、困ったように答えた。

「そうでんねん。でも、どうもおまへん」

「そんならええけど」と私はいった。「お前、一新会とかいうもんへ入ったというのん、ほんまか」

「運輸課の松田さんにすすめられたし」と彼は暗い眼を落したが、急に一気にいった。

「おれは、百姓上りやし、何にも学歴おまへんもん」

「学歴のうてもええやないか」

だが、彼は、ふたたび暗い眼を落してだまっていた。私は仕方なくいった。

「第一、そんな会、学歴のかわりにならへんやろ」

すると彼は、顔を上げて生真面目な声で答えた。

「陸軍中将の小西はんが、会長はんだす」

私は、何が何やらわからなくなって、当惑した声を出した。

「ほうか。会長は、陸軍中将か」

すると武藤は、急に元気づいて、私へなぐさめるようにいった。

「ひろ子は、いま買物に行ってまんねん。すぐ帰って来まっけど」

「いや」と私は、思わずひるみながら立上った。「ちょっとお前を見に来ただけなんや」

そして私は、匆々に家へ帰って来たのである。そして蒲団のなかで、武藤は、ひろ子と自分とのことをどういう風に考えているのだろう、と思案した。私は、彼が操車係になっ

てから も数度たずねていたが、あんな嫉妬心の強い男が、私を警戒しているようには見えなかったからである。私がひろ子を好いていると知っていながらそうなのだった。私は、遂にこう結論せざるを得なかった。

「おれがきっと阿呆に見えるんやろ」

そして私は、この結論を得ると、ぐっすり眠った。

だが、いまから考えれば、私には、武藤を安心させるものがあったからだろうと思われる。私は、たしかにひろ子を愛していたが、ほんとうに愛しているとは一度も考えたことはなかったからである。そして私は、悲しくも、そのことを喜ぶことが出来たのだ。何故なら私が、もしほんとうに誰かを愛していると少しでも思おうものなら、私のあのおかしなほんとうの美しい女が笑い出すからであった。そして私をほんとうに感動させ、私の喘ぐ息をゆるめてくれるものは、そのおかしな女の笑いだけであったからである。ひろ子が武藤の妻であり、しかも一瞬も武藤の妻であることを忘れずにひろ子を愛し、そしてその愛に十分さを感ずることが出来たのは、私の心に生きているあの女のせいだったのである。

それから一月ほど立った肌寒い午後だった。私が、出勤して、出勤係の部屋にある出勤簿に判を押していると、出勤係が、情なさそうな笑いを見せながら私へいった。

「木村、困ったがいや」

「何んでんねん」と私は不安になりながら問い返した。

「池野も前川も飯島も、お前と乗組むん、いやといいよるんや」

「志村の会へよく行く車掌みんなでっか」と私は思わずいった。

何故なら、志村は赤字のはがきどころか、高利貸自身が毎日自宅へ強談判《こわだんぱん》に来ているというのに、相変らず若い車掌や運転手と間借先でドンチャン騒ぎをやっていたからである。私は、その会が、ヒットラー会ではなく、縦横会といっていることも、縦横自在の自由を意味するらしいその会の性格を実証しようとするように、志村が無欠を何日も続けたりすることも、だからまたいくら茶碗をむいても、月収皆無の彼に金のあろうはずはなく、それらの会費は、集る人々の金であることも知っていた。勿論、それらの会費も、茶碗をむいてつくったものであることもたしかだった。出勤係も、勿論そのことを知っていた。だが彼は、あいまいな態度で私に答えた。

「まあ、そうやな。今日も池野がお前と乗組やのに、お前と乗組やったら休むといいよるねん。こんなことやったら、出勤表組めへんがな」

するとと臆病にも私の身体がふるえはじめた。私は、蒼白な声でいった。

「どないしたら、よろしゅおまっしゃろ」

「どないしたらとゆうても、お前」と彼はいいよどんだが、すぐいった。「そんなこと、わしにわかるかい」

私は、だまって立っていた。その私の心に恐しげなものが忍び込んでいた。出勤係はその私へなぐさめるようにいった。

「まあ、今日は、予備にまわしとくさかいな。池野は楠田と乗組ませたさかい、予備はお前ひとりや」

「池野は、何列車に乗ってまんねん」

と私はきいた。

「二十三列車や」

それから彼は、あわてていった。

「喧嘩したらあかんど」

私は、出勤係の部屋を出て、詰所の床几へぼんやり腰を下した。もう事情は、みんなに知れわたっていると見えて、仲間たちは私を死人でもあるかのようにだまって眺めるだけだった。すると私に、克枝との長い多労なたたかいが思いうかんで来たのである。私は、たとえ滑稽であっても、私なりの真剣さで、時代の狂気とでもたたかうように、克枝とたたかって来たのだ。そして実際、克枝を変えることに於てしか、克枝に対する私の愛を証明する方法はなかったのである。そしていま、克枝のときと同じようなことが起っていたのだった。

『しかしみんなではない』と私は心に呟いた。『みんなではない』

塩田という古参の運転手が私へ言葉をかけた。

「木村、若いもんにどないしたんや」

だが、私はすげなく答えていた。

「大したことあらへんのや。おれ、この間H駅で、飯島へほんまのことなんかあらへんとゆうただけなんや。飯島らが、おかしなヒットラー会なんかつくって、ほんまのことやるんやというさかいにや」

すると塩田は慨嘆していった。

「昔は、わしら、一年古うても、その古いやつにようものいわれへんかったけど、いまはメチャクチャや」

すると畳の間の上り口にごろりと横になっていた元山がふいにいった。

「昔と今は、ちがいまはあ」

そしてむっくり起上ると、逃げるように詰所の表へ出て行った。塩田はひるんだ顔でいった。

「あの車掌、誰や。わし、あんなやつ知らんど。実際、このごろ、毎日のようにちがった顔が出たり入ったりしよるんで、わしには覚えられへんわ」

だが、私はだまっていた。そして私は、池野の一系統乗って降りて来る三時間を待っていたのである。すると出勤係は、その気配でも察したのか、部屋から顔を出していった。

「じゃ、木村、すまんけどな、T駅の改札に行ってくれ」

私はいった。

「黒田はん、おれ、休みまっさ。今日」

そして私は、詰所を出て行った。すると後から出勤係が大きな声でどなった。

「木村！　無欠になるど」

『かまうもんか』と私は心に呟いた。『おれは今日こそ、ほんまにおこってるんやさかいな！』

すると、残念なことには、私の足は立止っていたのである。私は、力なく引返して来ると、出勤係へいった。

「仕方おまへん。T駅へ行って来ますわ」

そして私は、電車に乗ってT駅へ出かけたのであるが、しかし出勤係の折角の配慮も無駄だった。私は、何列車が何時何分にどこを走っているか、ダイヤを見なくても空でいえたからである。だから、池野が二度目に下って来るとき、私はT駅の助役へいったのだった。

「助役さん、ちょっと頼んまっさ」

そして私は、ホームへかけ出して行った。助役は、呆気にとられたように私を見送っていたが、仕方なさそうに改札の方へ歩いて行った。

やがて下って来た池野は、私を見るとぎくっとした。

「用があるんや、降りてくれ」と私はいった。

すると池野は、鼻筋の通った顔を蒼白にしながら降りて来た。私は、彼をホームの端へつれて行っていった。

「どうしておれと乗組むの、いやなんや」

「そやおまへんか、卑怯者やおまへんか」と彼は、蒼白になって喘ぐようにいった。

「卑怯者？」

「ほんまのことが出来へんて、卑怯者やおまへんか」

「ほんまにそう思っとんのか」

だが、彼は毅然としていった。

「そうだす」

「ほんまにそう思っとんのか」と私は執念ぶかく繰り返した。「ほんまにやで」

池野の子供っぽい顔にちらっと当惑の色が動いた。彼は、あわてていった。

「みんながそういってまっせ」

「みんなて、世界中の人間か」

運転手の車掌へ発車合図を催促するブザーの三つなるのが車掌台から聞えた。私はいった。

「池野、よう考えといてくれ」

池野は、不服そうな顔で車掌台へ走って行った。電車は、動き出し、やがてガタンとポイントをわたって行った。私は、さすがに深い疲労を感じていた。一体、何に対して、こんなにやっきになっているのだろう、と思った。しかし私は、やはり、他人の目にはおかしくうつろうとも、許せないことは許せなかったのである。

私は、勤務の終っての帰り、久し振りにS駅で降りた。武藤は、今日勤務だということを知っていながらである。だが、ひろ子は留守だった。私は、それでもよかった気がして、帰ろうとすると、ねんねこで子供をおぶった彼女の帰って来る姿が見えた。彼女は、私へ近づくと、ぼんやりした思案げな声でいった。

「うち、そこの山歩きながら、うた、うとうてたんや」

「どうしたんや、変やで」と私はいった。

「うち、退屈なんや」

「そんなことあらへんやろ、女っていうものは、みんな忙しい忙しいとゆうてるで」

すると彼女は、悲しそうな声でいった。

「そう、や。でもうちわからへんの、そんなひと。お洗濯はすぐすんでしまうし、お掃除やって一時間ほどで片づくし、ほんまに、うち時間の足らんというひとわからへんの。……まあ、入んなはれ」

家へ入ると、火鉢の上に薬罐が湯気を立てていた。私は、その火鉢の前に落着なく座をしめた。ひろ子はいった。

「お茶のむ?」

「いや」と私はいった。

「そう」とひろ子は、あっさり立とうとしていた身体をふたたび落した。

私は、みじめにもいった。

「武藤がおらへんと、なんとなく落着かんな」

「どうして?」と彼女はいった。

「どうしてということないけど」

するとひろ子はせっぱつまった声を出した。

「うちを信用して! うち、ほんまに自由なんやさかいに」

「おこったら、死ぬさかいやろ」

「そうや」と彼女は素直な声でいった。「そやさかいあんたも、うちおこらへんと約束して」

「危険物やな、あんたは」

「そやあらへんの、うちわるい女やろ、そやさかい、それをいわれるとうちほんまにまた死にとうなってしまうんや」

「男関係のことか？」

「それだけやないんや」

「ほかに何かあんの」

ひろ子は瞬間だまった。それから息をはずませながらいった。

「うち、裏切もんやし。うち、バスにつとめてるとき、ストライキで警察へつれて行かれたやろ。竹刀《しない》をうちのあそこへつっ込みはったんや。そいで……」そして彼女は気ちがいめいた声を出して叫んだ。「もう、いや！　そんなこと！」

その彼女は、眼を落したまま、いつかのように左手の人差指を右手の拇指で強くこすりはじめていたのである。私は、暗い気持になりながらいった。

「おれ、おこらへん、決して！」

すると彼女は、急に明るくなっていった。

「うち、あんた、好き！」

「おこらへんさかいに好きやなんて、つまらへんな」

「そんなことあらへん、手、貸して」と彼女は私の手をとって撫でるようにしていった。

「ほんまにきれいな手やわ」

私は、びっくりして手をひっこめた。汚なすぎる手だったからだ。すると彼女の背中の子供が、足を踏んばるようにして、アーン、アーンと声高く泣きはじめた。彼女は、立上って身体を揺りながらやさしい声でいった。

「おお、よし、よし。……おお、よし、よし。……」

私は、その彼女にかなわない気がした。彼女に失われているのは、現実性なのだ。私は思わず立上りながらいった。

「武藤と、どんな風に暮してんのや」

「あのひと、ムシムシお金ためてはるし」と彼女は武藤とは赤の他人でもあるようにいった。「このごろは帰って来はると夜おそくまで勉強してはる」

「勉強?」

「あのひと、字、知りはれへんやろ」とひろ子はいった。「報告書、書きはるとき、えらい困りはるんやって」

「操車の報告て、大したことあらへんのやけどな」

だが私は、そのとき、ふと武藤へ不安を感じたのである。私は、間もなく帰った。帰るとき、彼女はいった。

「うちを好きといって!」

で、その彼女の言葉にもう馴れていた私は、神妙に答えた。

「おれ、あんたが、好きや」

すると彼女は、何か当惑した顔をした。

　その後、私は、池野のときのような厭がらせに会うことはなかったが、若い一部の車掌に、私に対する嫌悪を認めることが出来た。だが、私は、毎日出勤した。その私は、いつの間にか、古参運転手のひとりになっていたのである。殆んどの乗務員の中堅級が、召集されたり、近くは勿論、満州や朝鮮あたりの軍需会社へまで出かけて行ってしまっていたからだ。そして私は、自分から万年運転手と自称するようにさえなっていた。だが、私は、ほんとには、自分が古参であったことも、一生を運転手で終るだろうということも考えたことはなかったのである。私は、一日一日を十分に生きようと思っていた。豪雨のなかで故障したときは、つらかった。車から降りて、車台の下を調べなければならないときがあったからである。それでも私は、レジスターやモーターのブラッシュなんかを調べることが好きだった。だからその車の故障がなおって、私の好きな海のふちを走って行くときは、あわれだと知っているが、その故に心からの幸福も感じていたのである。

　だが十二月になったころだった。私が、詰所へ入って行くと、最近はめったに詰所へ顔をあらわしたことのない志村が、酒でも飲んでいるらしく、はしゃぎながらいった。

「おい、木村、生きとったのか」

　私は、何となく詰所のなかを見廻した。何か異常な空気が感じられたからだった。だが、そこにいる五、六人は、志村へ笑っているだけだった。志村が何かおかしいことをいっていたにちがいなかった。すると志村は、私へ詰所に貼り出されている一枚の紙片をさしながらいった。

「木村！　これみて見！　こんなことお前みたいな臆病なやつには出来へんやろ」

それは、毎月の人事の異動の発表だった。駅長一人の任命につづいて、武藤が操車係からE駅の助役に任命されていた。すると志村は、その紙片の後の方を、いらだたしげに指でたたきながらいった。

「武藤の阿呆たれやないんや、これや、これや！」

詰所の人々は、どっと笑った。見ると、四、五人の依願解雇につづいて、そのころ珍しい命令解雇があり、その下に志村の名があった。

「え？　お前には出来へんやろ」と彼は私へ自慢げに繰り返した。

私は、思わずいった。

「お前、あんまり会社を見くびりすぎたんや。会社は、ないんやのうて、とにかくあるんやさかいな。運輸課へ行って取消頼んで来い」

すると彼は、腹を立てたようにいった。

「阿呆らしい！　そんなこと出来るか！　それにもう退職金全部、高利貸のやつ押えてしもうたわ」

「そんなら、どないするんや」

「最後の記念に、ほんまの茶碗むき、してこましてやる」

「車に乗られへんのに、どうやって出来るんや」

「ところが、それが出来るんや、おどろくな!」と彼は自信ありげにいった。

その夜、彼は、車庫の二〇〇型の車へ放火したのだ。恐らくそれが彼のほんとうの茶碗むきのつもりだったのかも知れない。だがシートを少し焼いただけであり、彼自身は気の毒にも、逃げ出すところを架線屋につかまっているのである。前にも一度あり、戦後にも一度あって、車庫の放火事件はいままでに三度あったが、志村のはその二度目であった。

勿論、私は、その日も電車に乗った。パラをつめると、P・Cは、カカカカという快よい音を立てて走った。私は、このような健康さを愛するのだった。冬の海は、あれていた。波は、強い風にうねりながら浜へ押し寄せ、その高い波頭を白く泡立たせながら重そうにドサリと浜へ投げ出した。その向うの沖に、うすぐろくぼんやりとA島が見えた。私は、何となく、ひろ子をかこんで志村や武藤たちの無欠組のわたったA島へ行って見たい気がした。というのは、私は、まだ一度もA島へ行ったことがなかったからである。

しかしそれが決行出来たのは、翌年の三月だった。

3

年を越えて間もなくだった。武藤は、彼らしくもない病気で、ときどき休むようになっいた。

た。神経衰弱なのだ。ある日、詰所で、その武藤を笑いのたねにしながら、仲間がいって

「E駅の武藤はんの机の上に、大きな字引が三冊も積んであるんやって。そやのに、その駅の駅手に、遺留品てどう書くんやとたずねるんやそうやで」

私は、E駅へ行った。武藤は、強い木枯の吹くホームに立って、出て行く車の車掌へ答礼していた。その彼は、全く将軍のように堂々としていた。制服の外套の肩は、大きくいかっていたし、その胸は、そりかえるように突き出されていて、その挙手もいかめしげだった。

「身体わるいんやって?」と私は彼へいった。

ふいに彼から力が抜けた。彼は、駅長室へ入りながら暗い声でいった。

「夜、眠られへんのや」

駅長室には、ストーブが音を立てながら燃えていた。彼は、助役の帽子をぬいで、机の上へおくと、ぐったり椅子に腰を下した。そして手で額をぬぐった。その顔は、意外なほどやせていて、武張った骨格だけが残っている感じだった。

「やせたな」と私はいった。

すると傍の机に向っていた駅長が、甲高い声でいった。

「武藤ゆうたら、休めゆうても休めへんのやがな」

武藤は、ストーブを見つめながら答えた。

「おれは、半人分の働きも出来へんよってに」

「な、木村」と駅長は愛想をつかしたようにいった。「まあ、武藤の机の上、見てやってくれ」

その机は、ダイヤの表をひろげるためにひろくつくってあった。その上に、詰所で聞いて来た通り、大きな辞書が二、三冊あって、その傍にうすっぺらな帳面のようなものがひろげてあった。手をのばして見ると、「ペン字の書き方」という本で、それへ武藤がひまを盗んでは練習しているらしい字がならんでいた。たしかにまずい字だった。武藤は、のろのろ手をのばしてその練習帳を、私の手からとった。

「やめろゆうても聞かへんねや、武藤は」と駅長は冷淡にいった。「ほんまに、この駅は、ええ助役があたらんわ。新田は、肺病やったしな」

私は、その駅長の言葉の調子から、駅長が誰彼なしに武藤の愚痴をこぼし廻っているのが察せられた。詰所へ流れて来た話も、この駅長の口からにちがいなかった。武藤が立上って、ふたたび帽子をかぶった。上りが入って来るからだ。そのとき駅長の机の上にある電話のベルが鳴った。武藤が受話器をとろうとすると、駅長は邪慳に自分でとりあげた。

「そんなことゆうても困るがな」と駅長はすぐに電話へ叫んだ。「え、そっちの駅の方が近いやんか。……仕様があらへんな」

駅長は、受話器をガチャンとおくと、武藤へいった。

「武藤！　K川の鉄橋のところで、いまの四十五列車が故障してるらしいんや。行って来てくれ」

するとと武藤は、私には無念にも不動の姿勢をとっていったのだ。

「はっ、行って来ま」

私は、その武藤にも駅長にも耐えられない気がした。私は人生にでも抗議するようにいった。

「おれも行ってやる」

そして私は、武藤の後から急いで駅長室を出たのである。

冬の風が、びゅうびゅう吹いていた。武藤は、帽子の顎紐を下して顎にかけた。私たちは線路づたいに急いだ。私はいった。

「意地のわるそうなやっちゃな、駅長は」

「そうなんや」と武藤は疲れた声でいった。「駅長はんだけやない、おれの駅には、出札や改札や駅手が十二、三人もいるけど、みんなおれを馬鹿にしとんのや。おれ、字が書けんさかいな」

「仮名なら書けるんやろ」と私はいった。

武藤は、泣くような声で答えた。

「そりゃ、お前……そりゃ、お前」

「ほんならええやんか」

「そやけど、鉄道でつかう言葉て、どしてこうむつかしいのが多いんやろと思うくらいなんやで。切符きるの、入鋏《にゆうきよう》というんやし、切符やって乗車券というんや。報告に、キップと片仮名で書いて出したら、運輸課からすぐさま電話でえらいおこって来たんや。どして乗車券という言葉つかわんのかて！」それから彼は嘆くようにいった。「今晩、また眠られへんやろ、先刻電話で、乗客動態調査というの、すぐ出せてゆうて来たさかいに」

　上りの電車が勢よく通った。

「三十八列車や」と武藤は呟いた。

だが、彼は突然私を振り向いた。彼は、恐怖の入りまじった頼りなげな顔で、救いを求めるようにいった。

「ドウタイ……ドウタイ……乗客のドウタイってどう書くんやろ」

　私は、思わず腹を立てて叫んだ。

「助役なんか、やめてしまえ！」

　武藤は、がっかりしたように呟いた。

「そんな、そんなこと出来へん。いままで会社に助役から運転手に逆戻りしたもん、ひとりもおらへんもん」

武藤は、古参だが、運転手だった期間も非常に短かく九ヵ月たらずだった。あの集団脱走事件のころは、まだ車掌だったからである。人事は混乱していた。運転手に色盲さえ採用したくらいの会社だから、その人間の仕事の適不適を考える余裕もなかったのだ。問題は員数をそろえることであり、年功でポストを判断することだった。だから武藤の助役は、年功からいって、そろばんでもはじき出される当然さをもっていたのだ。しかも武藤は、くそ真面目すぎるくらい真面目ではないか。私は、重ねていった。

「先例がのうてもやめた方がええと思うな。たかが助役やんか！　人間をやめるわけやあらへんし」

するとも武藤は、むっとしたようにだまってしまったのである。

信号旗を捲いたままもった車掌の、軌道の真中にぼんやり立っているのが見えて来た。その向うに四十五列車の二輛連結が鉄橋の手前でとまっていた。車は、仕方のない無邪気な当惑を示していた。たしかに動けなくなったのは、車の責任ではないからである。車掌は、私たちを見ると、迎えるように歩いて来た。

「エア・タンクのコックがとんだらしいんや」と車掌は、寒そうな声でいった。

私たちは、車の方へ歩いて行った。川の音が聞え、風が、鉄橋をヒュウン、ヒュウンと面白そうに鳴らしていた。寒いので、乗客たちは、窓ガラス越に、私たちを不安そうに見守っていた。車台の下をのぞいた武藤は、面白くなさそうな声で、車掌へいった。

「どして駅へ連絡しなかったんや。いま先刻、三十八列車が上って来たやろ」

車掌は、不服そうにだまった。運転手の中村がやって来て武藤へいった。

「助役さん、後続の車に推進してもらうより仕様おまへんわ」

武藤は、急に力なげな顔になって曖昧にいった。

「そうやな」

「そうするより仕様があらへんな」と私はいった。

するとと武藤は、ふいに激しい声でいった。

「駅長の許可なしにそんなこと出来へん」

私は、思わず武藤の顔を見た。その彼の眼は、気ちがいめいた色に光っていた。運転手の中村は気まずそうに運転台の方へ歩いて行き、車掌は、寒そうに車のかげへ風を避けた。武藤は、ただひとりで上りのレールの真中に毅然として立ちつくしていた。だが、その彼は、事実は、思案に暮れて、不動金縛りになっているだけに過ぎないことは、明らかであった。私は、その車の運転台へ上って行った。プレシュア・ゲージの針が下っていて、ゼロを示していた。だが、コンプレッサーは、ゴトゴト動きながら甲斐のない努力をつづけているのである。私は、コンプレッサーのスイッチを切った。かわいそうだったからだ。中村は私へいった。

「あの助役、たしかに頭が変やで」

私は、運転台から外を見た。武藤は、強い風のなかで、外套のポケットに両手をつっ込み、胸を張った立派な姿で、やはり毅然として立ちつくしているのだった。私は、運転台から車内へ入って、シートに腰を下した。乗客の中年女が、制服の私を見て、心配そうにいった。

「どうなりまんねん、この車」

「もう三分ほどしたら、後続の車が来まっさかい、次の駅まで押して行きま」

何故ならそれは、故障の場合に始終行われている慣例だったからである。そして事実、その通りになったのだ。後続の車の運転手は、徐行しながら入って来て、故障車を事もなく次の駅まで押して行ったからである。武藤は、その間、だまったままやはり毅然と眺めていただけだった。勿論私は、その車に乗ったまま次の駅まで行き、上りに乗りかえて帰って来たのである。E駅を通るとき、武藤も帰っていて、ホームに出ていた。そして私たちの車が動き出すと、彼は、あの将軍のような威勢のいい敬礼を車掌へ返していたのである。私は、その彼とは、もう仲間でなくなったような拒絶を彼に感じたのだった。

私は、ひろ子にも会いたくなくなっていた。そればかりではなく、その後、武藤が病気で寝込んでしまったと聞いても、薄情にも見舞にも行かなかったのである。私としては、その武藤も、武藤と一緒に暮しているひろ子も、別の世界の人間になった気がしていたからである。勿論、私は相変らず焼酎を飲んでいた。焼酎も、そのころ残念なことには割当となっていて、その店へは十分には来なかったが、しかし私のあのほんとうの美しい女を、生かすのには十分であった。そしてこの私のなかにほんといえるものがあるとすれば、それは私のものではなく、彼女に所属するものであることを、十分に喜ぶことが出来るのである。あのいささかの悲哀をもってという保留は避けがたいにしろである。

私は、どんなに美しい崇高な理念であろうと、私の死を与えるには、いささか貧乏くさい感じがするのである。私には、ほんとうのものと思えないからだ。そしてもしその理念が一転して、私に私の死を要求するならば、指先に押えられた蟻のような情ない滑稽なあがきにすぎなかろうとも、私はどこまでもその滑稽なあがきを、その理念の崇高さに対立させてやるつもりなのである。たとえ誰が考えても死がその場合決定的なものであり、それから逃れることは不可能であろうとも、私は、思いをつくし、力をつくして、蟻のようにあがいてやるつもりなのである。卑怯、下劣、臆病、馬鹿、という言葉が、その私に与えられようとも、その言葉を輝かせることが私の使命であるように、あがきにあがきつづけてやるつもりなのだ。その私に死がやって来ようと、それは私には責任のない偶然の結果なのだ。私は、蟻のように死ぬのだ。そして私は、それを名誉とするものである。どんな意味に於ても、ほんとうにもう駄目だ、なんて考えて、他から与えられた死を私の必然性とはしてやらないつもりなのである。

というのは、私も日本という国に住んでいたので、その年の二月の末に、召集令状がやって来たからである。光栄ある国家の、光栄ある聖戦に、生命を捧げるようにというのであった。

赤紙を出勤係に見せると、その午後、詰所の裏で、第何十度目かの儀式がはじまった。百人近い非番の乗務員が二列にならび、私はその前に立たされた。その私は、突然勇士になり、愛国者となり、国民はかくあらねばならぬというほんとうの人間になっていた。勿論、それは私がそう思ったのでなく、運輸課長が、そういったのである。そして私は、私であがってしまっていた。私は、何かしどろもどろに喋った。私も元気に行って来ますから、皆さんも職場にあって、元気に国家のために尽して下さい、というような意味のことだ。勿論、その言葉も私の言葉ではなく、こんな儀式の場合、多くつかわれた言葉にすぎなかったのである。

仲間の歓送会は、その夜、A駅の前のうどん屋の二階で行われた。私たちは、あまりこの種の歓送会に馴れすぎていたので、味気なくも、一時間ほどで終ってしまった。その帰り、私は、S駅で降りて、久し振りに、武藤の家へ寄った。自分もいよいよ戦争へ追いやられるのだ、という人並みの感慨が、私をひろ子の家へ連れて行ったのである。

武藤は、寝ていた。その顔は、やせて頬骨がとび出ていた。彼は、私を見るなりいった。

「召集が来たんやってな」

「うん」と私は、いった。「きっと大したことあらへんと思うんや」

「大したことあらへんて?」と武藤はいぶかしそうにいった。

だが私は、あいまいに答えた。

「まあ、そんなとこや」

ひろ子は、火鉢の傍で、幼女を遊ばせながら、毛糸の編物をしていた。その顔付は、退屈した陰気なものであった。幼女は、やがてのそのそ、その彼女の膝へ這い寄ってすがりついた。彼女は、その幼女を抱き上げて頰ずりすると、たまらなそうな声でいった。

「あんた、ほんまにとけてしまいそうやなあ」

すると幼女は、丸々した両手を、無意味に自分の前で振るようにしながら答えた。

「ウマ……ウマ……ウマ……」

それから何思ったたか、幼女はブウブウ口から泡を吹きはじめたのである。ひろ子は、ふいに甲高い声で嬉しそうに笑い出した。私はいった。

「子供て、ええもんらしいな」

「そう、や」と彼女は答えた。「うち、この子生まへんかったら、生きられへんかったと思うん、や」

武藤は、つらそうに吐息した。それから嘆くようにいった。

「ほんまに達者になれたらなあ」

た。

「助役を思い諦めな、あかん」と私はいった。「達者になろうと思うんやったら」

するとと武藤は、いつものようにむっとしたようにだまった。私は、仕方なく武藤へいった。

「工合は、どないなんや」

すると武藤は、傷つけられでもしたような声で答えた。

「おれ、死んでも、助役の仕事、やりとげて見せまっせ」

私は、思わず鼻白んだ。ひろ子は、抑揚のない、平気な声でいった。

「うち、木村はんの餞別《せんべつ》に、うた、うとてあげる」

そして私の当惑にも無関心に、恥しくもなく、いつか船越と一緒に聞いたことのある子守唄をうたいはじめたのであった。恐らくそれが彼女の十八番の歌だったのかも知れない。私は、打ちのめされた気持で、匆々に武藤の家を出た。玄関まで送って来たひろ子は、訴えるようにいった。

「うち、悲しいわ」

私は、どきまぎしながら仕方なさそうにいった。

「どして？」

ひろ子は、あわれにも答えに窮したようだった。それでもやっと彼女は答えた。

「あんた、思慮分別がありすぎるんやもん」

私は、やっと救われたように、自慢げにいった。

「そやけど分別て、ええもんやで。今度の召集にやって、これでもおれはその分別というもんを働かせてやるつもりなんやで」

私は、それで船越の自殺を批判したつもりだったのだ。だが、ひろ子には、それが通じなかったようだった。そればかりでなく、その彼女は、冷酷にも、船越のことを完全に忘れてしまっているようにさえ見えたのである。

だが、召集という国家の絶対命令から逃れるための私の分別は、他愛のないものだった。そのころ多くの人々がしたように先ず絶食することだったのである。召集日までに五日あった。私は、家にごろごろしていて、水以外には、口にしなかった。そのほかの私らしい智慧は、附近の銭湯を廻り歩いて、一日に七、八回以上は必ず入浴することだった。この入浴の効果は、もう二日目にあらわれて、立つことも出来ないほどの疲労を感じはじめていた。そしてその当日は、家を出るとき、煙草一本分を煎じてその半分を飲み、残りの半分は、瓶に入れてもって行き、K聯隊の営庭で並ばされる直前、便所のなかで飲んだのである。勿論、私にこのような智慧を与えてくれたものは、コンサイス型の「医家指針」という古本であり、煙草を煎じた燃料は、その本だったのである。私は、その必要もなかったのに、その本を秘密文書のように焼きすてたのだ。

私は七、八百人の人々とともに、営庭に整列させられ、聯隊区司令官から訓示を受けた。空は、その必要もないほどよく晴れていて、春先の強い風が、始終営庭の砂埃をまき上げながら、私たちの列の間を走って行った。やがて私たちは、数個の隊に分けられ、二列横隊に並べさせられた。いかにもいかめしそうに肩を張った軍曹が、おこったような調子で叫んだ。

「病気の者は、前へ出ろ!」

その調子は、前へ出た者は非国民として制裁を加えてやる、といわんばかりであった。私は、私の近くにいた背のひょろ高い男を見た。私は、その男の背にくっついて出るつもりであったからだ。その男は、集合してからも、周囲の人々へ自分はときどきひどい胆石病になるので、どうしても帰してもらうつもりだとさかんに宣伝していたからである。だが、その男は、出ようとしていながらその軍曹の態度に妙なためらいを見せ、遂に列にとどまったまま眼を伏せてしまったのだ。仕方なく私は、ひとりで前に出た。事実、私の身体は、けなげにも正確にニコチンの反応を呈して、絶えず冷汗を流し、動悸を高め、眼まいを起していたからである。

だが、出て見ると、私ひとりでなく仲間がいた。五、六人もの人々が、列の前に出て、それぞれ頼りなげに立っていた。軍曹は、その仲間を次から次へと訊問をはじめた。なかには列のなかへ戻って行く者もあった。やがて私の前へ来た彼は、私を怪しむように見てからいった。

「お前は、どこが悪いんだ?」

「胸です」と私はよろめきそうになりながら答えた。

だが彼は、私を見すかすような顔をしていった。

「胸だと?」

「はい、結核です」と私はいい直した。

すると彼は、低い声で吐きすてた。

「自慢するない!」

そして彼は、次の仲間へ移った。

やがて私たちは、まとめられて、医務室へ連れて行かれ、体温や血沈を調べられ、最後には軍医の前につれて行かれた。明らかに酒太りらしいその軍医は、私の身体の裏表へ聴診器を当てた。それから血沈や体温などの書き込んであるカルテを見ながら、大儀そうな声でいった。

「お前は、精神がくさっとるから、こんな病気になるんだ。地方へ帰って、たたき直して来い」それから傍の書記の役をしている上等兵にいった。「即日帰郷」

私は、帰りに市電の停留所の近くのうどん屋へ入った。私と同じ即日帰郷組が二人、そのうどん屋へ入っていた。ひとりは、うどんのお代りをしながら、私を見てにやっと笑った。だが私は、ひどく神妙な顔したままいった。

「おれ、肺がわるいと思っとったけど、こんなにわるいとは思いまへんでしたよ」

すると相手も、急に神妙な顔になっていった。

「わても、肺がわるくて、レントゲンもって行きましたんや」

他のひとりの仲間は、私たちには無関心に、むっつりとだまったまま、かき込むようにうどんを食べていた。

私は、家へ帰ると、会社や仲間から貰った餞別を一括して、出勤係へもって行った。出勤係は、私を見ると、おどろいた様子で喜びを述べていいのか、悲しみを述べていいのかわからない顔付でいった。

「おう!……おう!」

仲間も、私に対してひどく当惑していた。いままでに即日帰郷になった前例がなかったからだ。塩田が、その仲間の当惑に解決をつけた。

「まあ、木村、よかったがいな」

出勤係は、私をまるで珍らしい動物のように、運輸課長のところへ連れて行った。

「どこが悪かったんだ」と運輸課長は、妙な顔をして私へたずねた。

私は、真面目そうに答えた。

「昔、胸をやったことがおますもんで」

「それは残念だったなあ」と課長は威厳をとり戻しながらいった。「肩身がせまいだろけど、まあ、ここで働いてくれ。うちの会社も、人が足らなくて困っている際だからな」

三日目に、私は会社へ出た。車は、相変らずの健康さで、ノッチを入れると動き、エアを入れるととまった。私は、私の愛するあの海岸でパラをつめた。すると車は、その私に答えて壮快に走りながら、口早やに、よかった、よかった、というのであった。だが、私は、その車へ、あのうどん屋でと同じように神妙な顔付をしたままだまっていただけである。何故なら私が、その車へ、ありがとうとでも答えれば、私の心のなかのあのほんとうの美しい女が、情なさそうにその私を笑うにちがいないからだった。

4

私の即日帰郷は、仲間の間で、流れにうかぶ泡のようにちょっと目立ったが、残念にもすぐ消えてしまっていた。たしかに志村の事件が生れずにはおられないような無感動な重い流れが、私たちを包んでしまっていたのである。茶碗むきでも追突でも何でも出来たが、しかしそれに意味を見出すことが出来なくなっていたからだ。だから、その年の暮、真珠湾攻撃の号外が詰所へ張り出されたとき、若い車掌のひとりが、まるで突然天から救済でもやって来たように、顔を真赤にしてふるえながら、万歳と叫ばずには居られなかったのである。いわば志村の事件は、その先ぶれのようなものだったのだ。

勿論、私の生活は、即日帰郷になっても、少しもかわらなかった。そしてたとえ情ない話であり、私に出来たことはそれだけであるとしても、私はそれに十分意味を感ずることも出来たのである。だから私は、世の英雄や偉人諸君に恥じることなく、誇りをもって、私は毎日電車に乗っていた、といえるのである。

克枝の消息が知れたのは、そのころである。古参車掌の酒田が、私と乗組んでいるとき、ふいに思い出したように運転台へやって来ていい出したのだ。

「木村、お前の嫁はん、いまT町にいるんか?」

「おれの嫁はん?」

「そや、逃げ出した嫁はんや」と酒田は大儀そうにいった。「出札にいた飯塚克枝や」

私は、勾配をシリーズでのろのろ上りながら、用心ぶかくいった。

「それ、一体、何のことや」

「お前知らんのか、嫁はんの居どころ」

「そうなんや」

するとと酒田は、切りすてるようにいった。

「四、五日前や。嫁はん、めくらの年寄りの手、引張って、自転車屋から出て来よったけど、あんまりええ恰好してへんかったで、どっちも」

そして酒田は、車内へ入って行ったのだった。私は、パラを詰めた。すると車は、やさしくその私へ答えながら、グググと長い勾配を一気に上ってしまった。しかし私は、なおもパラを詰めた手をゆるめずに、がっかりした声で心に繰り返していた。

『さあ、すんだ。すんでしもたんや』

その私の心のなかには、例のほんとうの美しい女が、その私をおかしそうに笑っていたのである。私は、仕方なく次の駅で、運転台から車内へ生真面目な声でいった。

「G町！……G町でございます！」

すると私に、いまもなお、克枝を愛しつづけていたのだ、ということがやっとわかった気がしたのであった。

私は、その日の夕方、家へ帰ると、古道具屋を呼んで来た。そして彼女の着物や道具などをきれいさっぱりと売りはらってしまったのだった。勿論二束三文の値段だった。だが古道具屋は、やせた背の高い五十男だったが、彼のいい値通りに売ったのに、布の財布から畳の上へ金をならべると、まるで損でもしたように連れて来た丁稚を叱りつけてばかりいたのだった。

「え？　どしてお前は、ぼやぼやしてけつかるんや。さっさとリアカーに積むんや」

私は、部屋のなかにぼんやり立ちつくしていた。やがてリアカーの去って行く音が聞えると、私は急に何か空虚になったような気がして、部屋のなかを見廻した。その私は、殊勝げに呟いたのだった。

『満足やろ、克枝。とにかくお前は生きとったのやさかいな』

そしてもう夜になっていたのだが、私は克枝を探しにT町へ出かけて行ったのだった。私は、彼女の生きていた喜びを、どうしても彼女に気付かせてやりたかったからだ。T町はK市の山手で、夏になると必ず洪水を起す溝のような川が流れていた。自転車屋はすぐ見つかった。私は、店の主人らしい四十男へいった。

「この辺に、めくらで年寄りの方、おられまっか?」

「めくらで年寄り?」と主人は、逆立ちにした自転車の後輪をくるくる廻しながらけげんそうに私を見た。

「三十ぐらいの女のひとに、よう手を引張ってもろて歩いてはるひとでんねん」

「ああ、あんまはんでっか」と彼はきさくにいった。「あのひとほんまのめくらやおまへん、少し見えまんねやで」

私は、その主人に教えられて、長屋にはさまれたゴミゴミしている路地へ入って行った。共同水道はすぐ見つかった。外燈がぼんやりついていたが、そのかなりひろい洗場は、うす暗い感じで、栓のしまりが悪いと見えて、水が洩れていた。気がつくと、その薄闇に六十ぐらいの厚司のような着物を着た男がかがみながら、不器用な手付で茶碗を洗っていた。そのときだった。前の家から克枝が出て来たのである。やつれているだけでなく、顔も陰気そうに黒くなっていて、どことなく、うす汚い感じだった。克枝は、力の無い声でその老人へいった。

「あんた、ほっといとくなはれ、わたしがそんなことしまんがな」

　すると老人はやさしい声でいった。

「うん、そやけど、手がすいとったさかいに」

　瞬間、克枝は、はっとして私を見たのである。私は、だまったまま笑って見せた。老人は克枝へいった。

「ほんまに水道の水て、手が千切れるようやな」

　克枝は、私から眼を暗くそむけたまま老人と代りながらいった。

「わたしがしまっさかいに」

「うん、うん」と老人は素直に身をひくと、感嘆するようにいった。「世が世なら、あんたはこんな水仕事するひとやあらへんのになあ」

　克枝は、だまったまま洗い桶へかがむと、茶碗をざるにあげはじめた。老人は、所在を失った感じで、ちょっとうろうろしていたが、さぐるように手を伸ばして、彼女の背へちょっと手をふれた。

「風邪ひいたらあかんで」と老人は低いせっぱつまった声でいった。

　私は、打ちのめされたように、だまったまま引返した。しかし私は、ほんとうには打ちのめされてはいなかった。私は、その老人から貴重品のような扱いを受けながら暮している克枝の生活を想像しながら、よかった、という気もしていたからである。

だが、私は、残念にもやはりそのまま家へ帰れずに、いつもの店へ行って焼酎を飲んでいたのである。おかみは、残り少い焼酎をコップにつぎながら呆れたようにいった。

「どうしはんのやろ、あんたは、焼酎がなくなったら」

で、私は神妙に答えた。

「おかみさん、おれをほんまの酒のみや思うとんのか？　そやあらへんで」

だが、それから間もない夜だった。思いがけなくひろ子が、私の家へやって来たのである。もう蒲団のなかに入っていた私は、ひろ子の声を聞いたとき、何となしにぎくっとした。彼女の私の家へ来たことは、いままで一度もなかったし、しかも夜も遅かったからだ。私が寝巻の上へ外套をひっかけて入口をあけると、ひろ子は、妙にひるんだ顔をしながら入って来た。袷の着物に紫色の三尺をしめていたが、まだ寒いのに、羽織も着ていなかった。ひろ子は、息を喘がせながら苦しそうな声でいった。

「木村はん、帰って来はったと聞いたさかいに」

私は、即日帰郷になって帰ってから十日も立つのに、まだ一度も武藤の家へ行っていなかったのである。私は思わずひるみながら答えた。

「明日あたり、行こうと思うとったんや、あんたのうちへ」

するとひろ子は、もう何もいうことがなくなったように、私を見ながら苦しそうに喘いでいるだけなのだった。私も、何もいうことはなく、手持無沙汰のまま突っ立っていた。何か気詰りなものが、私たちの間に流れた。彼女は、落着なく、入口の方を振り返るようにしていった。

「いややわ、うち！」

「気持、わかってる」と私はいった。「そやけど……」

彼女は、答えなかった。私はがっかりしながらいった。

「また、思慮分別と思うて軽蔑しとんやろな」

「ううん」と彼女はいった。

そして彼女は、身をかがめて、ずり落ちている靴下を直しはじめた。彼女は、朱珍の足袋の下に、野暮ったくも、茶色の靴下をはいていたのである。だが、いくら直しても、ずり落ちそうになるらしく、神経質にいつまでも左右の靴下をかわるがわる引張り上げていた。その彼女の顔は、何か気ちがいめいた暗さを感じさせた。私は、彼女が何度も自殺をはかった女であることを思い出して、臆病にも狼狽しながらいった。

「ゴム、ゴム紐、もって来うか」

だが、ひろ子は、身体を起しながら答えた。

「ううん、かまへんのや、靴下なんか」

その彼女は、ふいに上気した顔になっていた。私は、言葉をつなぐために仕方なくいった。

「武藤、どんな工合や」

すると彼女は、平気な声でいった。

「あのひと、死んではる」

私は、思わず頓狂な声を出した。

「え？　死んではるって？」

「先刻、息を引取りはったんやないか」と彼女は、私から叱られでもしたように不服そうにいった。「お医者はん、心臓まひやとゆうてはったけど、うち、そんなこと、知らへんやないか」

「そう、そうやろけど」

私は、その彼女にひるみながら吃った。

彼女は、眼を落して左の人差指を右の拇指で強くこすりはじめた。私は、あわててやさしい声を出した。

「仏さん、ひとりで放ったらかしとちがうん？」

だが、彼女はだまったまま、やはり指を強くこすっているだけなのだった。私は、おびえながらいった。

「子供さんは？」

すると彼女は、やっと答えた。

「大丈夫なん、や。お隣りのおくさんにあずけて来たん、や」

瞬間彼女はだまった。それからふいに断乎とした調子でいった。

「うち、帰る！」

そしてひろ子は、そのまま勢よく表へとび出して行ったのだ。私は、虚をつかれた感じで彼女のしめて行った格子戸を、あわててがらりとあけた。彼女は、その私の気配にも振向かず、夢中に駅の方へ急いでいた。しかし少しばかり夢中すぎるようだった。というのは彼女の脚に、着物の裾がまといついて歩きにくそうだったのに、彼女は歩調をゆるめなかったからである。その彼女からは、歩くたびに着物の裾のバタバタ破れそうに鳴っているのが、聞えて来るような気がした。だが、曲り角で、彼女はふり向いて手を振った。いつかと同じだった。全く同じだった。そして私は、その彼女に他愛なくもほっと安心していたのである。私は、蒲団のなかへ帰って、冷えた素足を湯たんぽに載せながら、何か不思議な気持になっていたのだった。私は、武藤の武張った顔を思いうかべながら呟いた。

『しかし武藤のやつの死顔は、きっとけったいな顔をしてやがんのにちがいないやろな』

すると私は、助役にこだわって死んだ武藤を、腹立ちのあまり裏切ってやりたくなって来たのである。
四、五日して、私は、ひろ子を連れてA島への連絡船に乗っていた。小さな船で、三等客室と書いた畳敷の部屋はせまく座敷牢のようだった。勿論、三等のその部屋があるだけで、二等なんかない船なのだ。私たちは、仕方なくデッキに立っていた。冷たい風が強く吹いていて、波は荒かった。光の加減で、前に見える波は、青色に見え、後へ去って行くそれは黒く見えた。ひろ子は、バスガール時代のものらしい紺の詰襟のツーピースを着ていた。

「うち、毎日、武藤の兄さんと二人きりで向きおうて御飯食べてんの、や」と彼女はいった。「そやさかい、うち、御飯が咽喉につまって、食べられへんの」

「そんなにいかつい男なんか?」

「夜、座敷の方に寝はるんやけど、一晩中、咳ばらいばかりしてはる」

「モウションかけてんのやな」

ひろ子は、暗い眼になって海の方を見ていた。何か思いに屈している風だった。私は、仕方なくいった。

「おれの嫁はん、生きとったんや」

するとひろ子は、ショックを受けた顔で問い返した。

「逃げ……逃げはったおくさん?」

「そうや。T町で親切そうな年寄りと一緒になってたんや」

するとひろ子は、喘ぐような声でいった。

「うちを好きといって」

　で、私は、いつものように答えた。

「好きや」

　すると彼女は、たたみかけるようにいった。

「ほんまに好きやといって！」

　私は、だまった。彼女は、泣くような声でいった。

「やっぱりあかんの？　やっぱりほんまはあかんの？」

　私は、彼女の口真似しながら答えた。

「そう、や」

「ほんまにあんた、やきもち焼きはれへんのやなあ」と彼女は困ったような声でいった。

「志村はんもそういってはったけど。きっと誰も好いてはれへんのやなあ」

「好いてる」と私は断乎として答えた。「ひろ子さんの方やんか、誰も好いてへんのは」

「あんた、うちがあんたを好いてへんと思うてはるん？」それから彼女は、ふいにいった。「うち、きっと、好きすぎるんやわ」

　私は、ふたたびひろ子の口真似をしながら答えた。

「そう、や」

　するとひろ子は、けたたましく笑い出したのである。やがて彼女は、感心したようにいった。

「あんたは、おかしなひとやなあ」

だが、その私は、武藤が操車係になったとき、諦めがよすぎるといって、私を罵倒した志村の顔を思い出していたのだ。そのとき志村は、私に嫉妬心がないことをいい、どうして武藤へ腹を立てないのかと責め立てたのだ。その志村の語調を思い出すと、はげしい嫉妬心こそ、帝王の徳でもあるかのようだった。だが、あのとき私には、武藤に嫉妬する理由がなかったからであるが、しかし私に嫉妬心がないのでなくて、ちゃんと一人前はもっているのだ。ただ、たとえそれが帝王の徳であろうと、嫉妬に私の身をこがせるようなことはさせてやらないだけなのである。

「もう、A島やわ」とひろ子はふいに残念そうにいった。

「早いんやなあ」

宿へ着くと、ひろ子は、いつまでも、妙な顔をしてぼんやりしているのだった。やがて、女中のもって来てくれた茶を、灰皿のなかへすてると、その茶碗をもちながら壁に向って胸をひらいた。そして乳をしぼりながら私の方をちらっと振り向きながら、あわれな声でいった。

「堪忍、や」

「乳？」

「そうなん、や」と彼女は嘆くようにいった。「ほんまにうち、何でも多すぎるん、や」

私は、こたつにあたりながら、窓ガラス越しに海を見ていた。暮かかった黒い海には、波だけが白くうかんでいた。私は、自分の近くに、ひろ子のゆたかな胸を感じながら考えた。海の水は、どんなに多くても多すぎやしない。地球からあふれるということはないからだ。それが自然のもっているやさしさなのであり、自然のもっている美しさなのだ。しかもこの海は、何億年の昔から鳴りつづけ、私たちの死んだ後、何億年も鳴りつづけているだろう。だが、それがどんなに永くても永すぎることはないのだ。この地球の運命を超えて存在することは出来ないからだ。それが自然のもっているおかしさなのであり、自然のもっている無邪気さなのだ。自然にはどんなことがあっても狂気であることもなければ、悪魔であることもないだろう。

すると壁に向っていたひろ子が、ふいに振り向いて、うろたえた声でいった。

「堪忍、や。うち、メンスなん、や。予定やあらへんかったのに、ほんまに、うち、何も彼も多すぎるんやわ」

私は、仕方なく神妙な声でいった。

「多すぎへん。ちっとも多すぎへん」

翌朝、私たちは一番の船で出発した。私に午後の勤務があったからである。海は、凪いでいて、エンジンの音だけが、乗客の少い船のなかにひびきわたっていた。彼女は、船の便所へ入って来ると、情ない声でいった。

「いややわ、うち。ほんまにいややわ」

「何もいやなことあらへん」

するとと彼女は、滑稽にも涙をうかべたのである。次の瞬間、彼女は気ちがいめいた声でいい出したのだ。

「うち、あんたを海のなかへ突き落してしまいたい」

私は、臆病にも、あわててそっと冷たいデッキの手すりをかたく握った。だが彼女は、その私に気づいたらしく、打ちひしがれた声でいった。

「あんた、平気やさかいやん、か。いじめてあげたい気がするんやん、か」

それから彼女は、押え切れない声でいった。

「死ぬほど好きになってほしい」

しかし私は、だまって海を見つめていた。不思議な気がしていたからである。海はそこにあるだけだった。それだけだった。しかもそれだけで海は完全に十分であったからである。

四月になった。ひろ子は、しばしば私の家へやって来ていた。その彼女は、非常に興奮していて、ときには口の利けないときがあった。ある日やって来た彼女は、格子戸をあけて入って来ると、玄関に立ったまま、もう涙を流していた。私たちの間に、まだ何の肉体的交渉のなかったことが、その彼女をいら立たせていたのかも知れない。だが、私は、その彼女の涙を見たとき、どうしてか彼女が、私の手のとどかないほど上等な人間であるような気がしたのである。

そのころだった。私は、克枝が桜の名所でもあるS寺の近くで、乞食のような恰好で紙屑を拾っていた、ということを聞いたのである。それを教えてくれたS駅の女の出札は、いやらしそうにいったのだった。

「何もうちらの電車の近くへ来はらんかてええと思うんや。飯塚はん、うちの先輩でっしゃろ。そのひとがあんな恰好をしてこの辺をうろつかれるといやなもんでっせ」

二時間ほど立ったら、終前の系統に乗らねばならなかったが、私は、出かけた。S駅は、その構内に例年と全く同じに桜の造花をぶら下げていた。集札口を通るとき、改札が妙な笑いをうかべながらいった。

「木村はん、武藤はんのうちへでっか」

私は、仕方なく答えた。

「そう、や」

瞬間、私は、妙な気持になっていた。その口調はまさしくひろ子のものだったからである。私は、ひろ子の家へ曲る小路のあたりで、ちょっと立ちどまった。それからS寺の方へ急いで行った。

新聞の報道では、今年は酒が不自由で酔っぱらいは少いということだったが、それでも駅前通りを肩を組んで傍若無人によろめきながら軍歌をうたっている若い一団に出会った。境内へ入ると、本堂や大師堂や坊などの大きな建物を包んだ見事な桜の花の下で、かなりの人々が、あちこちにむしろを敷いて、弁当をひらいたり、酒を飲んだりしていた。だがもう帰る支度をはじめている人々も見受けられた。私は、その人々の間を縫って一かどの見物人であるように歩き廻った。茶店のほかに小さな店もたくさんあった。乞食もいたし、ルンペンもいた。だが、克枝らしい紙屑拾いは見つからなかったのである。仕方なく私は帰りはじめた。勤務の時間が迫っていただけでなく、私がここへ来たのは、克枝に会うためでなく、見るためだったからである。単に彼女を遠くから眺めて見るつもりだったにすぎなかったからである。

『まあ、よかったんや』と私は心に呟いた。『どうしても見つけなあかんというもんでもないしな』

そして私は、現金にも急に元気づいて歩き出した。ひろ子の家へちょっと寄ろうと思ったからである。だが、私は、ひろ子の家の前まで来て、とまどってしまったのだ。その家は、武藤の家ではなく、といってひろ子の家でもなく、武藤の兄の家だったからである。しかも私は、武藤の兄は、武藤の葬式のときに見たきりだったのだ。そのときの彼は、五十ぐらいだったが、やせてもう老醜といった感じのする顔の男だった。ごま塩頭で、前歯が殆んどなく、眼がトラホームにでもかかっているように赤くただれていた。

私は、制服の詰襟のホックをはめた。それから入口の格子戸の前に立ったのだが、やはり武藤の兄に会ったときを考えると、億劫になってしまったのである。私は、帰ろうとして、未練げに、勝手を知っている表縁の方から泥棒のように家のなかをのぞき込んで見た。わずかにひらいたガラス障子の近くに思いがけなくひろ子が後向きになって、本を読みながらこたつにあたっていた。私は、声をかけようかとまどった。するとひろ子は、身体を横に倒すように左手をついた。見ると武藤の兄が、足をこたつに入れたまま、そこに眠っていたのである。ひろ子は、その武藤の兄の前歯のない唇へそっと自分の唇をあてた。それから奥へ立って行った。

私は、歩き出した。心臓がいたいほど鳴っていた。石にでも頭をぶっつけて何も彼もわからなくなりたいという気さえした。それで私は、芝居げたっぷりにあたりの道の上や塀に恰好な石を探しながら歩いた。勿論、私にそう出来たのは、私のあのほんとうの美しい女が、おかしそうにその私を笑うからであった。

で、私は、その日もちゃんと電車に乗った。そして海は、相変らず男岩へしぶきをあげながら情なさそうにいっていた。

「仕様があらへんな……ほんまに……仕様があらへんな……ほんまに……」

すると私は、ひろ子を愛して居り、それだけで十分であるような気がして来たのであった。

だが、その夜、終前の車を車庫に入れて帰って来たときだった。家への曲り角にひろ子が、帰って来る私にも気づかずにぼんやり立っていたのである。その彼女は、A島へ行ったときと同じバスガール時代のツーピースを着ていた。そして外燈の光をわずかに逃れたところで、私へ背を向けながら、踵の低い靴をはいた足を心持ひらいて立っていたのだが、その太り気味の身体はひどく安定している感じだった。私は、その彼女へ近づいて肩をたたいた。彼女は、びっくりしたように私へ振り返った。そして思案に屈した顔で、しかし他人のことでも話すような調子でいった。

「待ってたん、や」

そして彼女は、仕方なさそうな様子で、私について家へ入って来た。私は、昼間見たことを思い出して胸がいたんでいた。しかしそのいたみは、どんなにいたんでも、私を殺すことは出来ないことも感じていた。彼女は、私が格子戸をしめるのを待ちかねていたように、玄関に立ったまま、夢中な声でいった。

「死んで。一緒に死んで」

私は、がっかりして上り口へ腰を下しながらいった。

「一体、どないしたんや」

「もう、うち、生きて行かれへんの」と彼女は興奮のあまり涙を流していた。「うち、毎日、嘘をついて暮してるんやん、か。ほんまのこと考えたら気ちがいになるさかいやん、か」

「死んでどないするんや」と私はいった。

「うち、何も彼もわからんようになりたいんやん、か」

私は、あわれな声で繰り返した。

「いや、死んでから、おれらどないするんや」

だが、彼女は声を喘がせながらいった。

「そやかて、うち、生きて行かれへんやん、か」

私は、恐ろしげな気持になった。私は、上へあがると、彼女の手を引張りながらいった。

「おいで！」

残念なことには、その私の声はふるえていた。彼女は、妙にひるんだ顔でその私を見た。

「おいで！」と私はいった。

ひろ子は、とまどったように上へあがって来た。私は、彼女の肩を抱いた、瞬間、私のあのほんとうの女が、あわれむように笑ったのを感じた。するとひろ子は、だまったまま馴れている風に服を脱ぎはじめた。私は、あまりの彼女の手早さに呆気にとられながらぼんやりその彼女を見ていた。彼女は、その私に気づいたらしく、急に落着を失って、スカートを胸にあてながらいった。

「いややわ、うち」

私は、仕方のない声でいった。

「もしおれが死んだら、船越と武藤とで三人目やな」

すると私のほんとうの美しい女がまた笑ったのである。私は、神妙な顔でひろ子へいった。

「三度目の正直というさかいな」

だが、その夜、ひろ子は、私が決心して結婚のことを切り出すと、まるでひろ子の死ぬほど愛するということが結婚であったかのように、他愛なくも承諾したのであった。

5

だが、ひろ子の私の家への引越は、なかなか実現しなかった。彼女は、私と会うといきなりせき込んだ調子でいうのだった。

「うち、きっとあんたの家へ行くし、武藤の兄さんを何とか返して」それから途方に暮れた声になっていった。「でもなあ、あのひとおこりはると、武藤よりこわいやろしなあ」

そのひろ子は、私と会うときは、一度も子供をつれて来たことがなかったのである。

そして私は、相変らず電車に乗っていた。その私は、ちがった世界にでもいるような奇妙な気がしていた。車は、もう私へ語りかけなかったし、あの海の波は、だまって沫をあげているだけだった。私は、不安だったのである。ひろ子は、紙が風に吹かれてきわめて自然に裏へひるがえるように、生から死へふと無造作に身をひるがえしてしまう危険があったからだ。その彼女をこの世へわずかでもつなぎとめているたしかなものは、何もないように見えたのである。勿論私もその彼女にはなんの力をもっていなかった。何故なら私も他の人々と同じように、彼女に、死んでしまったほど愛された、というような喜びを与えることが出来なかったからである。

たしかにこのひろ子の危険は、きみのそれとも、また克枝のそれとも性質のちがったものであった。とにかくきみや克枝の危険に対しては、私もたとえ情ない恰好であったにしろたたかうことが出来た。だがこのひろ子の危険に対しては、私は、どうしていいかわからないのだった。私は、いつもよりよく焼酎を飲みに行った。おかみは、表面では口汚くその私を罵りながら、ちゃんと私のために焼酎をとっておいてくれたのである。そして飲んでいる私へ、呆れたように椅子へどっかと腰を落し、愛想のつきた声でいうのだった。

「木村はん、ほんまにいまにお酒で殺されてしまうで」

だが、私は、私の心に生きているあのほんとうの美しい女のやさしげな視線を感じていたのである。その視線は、その私にひどく感動的なものだった。何故なら私は、やはりひろ子を愛していたからだった。

だが、五月に近い朝だった。ひろ子は、いつもの息をせき切ったような感じでやって来たのだった。だった。そしてあわててズボンをはきながら出て来た私へ、泣きそうな声でいったの

「あのひと、なんぼゆうても、田舎へいにはれへんのやん、か」

私は、ぎくっとしていった。

「ほんなら……ほんならどうするんや」

すると彼女は、いま思いついたような弾んだ声でいった。

「どこか遠いところへ連れて逃げて！」

私は、そんな他愛のない彼女にむっとした怒りを感じながらいった。

「どこか遠いところゆうたて……」

「そうやなあ」と彼女は急に困ったような顔になった。「北海道の小樽にうちのおばさんいはるけど」

私は、思わず力をこめていった。

「おれ、この電車やめたくないんや」

「そう、や」とひろ子はいった。「あんた、ここの電車好きやし」

そして彼女は、急に暗い顔になって、上り口へ腰を落してしまったのだった。その彼女

は、うわ言のように呟いていた。

「うち、ほんまに、死ぬほど愛してほしい」

私はいった。

「ひろ子は、おれの電車につとめへんか」

「うち？」と彼女はびっくりした声を出した。

「そうや。前にバスガールしてたことあるんやし」

するとと彼女は悲しげにいった。

「うち、世の中から遠うなってしもてるんやわ。警察であんなことされて、みんなを裏切ってから、そうなってしもたんやわ」

間もなく私は、その彼女を促して、詰所のあるN駅まで送って行ったのである。会社へ出勤する時間が迫っていたからだ。私は、その途中で、幾分つらい気になりながら彼女を慰めた。

「いずれ、武藤の兄さん、田舎へ帰らんならんのやろ。それまで待つんやな」

するとひろ子は素直に答えた。

「そうするよりほかにあらへんなあ」

私は、武藤の兄を思い出していた。彼は、田舎で雑貨屋をしていて、ひろ子の家にとまりながら、K市で品物を仕入れては田舎へ送っていたのである。電車に乗せると、彼女は、窓ガラスへ泣き出しそうな顔をくっつけて私を見ていた。電車はすぐ動き出した。彼女はいつものようにあわてて小さく手を振った。瞬間、私は、ひろ子は、この現実のなかに生きていないという気がしたのだった。彼女は、多くのひとに愛されるだろう。しかしそれは、どこか遠いところにいる彼女としてであるにちがいなかった。そして私は、どんなに彼女を愛していても、最後の点に於ては、拒絶しなければならないと感じたのである。

私は、そのまま詰所へ入って行った。私は、不思議な気持になっていた。私は、出勤係へ、後から欠勤届を出すから今日休ませてくれ、といった。出勤係は頓狂な顔で私を見つめると、ひるんだような声で叫んだ。

「休むんか、お前！　休むんか！」

「ええ、今日一日」と私はいった。

「栗本も、水野も、家田も、……身体がわるいとゆうて休んだもの七名もいるんやで」と出勤係はいらいらした声でいった。「どないしたらええんや、今日は、え？」

だが、私はだまっていた。どうしたらいいか考えるのが出勤係の役目だったからである。すると彼は、恐ろしげな声でいった。

「ほんまに、何かこう腐った水になってしもたようや、この詰所は。何か起らんとあかんわ、こりゃ」

勿論、その彼は、半年ほど後に、大戦争が起るなどということは少しも知らなかったのだ。

私は、出勤係の部屋を出ると、会社の食堂へも行かず、すぐT町へ出かけた。その路地の共同水道の傍で、二人の主婦がたがいにたらいをならべながら洗濯していた。私は、この間克枝の出て来た家へ入って行った。六畳一間きりしかないうす暗い狭い家だった。道具も見当らず、ひどく殺風景で、畳表もぼろぼろになっていた。人の気配がなかったら、廃屋と思ったかも知れない。私は、自分でも素直だと思われた声でいった。

「今日は。……今日は」

四十ぐらいの太った女が、勝手の方から大儀そうに出て来た。私は、家を間ちがったのだ、と思った。私は、あわてていった。

「あのう、めくらの……いや目のわるいおじいさんのお宅、どのへんでっしゃろ」

女は、うろんそうに私を見た。それからやっといった。

「この家だっけど、もういはれしまへんで」

「宿替でっか」と私は思わず急いでたずねた。

「そやあらへん」と女は気むずかしい声でいった。「おじいさんの息子はんが来て、連れて行きはったんや」

「嫁はんも」

「新米のあんまはんやろ、暮して行かれしまへんが。そやのにあんな若い病気がちの嫁はんと世帯もつってむちゃやがな」

「あのう、別れはったんでっか」

「そりゃそうやがな、息子はんかて、造船所へ行ってはるけど、嫁はんまでよう養わんとゆうてはった」それから女は、急にいかめしい態度になっていった。「わては、家主でんねん。あんまり家をよごしてはるさかい、なおそと思うて調べてまんねんや」

私は、急に気弱くなっていった。

「それ、いつのころでっしゃろ」

「一週間ほどになるやろな」と女はうるさそうにいった。

「どこへ行ったか知ってやおまへんか」

「あのすじ向いの箱の積んである山木はんとこで聞いて見なはれ」と女は急に不機嫌になっていった。「その嫁はんと親しかったさかいな」

で、私は、素直にその教えられた家へ行った。家の前に、古いこわれかかった空箱がやたらに積み上げてあり、家はその空箱の山の添物のようだった。私は、家のなかへ入った。真暗だった。私は、闇のなかへ眼をこらすようにしていった。

「今日は」

するると思いがけなく克枝が出て来たのだった。彼女は、襦袢と腰巻だけというだらしのない恰好をしていた。彼女は、私を見ても驚いた風はなく、ただ大儀そうに眼を落したまままだまって坐ったきりなのだった。私はいった。

「克枝、帰ろう」

だが、残念なことには、その私の声は、興奮にかすれていたのである。それで私は仕方なく繰り返した。

「克枝、帰ろう」

すると克枝は、泣き出したのであった。だがその私は、ひろ子を裏切ることが私の名誉でもあるかのようにはっきりとひろ子を思いうかべていたのだった。いうまでもなくその私を支えていてくれたのは、私のあのほんとうの美しい女なのだ。

現在も組合の人々は、いささかの羨望をまじえた軽蔑をもってだが、私を特別扱いしている。だが私は、平凡な人間なのである。電車にノッチを入れれば動き出すあの平凡な確実さの好きな人間なのである。だが、私の平凡さは、異常なものを拒否するのだ。戦後、二十年会という、二十年以上の勤続者の集った会が出来た。その第一回の集りに集ったとき、白岩がふとおかしくて仕方のない顔でみんなを見廻しながらいい出したのだ。

「よう、まあ、こう能なしの阿呆ばっかりそろたもんやなあ」

私たちは仕方のない声で笑った。その白岩の言葉に全く同感だったからである。だが、私たちは、能なしの阿呆を恥ずる必要はなかったのだ。

私は、もう語るまい。私は、いまは、運輸課の単なる切符の係員で、電車に乗ることさえも失われている。戦争中、電車を脱線させてこわしたからだ。そのとき私の愛していた電車が、あの気ちがいめいた意味、人を轢いてもいいが車はこわすなというような意味を与えられて、それが極端に達し、私にそれが許せなかったからだ。そのときのことについても、もう語るまい。ただそのおかげで、二十年会の仲間のなかで、私の給料は一番安いのである。

私は、いまでも、この世の一切のきちがいめいたもの、悪魔めいたものへ対立する平凡さへ、それとたたかい得る光と熱を与えてやりたいと願っている。個人的なものであれ、社会的なものであれ、異常なものは、もうごめんだ。そして私は、そのことを訴えようと思ってこの手記を書いたのだ。そうしてこの白髪のまじって来た男は、毎日克枝と夕食の膳に向いあいながらこういうのだ。

「一月三万円ほどの収入にならへんかなあ」

だが克枝は、用心ぶかそうに答える。

「そうでんなあ」

彼女は、まだ私という人間がわからないらしいのである。

「ほんとうにほんとう」ということ

解説 井口時男

椎名麟三は『私の聖書物語』の中でおかしな「実験」をすすめている。あなたが恋人でも家族でも、誰か愛する人を持っているなら、部屋で一人きりになったときに、自分はその人を「ほんとうに」愛しているのだろうか、「ほんとうにほんとうに」愛しているのだろうか、と自分自身に問いつめてみたまえ、というのである。「だんだんほんとうには愛してはいない気がして来るから妙である。反応のひどいひとは、ふかい空虚におそわれて、そのひとへの愛を失ってしまうことさえ起る。」

ミソは「ほんとうに」を繰り返して「ほんとうにほんとうに」と念を押すところにある。「愛している」というのは日常的な言葉の使い方であって、言葉の意味も日常の関係の中で実践的に処理されるのだが、繰り返して念を押すにつれて、言葉から日常性が剝落して、「愛」という抽象的な観念が永遠性や真実性といった絶対的な様相を帯びて起ちあがってくるのだ。その「愛」という観念の絶対性の光源にさらされるとき、日常性としての「愛している」はたちまち不徹底な浮動性や不純さや欺瞞を露呈せざるをえない。「反応のひどいひと」は「愛」の不可能性に絶望して、「ふかい空虚」に、すなわちニヒリズムに陥るだろう。

まったく本人も認めるとおりの「意地のわるい実験」なのだが、この「意地のわるい実験」の背後には、椎名自身の切実な体験があった。

電鉄会社で共産党の「細胞」（末端組織）のキャップだった椎名が治安維持法で検挙されて未決の独房にいたときのことだ。同じく検挙された木村という友人が結核が悪化して重態に陥ったことを知った。

《そのとき、私は、もし病気の木村がそうすれば釈放されるということがわかったら、たとえ死刑になることがわかっていても自分は木村の罪を引き受けてやれるか、という問いの前へ立たされたのである。つまり木村にかわって死んでやれるかと自分にたずねたのである。答えは、否であった。

この答えは、私を打ちのめした。愛するということは、とどのつまりは誰かのために死ぬことだと信じていたからである。》（『私の聖書物語』）

つづけて彼は、同志のために死ねるか、大衆のために死ねるか、と問う。いずれも答えは「否」だった。こうして彼は「愛」の不可能性にぶつかったのである。「愛」を失った彼を「ふかい空虚」が襲う。彼はたまたま回ってきた差し入れ本のニーチェ『この人を見

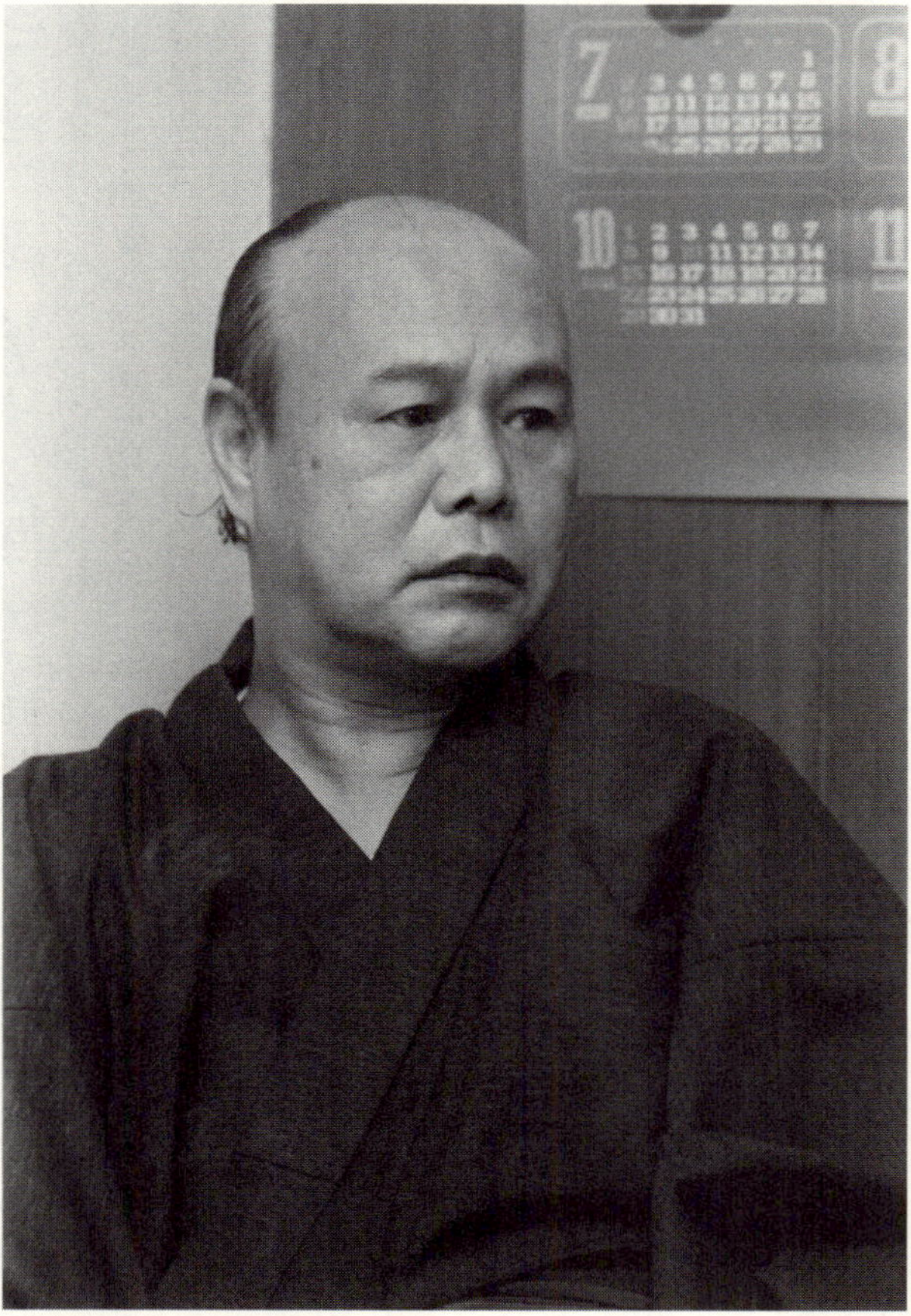

椎名麟三（昭和47年5月）

よ』を読み、その「権力への意志」という概念を使って転向上申書を書く。つまり、「愛」を否定し、自分の革命運動の動機を支配欲とエゴイズムによって説明したのだ。

このとき椎名は、「愛」の真正性を「死」の絶対性と比較して測っている。実際、非合法共産党員たる椎名麟三（厳密には、いまだ「椎名麟三」ならぬ「大坪昇」青年だが）にかぎらず、突き詰めれば、すべてが不確定な人間にとって、「ほんとうにほんとう」のものは「死」以外にない。「死」の絶対性こそが、人間のあらゆる観念や行為の真正性を測る究極の基準である。だから、「死」を見据えて生きよ、日常性への頽落を脱して「死」に向きあうことで実存の本来性を回復せよ——たとえばこの国の中世の仏教思想家たちも二十世紀の実存主義者たちもそう説いた。

出所した椎名は、以後、マッチ工場の雑役夫などの底辺労働をしながら、何回か自殺を試みて果たせなかったりするなか、ニーチェ、キルケゴール、ヤスパース、ハイデッガーといった実存主義系の哲学者たちの書物を読みつづける。「生きたかったし、自由がほしかったからである。社会的自由はマルクス・レーニン主義で解決がつく。（中略）私の欲したのは、死を超えた主体的自由の確立だったのである。」（『わが心の自叙伝』）しかし、失望だけが残る。「死」を超えるための読書は彼に、かえって「死」という観念の絶対性を強化するようにしか作用しなかったのだ。

そしてドストエフスキーの『悪霊』を読む。「その『悪霊』が私を打ちのめしたのだ。

そこには、私の求めていた自由へのたしかな手ごたえを感じた。それは哲学書によっては得られなかったものであった。同時にドストエフスキーは、私にも文学がやれることをも保証してくれたのである。たとえ救いがなくても助けてくれと叫んだっていい、その叫びこそ文学なのだと教えてくれたのだ。しかも私は、いつも心のなかで助けてくれと叫んでいたのではないか。」（「わが心の自叙伝」）このとき椎名は二十七歳になっていた。

以上が、いわば椎名麟三が椎名麟三になるまでの簡略な前史である。

あちこちにバラックの建つ運河沿いの焼跡の風景のなかに、ひとつだけ焼け残った倉庫を改造したアパートの頑丈な建物があり、行き場のない貧乏人たちが集まったその一室に「僕」が住んでいる。大降りの雨音と聞きまがう水音で始まるこの世界は、いつも薄暗く雨に閉ざされているような印象がある。

かつて若き大坪昇を死によって威嚇した国家は、まもなく国民全体を死に向けて押し出す戦争を開始した。敗戦は死の脅迫からの解放を意味したはずだが、「深夜の酒宴」の世界にはいまだに死の気配が瀰漫している。死は具体的な飢えとなって貧乏人にまとわりつく。実際、作中では二度、葬儀とも呼べぬみすぼらしい葬儀が行われる。だが、死は根本的には観念である。この世界が暗く閉ざされているのは、語り手たる「僕」の世界認識が暗く閉ざされているからだ。「僕は憂愁という観念なのである。」「憂愁」の背後には、転向した共産党員であり、友人を運動に引きずり込んで死なせてしまった罪を伯父に責められつづけている「僕」の過去が隠れている。

「僕」は世界をこんなふうに認識し、語る。

「この建物は現実のように重く無政府主義の旗のように黒く感じられるのである。」

「泥棒のように緊張した顔で廊下を便所へ急いでいる戸田に接すると、僕はまるで永劫の前に立たされたような憂愁に陥るのである。」

「そして彼は不安そうに、次の足を下さなければならない地面をちらりと確めてから、再び運命的な予感のうちに、次の一歩が絶望的に踏み出されるのだった。」

傍線を引いたのはすべて比喩である。卑小な現実を表現するのに「無政府主義」だの「永劫」だの「運命的」だの「絶望的」だのといった過大な言葉を用いるこれらの比喩は、分類すれば誇張法ということになるだろうが、初期の椎名麟三を特徴づけるこれらの誇張法は、批評家たちには評判が悪かった。「悪文」とさえ非難された。リアリズムのなかにもちこまれた観念的な言語が周囲の言語との間にひどい不調和をきたすものだったからである。

だが、作家の思想というものが、何を語るかと同時に、あるいはそれ以上に、いかに語るかに現れるものだとすれば、この「悪文」にこそ椎名麟三という作家の思想がある。世界は現実に存在するものだけで形成されているのではない、現実に存在しないもの、すなわち観念もまたこの世界の不可分の構成物である、という思想だ。「ドストエフスキーは、観念的なものこそ現実的なものであることを示していた」（「わが心の自叙伝」）。

観念と現実とが同居するこの「悪文」の思想は、「憂愁という観念」としての「僕」が薄壁一枚を隔ててアパートの住人たちの「自然主義リアリズム」のような現実と同居しているあり方そのものに対応している。

なるほど観念と現実とは不調和を来しているかもしれない。だが、どんな卑小な現実を生きる人間も死という最大の観念を逃れることができないとすれば、不調和は人間の存在の条件そのものである。そして、草深い田舎の子供までが「神州不滅」の観念に熱狂したのもつい昨日のこの国の現実だった。さらにいえば、マルクス主義という信念体系を失ったまま罪責感を抱えて生き延びている「僕」は、天皇制軍国主義の信念体系を失ったまま「一億玉砕」の掛け声のなかで死んだ死者たちを裏切って生き延びている戦後日本人とどう違うというのか。不調和は近代日本の現実そのものに内在する。

観念的存在としての人間の様相を回避した「自然主義リアリズム」に対して、椎名の不調和のリアリズムを「観念のリアリズム」と呼ぶなら、「観念のリアリズム」こそが人間の条件および近代日本の条件に合致しているのだとさえいえるだろう。「僕」は「ニヒリストと正反対のものである」という。たぶん彼は、観念に摑まれて現実の「重さ」に「堪えている」自分は厳密なリアリストなのだといいたいのである。

ところで、椎名は「作中人物其他について」というエッセイでこんなことを書いている。「誰かが僕が、日本の貧民窟を知らないといっているのを見たとき噴き出したくなった。僕は、自分の欠陥をよく知っているが、それはまさに、日本の貧民窟や下層階級の人々しか知らないことだと思っていたからである。全く僕のなかには、そのように社会から落ちた無数の人間が住んでいる。」「人々は、乞食を見ても街で見る乞食しか知らない。だが僕の知っていた乞食たちは、哲学（?）を語るのである。しかも非常なむずかしい個性的な言葉で。その乞食たちは、日本的でも東洋的でも、勿論西欧的でもなかった。つまり人間だったのである。」

「乞食たち」（といって語弊があれば、ルンペンとでも浮浪者とでも、あるいは今日風に「ホームレス」と呼んでもかまわない）が椎名のようにニーチェやキルケゴールを読んでいたというわけではない。大事なことは、彼らが「社会から落ちた」人々、「日本的でも東洋的でも、勿論西欧的でも」なく、ただ「人間」としか呼びようのない人々だったということ、つまり、共同性から剝離した個人、否応なく「単独者」たらざるをえない存在だったということだ。

「単独者」とは、ひとりっきりで孤絶した自分自身の死と向きあわざるをえない者のことである。死こそが、宗教にせよ哲学にせよ、人間に現実を超えた形而上的な思考を促す究極の動力因だとすれば、彼らはまぎれもなく観念的な存在である。共同体のなかの人間

「深夜の酒宴」収録。

『重き流れのなかに』表紙
（昭23·1　筑摩書房）

（左より）梅崎春生、（一人おいて）椎名麟三、尾崎宏次。（昭和23年頃）

（左より）梅崎春生、堀田善衞、椎名麟三、武田泰淳、埴谷雄高。
（昭和35年、東京湾夢の島にて）

『美しい女』カバー
（昭30・10　中央公論社）

『永遠なる序章』カバー
（昭23·6　河出書房）

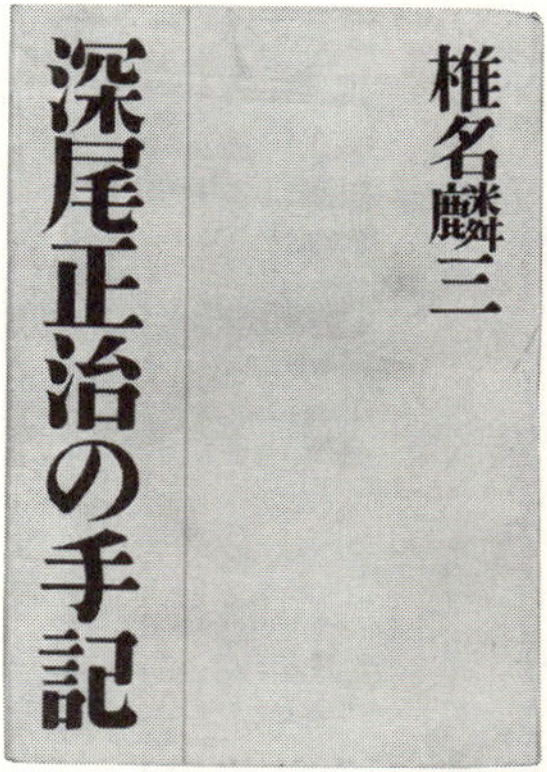

『深尾正治の手記』表紙
（昭24·11　月曜書房）

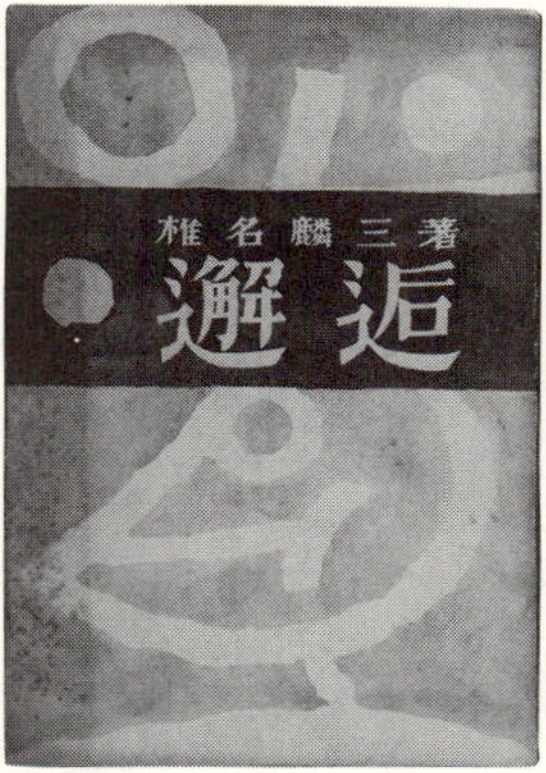

『邂逅』カバー
（昭27·12　講談社）

『自由の彼方で』カバー
（昭29·3　講談社）

は、「死」の絶対性を打ち消すための「愛」も「自由」も「幸福」も、あいまいなまま共同性のなかで実践的に解消することが許される。「死」さえ子孫への生命の継承として乗り越えられるだろう。しかし、貧しい「単独者」たちにはそれが許されない。「死」が絶対性として立ち現れるとき、「愛」も「自由」も「幸福」も、日常性に解消できない絶対的な位相で問われることになる。そのとき彼らは、乏しい語彙から言葉を探しながら、吃音しつつ「哲学（?）」を語る――椎名がいうのはそういうことのはずだ。

さて、「深夜の酒宴」発表から数年後、椎名麟三はキリスト教に入信することになるが、椎名の思想にとっての神またはキリストの意義は大まかに二点だったように思う。一つは、「ほんとうにほんとう」のこと、つまり絶対なるものは神の領域であって、人間の世界に求めてはならないということ。もう一つは、復活のキリストだけが、人間の条件たる不調和（観念と現実、もしくは霊と肉）を不調和のまま統一してくれる存在であるということ。この二点によって人間の「こわばり」を「ゆるめて」くれる神（キリスト）の働きを、椎名は「ユーモア」と呼んだ。

椎名麟三の「ユーモア」の神学的かつ文学的意味については本文庫所収の『神の道化師・媒妁人』の解説で書いたのでここでは繰り返さないが、「美しい女」はそのユニークな「ユーモア」論の小説的集大成なのだということができる。「私」の心をとらえて放さない「美しい女」は、キリスト教のなかで類似の表象を探せば聖母マリアということになるのだろうが、小説を読むうえではマリアのイメージはむしろ邪魔だろう。作者自身がそういうイメージ・表象を否定している。「私は、私の美しい女が、どんな顔をしどんな姿をしているのか、さっぱりわからなかったのである。ただ、美しい女への思いがうかぶと、私の心のなかに、何か眩しい光と力にみたされることだけは事実だった。いわば美しい女というのは、まるで眩しい光と力そのもののような工合だったのである。」

表象としてではなく、意味として抽出するなら、「美しい女」は「死」を打ち消す「愛」だといってもよいし、「自由」だといっても「幸福」だといってもよい。ただし、「ほんとうにほんとう」のものとしての「愛」であり「自由」であり「幸福」である。「ほんとうにほんとう」のものだから、それは超越性の領域のものであって、この地上のものではない。この地上にあっては、「愛」も「自由」も「幸福」も相対的で不十分な偽物でしかありえない。しかし、「ほんとうにほんとう」のものとしての「美しい女」は、地上の偽物性や相対性を裁き糾弾するのではない。むしろそれは、まがい物たらざるをえない地上の存在の卑小さや滑稽さを許容し、ゆるめ、やわらげてくれるものだ。裁き糾弾するのは旧約の神だが、ゆるめ、やわらげてくれるのはキリストの「ユーモア」である。

「愛」や「自由」や「幸福」は観念だが、表象不可能な抽象観念によっては小説は書けない。小説が小説であるためには抽象観念にも最小限の表象を与える必要がある。「美しいよい。

女」は、そういう意味での最小限の表象性をまとった観念である。「女」という性を与えられたのは、「私」が男であり、「私」が関わる人々の中心に女たちがいるからだと思えば

「美しい女」への信頼によって生きる「私」は、だから、いわば小さな「キリストのまねび」である。時代は死への熱狂を孕んでいる。「私」はその熱狂に抗う。「あらゆる過度には、悪魔が住んでいる」のだ。

女たちもまた、それぞれに不幸を抱えてこわばっている。娼婦の倉林きみは「人を殺すか自分が死ぬかというような恐ろしげな気配」をただよわせ、家庭的不幸を社会的自己実現で打ち消そうとする克枝は「うちら死んでも会社のために働こうと思ってまんねやで」と力み、特高の拷問で性的虐待を受けた過去をもつひろ子は「死ぬほど好きになってほしい」と「私」にせがむ。彼女らはみな、この地上で「ほんとうにほんとう」のものが死しかないことを知っているのだ。「キリストのまねび」たる「私」は、死の絶対性にとらわれた彼女らのこわばりをゆるめてやらなければならない。

だが、「私」は誰を救えただろうか。「キリストのまねび」であるということは「キリストのまがい物」であるということにほかならない。卑小にして滑稽なまがい物たる「私」は誰をも救えはしなかった。長年連れ添った克枝でさえ、「まだ私という人間がわからないらしい」。それでもなお執拗に「私」はこわばったものの傍らに居つづける。その「お

かしさ」は、滑稽を通り越して時に不気味で残酷にさえ映るだろう。その執拗さも残酷さも不気味さも含めて、作者はたぶん、あたかもキリストがいつまでも人間に付きまといつづけるように、といいたいのである。

年譜

椎名麟三

一九一一年（明治四四年）
一〇月一日、姫路市書写東坂一三三〇番地の母方の実家（日方家）の納屋で生まれた。本名大坪昇。父熊次、母みすの長男。父は飾磨郡夢前町塩田の小作人の長男で、大阪で警察官をしていた。生後三日めに母の鉄道自殺未遂事件があり、警察官に保護され、母子共に父に引き取られた。間もなく父は警察官をやめ、鉱業会社の庶務課長となった。
一九一七年（大正六年）　六歳
一二月五日、妹和子生まれる。
一九一八年（大正七年）　七歳
四月、大阪市立中大江尋常小学校に入学。このころ、天王寺で、地獄変相図を見て死の恐怖を知る。
一九二〇年（大正九年）　九歳
三月二一日、弟実生まれる。家族は東区本町橋詰町に住んでいた。一一月、父母別居。母は、昇・和子（三歳）・実（九ヵ月）を連れて、姫路市書写へ戻った。昇は曾左尋常高等小学校へ転校。母は、父の援助を得て家を設計し、書写一六一六番地に一戸を構え、当時流行の、後藤静香の雑誌「希望」を愛読し、修養団の婦人部支部長になった。
一九二二年（大正一一年）　一一歳
隣家の青年画家・福本白宇の影響から大杉

栄・クロポトキンの名を知った。成績は全て「上」であった。そのころ大阪の父は、芸者上がりの女と同棲していた。

一九二四年（大正一三年）　一三歳
三月、曾左尋常高等小学校卒業。四月、県立姫路中学校（現、姫路西高等学校）入学。

一九二五年（大正一四年）　一四歳
夏ごろから父の送金が途絶え、米を借りるような窮乏生活に陥った。このころ、父は堂島の米相場に手を出し失敗した。

一九二六年（大正一五・昭和元年）　一五歳
六月、父の約束不履行のため大阪へ出かけるも、相手にされず、そのまま家出。間もなく果物屋の小僧、見習いコック等職を転々と替え、その間、専門学校入学者資格検定試験（英語）に合格した。また、ベーベルの『婦人論』を読み、社会主義の方向を決定づけられた。

一九二九年（昭和四年）　一八歳
春、母が須磨の海へ投身自殺未遂。この事件を契機に、六月二七日、宇治川電気電鉄部（現、山陽電鉄）へ入社。見習いを経て本務乗務員となる。間もなく労働運動に参加。御用組合「睦会」を全協（日本労働組合全国協議会）へ組織した。

一九三一年（昭和六年）　二〇歳
このころマルクス、レーニン等の書物を読み、機関紙「軌道」を発行。六月末、日本共産青年同盟員。七月中旬日本共産党に入党。兵庫地方委員会西部地区宇治電細胞キャップとして活躍した。八月二六日未明、関西地区共産党員一斉検挙があったが、二五日夕方、大阪を経由して東京へ逃亡。九月三日、父のいる東京・目黒（目黒区上目黒一九〇八）の家で検挙された。そのまま神戸へ護送。

一九三二年（昭和七年）　二一歳
二月一八日、神戸地裁から治安維持法違反で起訴され、一審で懲役四年、控訴し、未決囚として神戸、大阪の留置場をたらい回しにされ、この間、特高（特別高等警察）の拷問を受けた。モップル（赤色救援会）からの差し入れ本、ニーチェの『この人を見よ』を読んでショックを受け、同時に同志・木村義房が獄中、肺病で重態になった時、孤独と愛と自由の問いに思い悩んだ。
一九三三年（昭和八年）　二二歳
四月、父母の協議離婚成立。六月、ニーチェを利用して転向上申書を書き、間もなく懲役三年執行猶予五年の判決を受けて刑務所を出所。母の自殺を知る。警察の世話で姫路市郊外のマッチ工場に雑役として勤務。この間、縊死自殺を図るも未遂。八月、父を頼って上京。
一九三四年（昭和九年）　二三歳
このころ、父の経営していた運送屋、銀座七丁目のレストラン「ニューパレス」のドアボーイ等をして働く。ここで祖谷寿美（明治四一年二月二日生まれ）と知り合い、港区南佐久間町二ノ八、佐野米一方にて同棲。一二月一日、「婚姻契約書」を書いた。
一九三五年（昭和一〇年）　二四歳
この年、南佐久間町から麻布霞町、本所区（現・墨田区）江東橋へと移転。八月二四日、長男・一裕生まれる。このころ、有機化学の実験や、発明特許に情熱を傾け、特許を二つとる。妻・寿美は錦糸町駅前でおでんの屋台店を開いて生計をまかなった。
一九三六年（昭和一一年）　二五歳
二月、同心社（謄写他）に就職。筆耕、封書の宛名書きをする。翌年、中央区茅場町の株屋に、臨時雇員として半年間出向。
一九三八年（昭和一三年）　二七歳
一月三一日、祖谷寿美との婚姻届を出す。四月、丸の内にあった新潟鉄工本社営業第三課に勤務。このころ、ドストエフスキーの『悪霊』に決定的な衝撃を受け、文学に開眼。以後、作家を志した。
一九四〇年（昭和一五年）　二九歳
前年末、筆耕仲間の紹介で佐々木翠（のち船山馨夫人）を知り、同人雑誌「創作」（六月「新創作」と改題）の同人と交わる。八月、正式に加盟。本格的に創作に打ち込む。同人に、寒川光太郎、船山馨、福島津有子らがいた。
一九四一年（昭和一六年）　三〇歳
四月、「或る生の記録」を「新創作」に発表。七月、座談会「私小説について」に参加。このころ、キルケゴールの『憂愁の哲理』（宮原晃一郎訳）を読み、深い影響を受けた。
一九四二年（昭和一七年）　三一歳
三月、新潟鉄工を退職。特高監視下で文学に専心した。六月二〇日、長女真美子生まれる。一〇月、「ドストエフスキーの作品構成についての瞥見」を「新創作」に発表。
一九四三年（昭和一八年）　三二歳
三月、「元旦の記」を「新創作」に発表。一方アイロス・フィッシャーの『ハイデッガーの哲学』（佐藤慶二訳）を克明にノートし、新しい実存主義文学を模索す。同月、世田谷区松原町三ノ二七ノ一六へ家を借りて移転。この年、第一回召集を受けたが、タバコの葉を水で溶かして飲み、兵役を拒否した。
一九四四年（昭和一九年）　三三歳
四月、「流れの上に」を「新創作」（終刊号）に発表。一〇月、第二回召集を受けたが病気を装い、兵役を拒否。友人・清水義勇《よしたけ》にキルケゴール選集を借り、系統的に読み、強い影響を受けた。
一九四五年（昭和二〇年）　三四歳
三月一〇日未明、東京大空襲。船山馨と二人で本所の妻の家族を捜し歩く。帰途、新しい文学創造を決意。八月一五日、終戦。間もなく貸本屋兼出版社「創美社」を、千歳烏山駅前にて経営。翌年倒産す。
一九四六年（昭和二一年）　三五歳
七月中旬、借金返済のため、船山馨と二人で大牧温泉にこもり、一二日「黒い運河」脱稿。帰京して一〇日かけて「深夜の酒宴」と改題、改作す。八月、「群像」「人間」等に持ち込んで断られ、田辺元の実存と実践の根本思想を「展望」に発見し、同誌へ送る。年末、臼井吉見より採用の電報を受け取る。
一九四七年（昭和二二年）　三六歳
二月、「深夜の酒宴」を「展望」に発表。作家としてデビューした。六月、「重き流れのなかに」を「展望」に発表。
一九四八年（昭和二三年）　三七歳
一月、「深尾正治の手記」を「個性」に、「三つの訴訟状」を「展望」にそれぞれ発表。『重き流れのなかに』（筑摩書房）、『深尾正治の手記』（銀座出版社）刊。同月一九日、岡本太郎・花田清輝を中心に「夜の会」が結成され、月二回の公開討論会に参加。四月二八日、日本共産党幹部と知識人の懇談会に出席した。五月、船山馨と二人で「次元」創刊。六月、書き下ろし『永遠なる序章』（河出書房）刊。同月、「近代文学」同人となる。また、六月、座談会「ドストエフスキー研究」を「個性」（八月完結）に連載。席上初めて牧師・赤岩栄と会った。八月、座談会「太宰治の死について」を「文芸時代」に、九月、「スタヴローギンの現代性」を「世界文学」にそれぞれ発表。
一九四九年（昭和二四年）　三八歳
二月、『自由を索《もと》めて』（近代文庫社）刊。四月、臼井吉見と北軽井沢へ田辺元を訪問。六月、「その日まで」を「展望」（七月完結）に連載。四～六章までは、信州小野の筑摩書房社長・古田晁宅で書かれた。このころ、継母が京都で死亡。父も自殺していた。
一九五〇年（昭和二五年）　三九歳

四月、『病院裏の人々』（月曜書房）刊。このころ、思想的に行きづまり、毎日のように飲み歩き、太宰治の次に椎名が自殺すると噂された。絶望の果てドストエフスキーに賭けて一二月二四日、日本基督教団上原教会（赤岩栄牧師）で洗礼を受けた。

一九五一年（昭和二六年）　四〇歳

三月、「文学の限界」を「指」（赤岩栄編集）に発表。四月、書き下ろし長編『赤い孤独者』（河出書房）、『嫉妬』（早川書房）刊。七月、「バルトの芸術論」を「指」に発表。

一九五二年（昭和二七年）　四一歳

四月、「邂逅」を「群像」（一〇月完結）に連載。七月、「無邪気な人々」を「文学界」に発表。一〇月二六日、新日本文学会東京支部長に選ばれる。この年、小国英雄とシナリオ「煙突の見える場所」を仕上げる。一二月、『邂逅』（講談社）刊。

一九五三年（昭和二八年）　四二歳

一月、座談会「戦後文学の総決算」を「近代文学」に発表。五月、自伝小説「自由の彼方で」第一部を、九月、第二部を「新潮」にそれぞれ発表。同月、『愛と死の谷間』（筑摩書房）刊。この年、日活映画「煙突の見える場所」（原作「無邪気な人々」）が、ベルリン国際映画祭で国際平和賞を受賞した。

一九五四年（昭和二九年）　四三歳

二月、「自由の彼方で」第三部（完結）を「新潮」に発表後、山陽電鉄に招かれて二十余年ぶりに旧交をあたためる。三月、『自由の彼方で』（講談社）刊。一二月、青年座文芸部に入部。旗揚げ公演「第三の証言」が上演された。同月一〇日、二十余年ぶりに帰省。

一九五五年（昭和三〇年）　四四歳

三月、「神の道化師」を「文芸」に発表。四月、戯曲「自由の彼方で」を同人会（演出・田中千禾夫）が上演。五月、「美しい女」を

「中央公論」（九月完結）に連載。一〇月、「運河」を「新潮」（三一年三月完結）に連載するなど旺盛な創作活動を展開。『神の道化師』（新潮社）、『美しい女』（中央公論社）をそれぞれ刊行。一一月一二日、キルケゴール没後百年記念講演会で、「キルケゴールの立場」と題して講演。このころ、第一次戦後派の友人と「あさって会」を結成。

一九五六年（昭和三一年）　四五歳

一月、「猫背の散歩」を「文芸」（一〇月完結）に、「私の聖書物語」を「婦人公論」（一二月完結）にそれぞれ連載。三月、「美しい女」とこれまでの仕事に対して、昭和三〇年度芸術選奨文部大臣賞が贈られた。五月、『運河』（新潮社）、一一月、『愛と自由の肖像』（社会思想研究会出版部）、一二月、『猫背の散歩』（河出書房）等を次々に刊行。しかしこの年、過労のため血圧一八〇となる。

一九五七年（昭和三二年）　四六歳

二月、『私の聖書物語』（中央公論社）刊。三月から四月まで伊豆で静養。八月一四日、川原湯温泉高山旅館で執筆中、心筋梗塞発作で倒れる。九月から年末まで慶応病院、東大病院と入・退院を繰り返す。一一月、『椎名麟三作品集』（全七巻、講談社）の刊行（三三年四月完結）が始まった。一二月、『新作の証言』（筑摩書房）刊。

一九五八年（昭和三三年）　四七歳

一一月、『雨は降り続いている』（東京書房）刊。病状悪く、寡作であった。

一九五九年（昭和三四年）　四八歳

一月、「断崖の上で」を「婦人公論」（六月完結）に連載。三月八日、「指」百号記念会で、聖書の非神話化問題をめぐって赤岩栄との食い違いが表面化する。四月、『生きる意味』（社会思想研究会出版部）刊。七月、『明日なき日』（人文書院）刊。九月、『断崖の上で』（中央公論社）、『現代長編小説全集39

椎名麟三・武田泰淳』（講談社）刊。

一九六〇年（昭和三五年）四九歳

二月、「罠と毒」を「中央公論」（六月完結）に連載。三月三日、教文館にて、佐古純一郎・阿部光子・高見沢潤子らとプロテスタント文学集団「たねの会」を結成。八月、「付添いの女」を「群像」に発表。一〇月、『罠と毒』（中央公論社）刊。一一月、「夜の探索」を「新潮」に発表。

一九六一年（昭和三六年）五〇歳

一月、「長い谷間」を「群像」（五月完結）に連載。戯曲「天国への遠征」を「新劇」に発表。五月、『長い谷間』（講談社）刊。七月、「半端者の反抗」を「新潮」に発表。一一月一八日、第五次訪中文学者代表団として、堀田善衛・武田泰淳・中村光夫らと共に、北京・上海等を訪問し、一二月一四日帰国した。

一九六二年（昭和三七年）五一歳

三月、「媒妁人」を「文学界」に、五月、「我等は死者と共に」を「群像」にそれぞれ発表。同月、『媒妁人』（新潮社）刊。七月、「媒妁人」がＴＢＳから、「転落への挑戦」がＮＨＫ第二から、それぞれラジオドラマとして放送された。一〇月、「私生児」を「文藝春秋」に発表。

一九六三年（昭和三八年）五二歳

四月、「カラチの女」を「小説新潮」に発表。七月、「悲壮な痙攣」を「文学界」に発表。九月、『カラチの女』（講談社）刊。秋より心臓病悪化し、医師より、執筆中止を忠告さる。しかし、この年、数回姫路市に滞在してミュージカル「姫山物語」（姫路文化団体連合協議会）の執筆・演出に当たる。

一九六四年（昭和三九年）五三歳

六月六日、「姫山物語」が姫路市厚生年金会館で上演された。一二月、『信仰というもの』（現代キリスト教双書・教文館）刊。

一九六五年（昭和四〇年） 五四歳
三月、『日本現代文学全集98 椎名麟三・梅崎春生』（講談社）刊。七月一九日、友人・梅崎春生が肝硬変で急逝、葬儀委員長を務める。一〇月二七日から三一日まで、埴谷雄高・檀一雄等と共に梅崎文学碑建立のため鹿児島を旅行。
一九六六年（昭和四一年） 五五歳
二月、「私のドストエフスキー体験」を「月刊キリスト」（四二年一月完結）に連載。三月、「勤人の休日」を「新潮」に発表。七月一七日、日本基督教団上原教会より同三鷹教会（石島三郎牧師）へ転会。一一月二八日、赤岩栄が逝去。
一九六七年（昭和四二年） 五六歳
五月、『凡愚伝』（日本基督教団出版局）、『私のドストエフスキー体験』（教文館）刊。一〇月二二日から一二月三日まで、七回にわたって「わが心の自叙伝」を「神戸新聞」に連載。
一九六八年（昭和四三年） 五七歳
一月、『椎名麟三人生論集』（全五巻、二見書房）が刊行（一二月完結）された。七月、『勤人の休日』（新潮社）刊。一二月、熱海の熱帯園にこもり、書き下ろし長編「懲役人の告発」の執筆に専念す。
一九六九年（昭和四四年） 五八歳
七月、対談「転形期の文学と文学者」（武田泰淳と）を「展望」に発表。八月、『懲役人の告発』（新潮社）刊。
一九七〇年（昭和四五年） 五九歳
三月、肝臓を悪くし、酒類を暫く断つ。五月、戯曲「荷物」を「三田文学」に発表。六月より冬樹社版『椎名麟三全集』（全二三巻別巻一、昭和五四年一〇月完結）の刊行開始。八月、戯曲「悪霊」を「早稲田文学」に発表。一〇月初めより、身体がむくみ、暫く寝込む。一〇月、『変装』（新潮社）刊。一一月、『悪霊』（冬樹社）刊。
一九七一年（昭和四六年）六〇歳
一月、自選戯曲集『蠍を飼う女』（新潮社）刊。この年一月、六月、七月、九月と、「展望」が主催した座談会「わが時代・作家以前」・「『戦後派』前史1、2、3」に、中村真一郎・野間宏・埴谷雄高・武田泰淳らと出席。
一九七二年（昭和四七年）六一歳
三月一九日、教文館版『現代キリスト教文学全集』（全一八巻）の編集会議に遠藤周作と出席。四月、「展望」の座談会「『戦後派』その文学的出発2」に出席。同月一五日、二時間あまりの心臓発作。このころ、NHK第一ラジオより、「永遠なる序章」放送さる。六月八日、夕食後三〇分、九日、二〇分、一〇日、一五分と心臓発作が続いた。九月五日、精密検査のため東大病院へ入院し、一〇月七日退院。体重五四キロとなる。
一九七三年（昭和四八年）
二月、「病室の道化師」を「波」に発表。『現代の文学3　埴谷雄高・椎名麟三』（講談社）刊。三月二七日、娘・真美子を伊豆の別荘から呼び寄せる。二八日、午前三時五〇分、脳内出血のため自宅二階の書斎で逝去。二九日、通夜、三〇日、日本基督教団三鷹教会にて葬儀（委員長・埴谷雄高）が行われた。本多秋五・大江健三郎・船山馨・佐古純一郎らが弔辞を述べた。四月「『復活』へたどりつくまで」を「信徒の友」に、五月、絶筆「自由と希望」を「PHP」に発表。六月、遺稿「西に東に」（未完）を「展望」に発表。同月一〇日、富士霊園で納骨式が行われた。

（斎藤末弘編）

著書目録

椎名麟三

【単行本】

重き流れのなかに	昭23・1	筑摩書房
深尾正治の手記	昭23・1	銀座出版社
永遠なる序章	昭23・6	河出書房
自由を索めて	昭24・2	近代文庫社
深尾正治の手記	昭24・11	月曜書房
その日まで	昭24・11	筑摩書房
病院裏の人々	昭25・4	月曜書房
嫉妬	昭26・4	早川書房
赤い孤独者	昭26・4	河出書房
邂逅	昭27・12	講談社
愛と死の谷間	昭28・9	筑摩書房
自由の彼方で	昭29・3	講談社
神の道化師	昭30・10	新潮社
美しい女	昭30・10	中央公論社
運河	昭31・5	新潮社
愛と自由の肖像	昭31・11	社会思想研究会出版部
猫背の散歩	昭31・12	河出書房
私の聖書物語	昭32・2	中央公論社
新作の証言	昭32・12	筑摩書房
雨は降り続いている	昭33・11	東京書房
生きる意味	昭34・4	社会思想研究会出版部
明日なき日	昭34・7	人文書院
断崖の上で	昭34・9	中央公論社
罠と毒	昭35・10	中央公論社

長い谷間　昭36・5　講談社
媒妁人　昭37・5　新潮社
カラチの女　昭38・9　講談社
人・生活・読書　昭42・1　二見書房
私のドストエフスキー体験　昭42・5　教文館
凡愚伝　昭42・5　日本基督教団出版局
勤人の休日　昭43・7　新潮社
懲役人の告発　昭44・8　新潮社
重き流れのなかに（復刻本）　昭45・6　筑摩書房
変装　昭45・10　新潮社
悪霊（戯曲）　昭45・11　冬樹社
蠍を飼う女（戯曲）　昭46・1　新潮社
椎名麟三初期作品集　昭50・2　河出書房新社
猫背の散歩（復刻版）　平2・12　河出書房新社
自由の彼方で（復刻本）　平5・3　姫路文学館
邂逅（復刻本）　平7・3　姫路文学館
椎名麟三戯曲選　平9・9　姫路文学館
図説　椎名麟三の昭和　平9・9　姫路文学館

【全集】

椎名麟三作品集　全7巻　昭32・11〜33・4　講談社
椎名麟三人生論集　全5巻　昭43・1〜12　二見書房
椎名麟三全集　全23巻（別巻1）　昭45・6〜54・10　冬樹社
椎名麟三信仰著作集　全13巻　昭52・6〜57・1　教文館
日本小説代表作全集16　昭23・8　小山書店
現代日本小説大系別冊3　昭26・3　河出書房

新文学全集　椎名麟三集　昭27・10　河出書房
昭和文学全集29　昭29・1　角川書店
戯曲代表選集2　昭29・5　白水社
昭和名作選11　昭30・10　新潮社
日本シナリオ文学全集10　昭31・5　理論社
現代日本文学全集82　昭33・2　筑摩書房
新選現代日本文学全集25　昭34・6　筑摩書房
現代長編小説全集39　椎名麟三・武田泰淳　昭34・9　講談社
新日本文学全集17　昭38・2　集英社
日本文学全集61　昭38・12　新潮社
日本現代文学全集98　昭40・3　講談社
現代の文学28　昭41・7　河出書房新社
現代文学大系56　昭41・8　筑摩書房
われらの文学3　昭42・5　講談社
現代文学の発見7　昭42・11　学芸書林
日本の文学68　昭43・1　中央公論社
現代文学の発見5　昭43・4　学芸書林
戦後日本思想大系3　昭43・8　筑摩書房
日本短篇文学全集21　昭43・9　筑摩書房
現代文学の発見4　昭43・11　学芸書林
日本文学全集78　昭44・6　集英社
カラー版日本文学全集36　昭44・12　河出書房新社
日本の短篇下　昭44・12　毎日新聞社
現代日本の文学38　昭46・2　学習研究社
新潮日本文学40　昭46・5　新潮社
現代日本文学大系80　昭46・8　筑摩書房
現代キリスト教文学全集　全18巻　昭47・10～49・5　教文館
現代の文学3　昭48・2　講談社
昭和文学全集17　平1・7　小学館
作家の自伝58　椎名麟三　平9・4　日本図書センター

【新書・文庫】

重き流れの中に（解＝中野好夫）　昭25・7　新潮文庫
永遠なる序章（解＝埴谷雄高）　昭26・5　河出市民文庫
戦後十年名作選集1　昭30・4　カッパ・ブックス
自由の彼方で（解＝佐々木基一）　昭30・5　講談社ミリオンブックス
邂逅（解＝亀井勝一郎）　昭30・9　講談社ミリオンブックス
愛の証言　昭30・11　カッパ・ブックス
永遠なる序章（解＝本多秋五）　昭32・8　新潮文庫
美しい女（解＝臼井吉見）　昭33・7　中公新書
愛と自由の肖像（解＝川和孝）　昭34・2　現代教養文庫
愛と死の谷間（解＝佐々木基一）　昭35・4　角川文庫
私の人生手帖　昭36・1　現代教養文庫
信仰というもの　昭39・12　現代キリスト教双書
美しい女（解＝臼井吉見）　昭40・11　角川文庫
美しい女（解＝松本鶴雄）　昭46・9　新潮文庫
自由の彼方で（解＝白川正芳）　昭48・3　新潮文庫
私の聖書物語（解＝佐古純一郎）　昭48・11　中公文庫
赤い孤独者（解＝小田切秀雄）　昭51・6　旺文社文庫
運河（解＝真継伸彦）　昭51・9　旺文社文庫
邂逅（解＝安宅啓子）　昭51・11　旺文社文庫
神の道化師（解＝諸田和治）　昭52・7　旺文社文庫
愛について（解＝松原　昭52・9　旺文社文庫

新二)

永遠なる序章(復刊) 平5・11 新潮文庫

自由の彼方で(解=宮内豊 案=斎藤末弘 著) 平8・2 文芸文庫

神の道化師・媒妁人 椎名麟三短篇集(解=井口時男 年=斎藤末弘 著) 平17・1 文芸文庫

【新書・文庫】は現在品切れのものも含めて既刊の全てをあげた。( )内の略号は解=解説 案=作家案内 年=年譜 著=著書目録を示す。

(作成・斎藤末弘)

本書は、『椎名麟三全集』第一巻、第六巻（一九七〇年六月、一九七一年五月、冬樹社刊）を底本として使用しました。本文中、明らかな誤記誤植と思われる箇所は正し、振りがなを多少増減するなどしましたが、原則として底本に従いました。また、底本にある身体、精神の障害に関する表現等で、今日から見れば不適切と思われるものがありますが、作品の書かれた時代背景と作品価値、および著者が故人であることなどを考慮し原文のままとしました。よろしくご理解の程、お願いいたします。

深夜《しんや》の酒宴《しゅえん》・美《うつく》しい女《おんな》

椎名《しいな》麟三《りんぞう》

二〇一〇年七月 九 日第一刷発行
二〇二四年一月二三日第四刷発行

発行者――森田浩章
発行所――株式会社 講談社
東京都文京区音羽2・12・21 〒112-8001
電話 編集（03）5395・3513
販売（03）5395・5817
業務（03）5395・3615

デザイン――菊地信義
印刷――株式会社KPSプロダクツ
製本――株式会社国宝社
本文データ制作――講談社デジタル製作

定価はカバーに表示してあります。

講談社
文芸文庫

ISBN978-4-06-290092-8

講談社文芸文庫

講談社文芸文庫

大江健三郎-静かな生活	伊丹十三──解／栗坪良樹──案
大江健三郎-僕が本当に若かった頃	井口時男──解／中島国彦──案
大江健三郎-新しい人よ眼ざめよ	リービ英雄-解／編集部───年
大岡昇平──中原中也	粟津則雄──解／佐々木幹郎-案
大岡昇平──花影	小谷野 敦──解／吉田凞生──年
大岡 信───私の万葉集一	東 直子──解
大岡 信───私の万葉集二	丸谷才一──解
大岡 信───私の万葉集三	嵐山光三郎-解
大岡 信───私の万葉集四	正岡子規──附
大岡 信───私の万葉集五	高橋順子──解
大岡 信───現代詩試論|詩人の設計図	三浦雅士──解
大澤真幸──〈自由〉の条件	
大澤真幸──〈世界史〉の哲学 1 古代篇	山本貴光──解
大澤真幸──〈世界史〉の哲学 2 中世篇	熊野純彦──解
大澤真幸──〈世界史〉の哲学 3 東洋篇	橋爪大三郎-解
大西巨人──春秋の花	城戸朱理──解／齋藤秀昭──年
大原富枝──婉という女|正妻	高橋英夫──解／福江泰太──年
岡田 睦───明日なき身	富岡幸一郎-解／編集部───年
岡本かの子-食魔 岡本かの子食文学傑作選 大久保喬樹編	大久保喬樹-解／小松邦宏──年
岡本太郎──原色の呪文 現代の芸術精神	安藤礼二──解／岡本太郎記念館-年
小川国夫──アポロンの島	森川達也──解／山本恵一郎-年
小川国夫──試みの岸	長谷川郁夫-解／山本恵一郎-年
奥泉 光───石の来歴|浪漫的な行軍の記録	前田 塁──解／著者───年
奥泉 光 群像編集部 編-戦後文学を読む	
大佛次郎──旅の誘い 大佛次郎随筆集	福島行一──解／福島行一──年
織田作之助-夫婦善哉	種村季弘──解／矢島道弘──年
織田作之助-世相|競馬	稲垣眞美──解／矢島道弘──年
小田 実───オモニ太平記	金 石範──解／編集部───年
小沼 丹───懐中時計	秋山 駿──解／中村 明──案
小沼 丹───小さな手袋	中村 明──人／中村 明──年
小沼 丹───村のエトランジェ	長谷川郁夫-解／中村 明──年
小沼 丹───珈琲挽き	清水良典──解／中村 明──年
小沼 丹───木菟燈籠	堀江敏幸──解／中村 明──年

講談社文芸文庫

小沼丹	藁屋根	佐々木 敦―解／中村 明―年
折口信夫	折口信夫文芸論集 安藤礼二編	安藤礼二―解／著者―年
折口信夫	折口信夫天皇論集 安藤礼二編	安藤礼二―解
折口信夫	折口信夫芸能論集 安藤礼二編	安藤礼二―解
折口信夫	折口信夫対話集 安藤礼二編	安藤礼二―解／著者―年
加賀乙彦	帰らざる夏	リービ英雄―解／金子昌夫―案
葛西善蔵	哀しき父|椎の若葉	水上 勉―解／鎌田 慧―案
葛西善蔵	贋物|父の葬式	鎌田 慧―解
加藤典洋	アメリカの影	田中和生―解／著者―年
加藤典洋	戦後的思考	東 浩紀―解／著者―年
加藤典洋	完本 太宰と井伏 ふたつの戦後	與那覇 潤―解／著者―年
加藤典洋	テクストから遠く離れて	高橋源一郎―解／著者・編集部―年
加藤典洋	村上春樹の世界	マイケル・エメリック―解
加藤典洋	小説の未来	竹田青嗣―解／著者・編集部―年
金井美恵子	愛の生活|森のメリュジーヌ	芳川泰久―解／武藤康史―年
金井美恵子	ピクニック、その他の短篇	堀江敏幸―解／武藤康史―年
金井美恵子	砂の粒|孤独な場所で 金井美恵子自選短篇集	磯﨑憲一郎―解／前田晃一―年
金井美恵子	恋人たち|降誕祭の夜 金井美恵子自選短篇集	中原昌也―解／前田晃一―年
金井美恵子	エオンタ|自然の子供 金井美恵子自選短篇集	野田康文―解／前田晃一―年
金子光晴	絶望の精神史	伊藤信吉―人／中島可一郎―年
金子光晴	詩集「三人」	原 満三寿―解／編集部―年
鏑木清方	紫陽花舎随筆 山田肇選	鏑木清方記念美術館―年
嘉村礒多	業苦|崖の下	秋山 駿―解／太田静一―年
柄谷行人	意味という病	絓 秀実―解／曾根博義―案
柄谷行人	畏怖する人間	井口時男―解／三浦雅士―案
柄谷行人編	近代日本の批評 Ⅰ 昭和篇上	
柄谷行人編	近代日本の批評 Ⅱ 昭和篇下	
柄谷行人編	近代日本の批評 Ⅲ 明治・大正篇	
柄谷行人	坂口安吾と中上健次	井口時男―解／関井光男―年
柄谷行人	日本近代文学の起源 原本	関井光男―年
柄谷行人 中上健次	柄谷行人中上健次全対話	高澤秀次―解
柄谷行人	反文学論	池田雄一―解／関井光男―年

講談社文芸文庫

柄谷行人 蓮實重彥 ——柄谷行人蓮實重彥全対話	
柄谷行人——柄谷行人インタヴューズ1977-2001	
柄谷行人——柄谷行人インタヴューズ2002-2013	丸川哲史——解／関井光男——年
柄谷行人——[ワイド版]意味という病	絓 秀実——解／曾根博義——案
柄谷行人——内省と遡行	
柄谷行人 浅田彰 ——柄谷行人浅田彰全対話	
柄谷行人——柄谷行人対話篇Ⅰ 1970-83	
柄谷行人——柄谷行人対話篇Ⅱ 1984-88	
柄谷行人——柄谷行人対話篇Ⅲ 1989-2008	
柄谷行人——柄谷行人の初期思想	國分功一郎-解／関井光男・編集部-年
河井寬次郎-火の誓い	河井須也子-人／鷺 珠江——年
河井寬次郎-蝶が飛ぶ 葉っぱが飛ぶ	河井須也子-解／鷺 珠江——年
川喜田半泥子-随筆 泥仏堂日録	森 孝一——解／森 孝一——年
川崎長太郎-抹香町｜路傍	秋山 駿——解／保昌正夫——年
川崎長太郎-鳳仙花	川村二郎——解／保昌正夫——年
川崎長太郎-老残｜死に近く 川崎長太郎老境小説集	いしいしんじ-解／齋藤秀昭——年
川崎長太郎-泡｜裸木 川崎長太郎花街小説集	齋藤秀昭——解／齋藤秀昭——年
川崎長太郎-ひかげの宿｜山桜 川崎長太郎「抹香町」小説集	齋藤秀昭——解／齋藤秀昭——年
川端康成——一草一花	勝又 浩——人／川端香男里-年
川端康成——水晶幻想｜禽獣	高橋英夫——解／羽鳥徹哉——案
川端康成——反橋｜しぐれ｜たまゆら	竹西寛子——解／原 善——案
川端康成——たんぽぽ	秋山 駿——解／近藤裕子——案
川端康成——浅草紅団｜浅草祭	増田みず子-解／栗坪良樹——案
川端康成——文芸時評	羽鳥徹哉——解／川端香男里-年
川端康成——非常｜寒風｜雪国抄 川端康成傑作短篇再発見	富岡幸一郎-解／川端香男里-年
上林暁——聖ヨハネ病院にて｜大懺悔	富岡幸一郎-解／津久井 隆——年
菊地信義——装幀百花 菊地信義のデザイン 水戸部功編	水戸部 功——解／水戸部 功——年
木下杢太郎-木下杢太郎随筆集	岩阪恵子——解／柿谷浩一——年
木山捷平——氏神さま｜春雨｜耳学問	岩阪恵子——解／保昌正夫——案
木山捷平——鳴るは風鈴 木山捷平ユーモア小説選	坪内祐三——解／編集部——年
木山捷平——落葉｜回転窓 木山捷平純情小説選	岩阪恵子——解／編集部——年
木山捷平——新編 日本の旅あちこち	岡崎武志——解